没落令嬢が異国の獣騎士様に弱みを握られまして!?

～待っていたのはモフモフと溺愛でした～

みずたま

illust. 冨月一乃

eロマンス ロイヤル

Contents

Botsurakureijou ga ikoku no jukishisama ni Yowami wo nigiraremashite!?

Characters

シェリア・クラセント

青みを帯びた緑の瞳を持つ、ラムゼリア王国の元男爵令嬢。祖父の借財のため、爵位を返上する羽目になったが、無垢で高貴な心根の持ち主。

ラグノス・ユハート

ヴェルタ国より派遣された、銀狼騎士団の団長。深い赤茶の髪に獣の耳と、野生的な光を湛えた金色の瞳を持つ獣人族で、特徴的な尻尾を持つ。

ルッカ

虹色の鱗に覆われた四肢をもつ生き物。子犬くらいの大きさで、背中から小さな翼、頭にはツノが生えている。

ファラム・セルダンド

ヴェルタ国獣人の銀狼副騎士団長。金毛の獣耳と尻尾を持つ、狼系獣人。ラグノスの乳兄弟で、繋がりは非常に強い。

アミル

騎士団長付の従者。犬系獣人で、明るく朗らかなヴェルタ貴族の子息。

第一章

仕立て屋の元男爵令嬢

「おい、ふざけているのか。こちらが依頼したのはもうひと月も前だ」

「も……申し訳ありません。手違いがあったようで……」

「それは、そちらの問題だろう。ともかく、今すぐに持ってきてくれ。直っているものだけでいい」

　目の前の男性は、柔らかく波打った前髪を鬱陶《うっとう》しそうにかきあげると、その腕を受け付け用の木台にどしんと乗せた。丈の短い暗色の外套《がいとう》を羽織《はお》り、フードを被《かぶ》っている。襟元が僅《わず》かに開いておりそこから日に焼けた肌が覗《のぞ》いていた。台に置かれた腕は男性らしくしなやかに引き締まっている。

　父親をはじめ、フリルで飾り立てられた貴族礼装の詰襟《つめえり》ばかり見てきたシェリア・クラセントにとってそれはいささか刺激的で、目のやり場に困った彼女はそっと視線をずらした。

　ここは仕立て屋『フォルガーナ』。ラムゼリア王国の王都、ラムリアにある。貴族御用達《ごようたし》仕立て師メイヤーが経営する数ある店の一つだ。港に近いこの店でシェリア・クラセントは半年前から働いている。

　それ以前は、そう、シェリアの仕事といえば週末の夜会のドレスを選んだり、流行《はや》りの華やかな髪型を考えたり、婚約者からの甘い手紙に侍女と共に胸を躍《おど》らせることくらいだった。

今、彼女は精悍《せいかん》な青年を前に肩を縮こませ頭を下げている。

「それが、確認したのですが、その……つまり、まだお預けになられた時のままの状態です」

「なんだと？　一つも出来上がってないのか」

男は眉を寄せ彼女を睨《にら》む。シェリアは小さく頷《うなず》くことしかできなかった。彼――姓をユハートと名乗った――が依頼したのは上衣の繕《つくろ》いだ。木綿製で膝丈のチュニックの破れた部分の補修や、細々としたほつれ直しなど十数点分。全てに見慣れない紋章が刺繍《ししゅう》されていた。おそらくどこかの隊服なのだろう。ひと月前に依頼したのなら仕上がっていて当然だ。ここは上流階級の人々の注文を主に扱ういわゆる高級仕立て店であり、雇われ店主のハザルドは注文の期日には特にうるさいのだから。

それなのに。

（ハザルドさん、書斎に籠《こも》ったまま出ていらっしゃらない）

普段は針子の工房で黙々と作業しているシェリアに店番を頼んだきり、当人は奥に引っ込んでいた。

「申し訳ありません」

彼女は奥の倉庫から探し出したユハートの依頼品をそっと台に置く。すると、挟まれていた注文書がひらりと落ちた。赤文字で大きく『獣人族依頼のため差し戻すこと』と殴り書きされている。これは、店主の注意書きだ。差し戻し。つまり、作業しないで返すということ。

「え」

「あ」

木台を挟んで同時に声が出る。男はひどく尖《とが》った声音になった。フードの下で、金色がかった瞳が彼女を睨んでいた。

「……どういうことだ」

シェリアは慌ててその紙を手で覆《おお》った。

(どういうことかは、私だってわからないわ……)

彼女は助けを求めるように奥の扉に目をやったが、当の店主は一向に出てこない。

「す、すみません……。このようなこと、なにかの間違いだと思います。今すぐに取りかかりますので」

シェリアはひと月前となに一つ変わらない状態の衣類の束を抱えた。だが、ユハートは乱暴な手つきで彼女からそれを取り上げる。

「もういい。頼んだこちらが馬鹿だったようだ」

男はくるりと背を向け店から出ていく。腰に差した剣がかちゃかちゃと冷たい音を立てた。

「……この国の貴族は外国人には冷たい。それはどうやら街の人間も同じようだな」

振り向きざま、ナイフのような言葉を薄暗い店内に残していった。

「あ……」

動揺したまま客の後ろ姿を見送るシェリアはその時になって初めて、男性の腰の辺りからふさふさとした尻尾《しっぽ》が生えているのを見たのだった。

(あれは……尻尾。あの方……やはり獣人族なのかしら)

シェリアは驚き、思わず両手を胸の前で組んだ。獣人族を近くで見たのは初めてだ。彼らはヴェルタという国に住む種族で、数年前にこの国と同盟を結んだ。ラムリアの街でもたまに見かけるようになったがまだまだ珍しい。

彼《か》の地ではみな獣の耳と尻尾を持つという遠い遠い国、ヴェルタ。非常に好戦的で身体能力に優れた種族だという。

シェリアはくしゃくしゃになった注文書を広げてため息をつく。

(あの方、とても怒っていたわ。……当然よね)

そこへ店の奥の扉が開いた。大げさな身振りで店主がこちらにやってくる。

「やれやれ！　あの人帰りましたかね？」

「ハザルドさん。私、何度もお呼びしましたわ」

「ああ、すまないね。だって、何されるかわからないじゃないか。獣人族だぞ、野蛮人じゃないか」

禿頭《とくとう》の店主はぶるると身を震わせた。

「でも、注文をお受けしたのはこちらではないのですか。こんなことを書くなんて……」

彼女は紙を見せた。

「ああ、それね。まさか獣人だなんて思わなかったんだ。隊服の直しだっていうし数もあるから、いい客だと思ったんだが」

得体の知れない客の仕事は受けるなとメイヤーさんに言われてるのでね、と『フォルガーナ』の雇われ店主ハザルドは肩を竦《すく》めてみせた。

注文書には美しい筆跡で、『ヴェルタ国騎士団ラグノス・ユハート』とある。

「そもそも、ヴェルタは恐ろしく遠いんだぞ。あんた、男爵家のご令嬢だったんだろう。知ってるかい？」

「ヴェルタ国とラムゼリアは数年前に友好国になりました。ですがそれ以上のことはあまり……」

シェリアは俯《うつむ》いた。

「そうかね。ご貴族様っていうのはなんでもご存じなのかと思ってたがねえ。晩餐《ばんさん》会やら式典やら、我々庶民と違って崇高《すうこう》で高貴な使命に毎日お忙しそうじゃないか。そんな、あんたらにも知らないことがあるんだねえ。それどころか、世間知らずでこっちが困るくらいだ」

店主は鼻を鳴らした。

「まぁなんにせよ、今日はご苦労様でした。クラセントさん」

「……」

馬鹿にしたような口調のハザルドにシェリアは反論することもできない。確かに自分は世間知らずだ。それは間違いない。でなければ昨年父が亡くなるまで、自分の家がどれほど酷《ひど》い状態だったか知らずにのんきに過ごしていたはずがないのだ。

「……それでは、失礼いたします。明日もまた、よろしくお願いします」

腰を僅かに落とし、奥の扉の前でドレスの裾《すそ》を摘《つま》んで小さく頭を下げる。もうこのような儀礼など必要ないが、他にシェリアはやり方を知らない。こうしていれば侍女が扉を開けてくれた時代はとうに終わっているというのに。

(私はもう、そんな身分ではないのよ)

軽く頭を振って、彼女は自分で扉を開けた。

「ああ、針子は裏から出てくださいよ。クラセントさん」

「はい……」

廊下に一歩踏み出し、くるりと方向転換する。ハザルドの視線を避《さ》けるように彼女は開けた扉を丁寧に閉めると、足早に奥へと向かった。

廊下には作業部屋が幾つも並んでいて、常に二、三十人の針子と仕立て師が作業に追われている。忙しくはあったが、あの店主がいない時にはたまに軽口も飛びかう比較的雰囲気のいい職場だ。

だがシェリアは元の身分や、世間知らずな面もあるせいか皆から敬遠されていた。なかなか友人ができないのも彼女の悩みの一つだ。

今はもう皆帰り支度を始めている。シェリアも自分の荷物をまとめて外へ出ようとした。

「ねえ、あんた。クラセントのお嬢さん」

シェリアはぴくりとして振り返る。これまで一度もまともに話したことのない女が、こちらを興味深そうに見ていた。

「わ、私のことでしょうか……？」

「クラセントなんて他に誰もいないじゃない。ね、さっき、ハザルドさんたらあんたにあのお客を押しつけたんじゃない？」

　女は掠《かす》れた声でシェリアに尋ねてきた。そういえば、さっき確かに店主は急にシェリアを呼びつけ自分は慌てて奥へ行ってしまった。

「そ、うなのでしょうか……」

　シェリアは狼狽《うろた》えた声を出した。実は今までも何度か面倒な客を断る時、ハザルドはシェリアに応対を任せたことがあったのだ。女はくすくすと笑う。

「誰が見たってあからさまよ。あんたも人がいいわね。だから面倒ごとを押しつけられるんだわ。ま、仕方ないか。なんにも知らないお嬢様だものね」

　作業台に尻を乗せあけすけな様子で笑う女に、シェリアは引き攣《つ》った笑みを返す。ここの人たちは、何かにつけて私のことを、『なにも知らないお嬢様』だという。悪気はないらしいのだがシェリアにはあまり嬉《うれ》しい言葉ではない。

　街の暮らしに突然放り込まれて半年。少しは慣れたつもりなのだが、ここの人たちにとってはまだまだ自分は敬遠すべき存在のようだった。

　素直で穏やかな性格のシェリアは自分なりにこの半年、皆と打ち解《と》けようとしてきた。だが、生まれた時から男爵令嬢として育てられ身の回りのことは全て侍女任せだった彼女はやはり、同年代の女性から嫉妬《しつと》と憐《あわ》れみの混じった視線を向けられてしまう。この国では貴族と庶民の間には厳然とした壁が存在しているのだ。挨拶くらいは軽く交わせても、互いの胸の内を話せるような仲にはなれなかった。

「あのお客様にはとても申し訳ないことをしてしまいました……。すぐに、別のお店を見つけられるといいですけれど」

女は驚いた顔でシェリアを見た。

「あら、無理よきっと。だって、あの人のこと見たでしょう。獣人族だったじゃない。うちみたいな大きな店が断るくらいよ。この街中ではきっとどこも受けやしないわ」

「そんな……。ヴェルタ国と我が国は同盟を結んだ仲ですわ。ハザルドさんはあんな風に仰《おっしゃ》いましたけれど、相手を見て依頼を拒否したり反故《ほご》にしたりするのは道徳に欠けている気がします……」

「やっぱり。あんたって、どこかずれてるわよね」

「ず、ずれている？」

「ええそうよ。夢の国から迷い出てきたみたい。端《はた》から見ている分にはとっても面白いけれど」

彼女はまたしてもくすくす笑った。

「私はユア。よろしくね。お友達になりましょ、色々教えてあげるわ」

（……私の答え、どこかおかしかったかしら）

シェリアは首を傾《かし》げた。でも、ユアの「お友達」という言葉は純粋に嬉しい。彼女の瞳には意地悪な色はないように見える。ふわふわした気持ちになって、シェリアは笑顔で頷いた。

「う、嬉しいですわ。こちらこそ、よろしくお願いします」

夕刻を迎える王都はどこもかしこも活気付いている。シェリアはユアと途中まで辻《つじ》馬車《ばしゃ》に相乗りし先ほど別れた。王都のラムリアは辻馬車が盛んで、女性でも安く安全に移動ができる。

だが、シェリアは下宿のある通りの少し前で馬車を降りた。そして立派な構えの質屋にまっすぐに向かう。外に出て店じまいの支度をしていた髭《ひげ》もじゃの店主がむっつりと彼女を迎えた。

「お嬢さん、いらっしゃい」

「ごめんください。あの……。今日も、あれは大丈夫でしたか？」

店主はこくりと頷き中の陳列棚を示した。

「ほら、この通り。誰も買いに来てませんよ。安心なさい」

シェリアは棚に近づく。そして安堵《あんど》の息をついた。真っ赤なビロードの生地台の上で、美しい真珠の首飾りが優雅な輝きを放っている。彼女はそれを慈《いつく》しむように見つめた。

（お母様の、お祖母《ばあ》様の……首飾り。よかった）

なめらかに輝く大粒の真珠を何重にも重ねた首飾りは特注で作らせたものだ。留め具にはクラセント家の紋章が刻まれている。

代々伝わる名品だったがシェリアの父はこれを売り払った。これだけではない。借金を重ねた祖父のせいで父は爵位を返上することとなり、クラセント家は全てを失った。宝飾品を始めあらゆるものが返済に充《あ》てられたのだ。

シェリアはひと月ほど前偶然この首飾りと再会した。祖母も母も愛《め》でた品をなんとしても買い戻したい。そう思って少しずつ貯金しているが、なにせ大層な額だ。何年かかるかわからない。

（それでも、いつか、天国のお母様やお父様に見せてあげたいわ）

仕事帰り、黄昏《たそがれ》に染まる王都ラムリアの片隅。質屋で昔の幸せの名残《なご》りを見つめること。それが屋敷も、爵位も、家族さえも失った元男爵令嬢シェリア・クラセントのささやかな慰《なぐさ》めだった。

夕闇が迫り、遠く街の高台には赤々と灯《あかり》が輝き始めた。あれは王宮近く、貴族の館が集まる地域だ。半年前まではあの広大な区画に自分の屋敷があった。あの辺りを見るたびに、シェリアの胸はぎゅっと苦しくなってしまう。

(もうあそこは私の帰る場所ではないわ。クラセント男爵家はお父様の代で終わったのよ)

今の彼女の住まいは街の通りにあるこぢんまりとした下宿屋の二階だ。

慣れない仕事で疲れた身体《からだ》を庇《かば》うように下宿屋の階段を上る。木の床は踏むたびにぎいぎいと音を立てた。ここに来た当初はその音にさえ驚いたものだが、今ではもう気にしていない。

多少扉が開きにくくても、思いっきり力を入れれば開くこともわかった。

鍵を開けて部屋に入る。居間と狭い寝室という二間だけのささやかな空間が今の彼女の全てだ。

小さな木のテーブルに籠《かご》を置き、上掛けのストールを長椅子へ無造作にかける。

『お帰りなさいませ。シェリアお嬢様』

そう声をかけ、お喋《しゃべ》りをしながら着替えを手伝ってくれる侍女もいない。彼女はふう、とため息をついて長椅子へ腰掛けた。

(やっぱり、一人というのは寂しいものね)

早く慣れなければと思うけれど、ついつい物思いに耽《ふけ》ってしまう。でも、明日店に出ればようやく休みだ。早く湯を使わせてもらって、寝てしまおう。

シェリアが立ち上がった時、丁寧なノックが聞こえた。

「お嬢様！　シェリアお嬢様……お帰りですか。ルーナでございます」

シェリアは目を輝かせた。一番仲の良かった侍女、ルーナの声だったからだ。急いで扉を開けると、人懐《ひとなつ》こい笑顔が現れる。

「シェリアお嬢様。お久しぶりでございます！」

「ルーナ！　まぁ。また来てくれたの？　嬉しいわ」

「当たり前ですわ。お嬢様はお一人では何もできないのですから、私はいつも心配で心配で……」

ルーナはシェリアより二つほど上で、今は別の屋敷で働いている。シェリアは元侍女を中へ招き入れた。

「そんな、ことないわ……これでもだいぶ自分でできるようになったのよ。髪を整えるのも、寝台を整えるのだって上手なんだから」

「それはそれは。でもねお嬢様、私の目はごまかせませんよ」

元侍女はそう言って、寝室へと続く扉へ手をかけた。

「あ、ちょっと待って……！　だめよ、ルーナ」

シェリアは小さく叫んで彼女の手を引っぱった。だが扉は大きく開いて中の様子が丸見えになってしまった。

山と積まれたリネンやドレスが二人の視界に飛び込んでくる。

シュミーズや肌着、何もかもがごちゃごちゃと床に寝台にと乱雑に重なって、まるでならず者たちが荒らしていったような部屋だ。ルーナはやれやれ、とため息をつく。シェリアは小さな頃から聞き分けは良かった。だが、整理整頓だけはどうにも苦手なのだ。

「……やっぱり。いけませんよこれでは。きちんとお片付けされないと」

「わ、わかっているわ！　ただ少し、その、忙しくて……後でしようと……」

シェリアはもじもじと手を合わせた。衣装をあれこれ出してはそのままにしてしまうのは昔からの彼女の癖だった。半年前までは侍女が片付けてくれていたのだが、そんなことはもうない。それなのについそのままにしてしまうのだ。

「またこのように……せっかくお屋敷から持ち出せたお召し物が傷《いた》んでしまいます」

「そうなのだけど……」

煌《きら》びやかな生地のストールも、豪華な刺繍をあしらったドレスも街の中では違和感の塊でしかない。

前は、新しいドレスを仕立てたり流行の生地を選ぶのが楽しくて仕方なかった。今では店で目立たない服を選ぶことに一生懸命になる。彼女は俯くしかなかった。ルーナはため息をついてドレスをしまい出し、「ほんとうに、お気の毒なお嬢様」と嘆いた。

シェリア・クラセントはつい半年前までは他の貴族令嬢と同じく、華やかな生活を約束された娘だった。男爵家の一人娘だった彼女の元には毎日のように茶会や夜会の誘いがあり、楽しく過ごしていたのだ。だがそれは突然終わりを告げ、今のシェリアはただの一庶民である。

もっとも、クラセント家は歴史ある由緒正しき男爵家、というわけでもない。豪商だったシェリアの高祖父がその能力を評価されて爵位を得たのだ。前ラムゼリア国王の計らいで、当時はそのようにして男爵となった者が多かった。

ただし、爵位を無条件で継承できるのはその孫までという条件つきであり、その後の爵位存続は、各々貢献度によって陛下が随時判断されることとなる。約七十年の間高祖父の功績に胡座《あぐら》をかいていたクラセント家は見事、シェリアの父の代で爵位の返上を言い渡されてしまったのだ。

無能だった祖父が財産を食い潰《つぶ》し、父は病《やまい》がちながらも奮闘したが爵位継続はとうとう叶《かな》わず失意の中亡くなった。親族もほとんどおらず、沈みゆく船になにも知らずに乗せられていたシェリアは二十歳《はたち》を目前についにひとり、世間に放り出されたのだった。

「まったく、旦那様もなぜ何も仰ってくださらなかったのでしょうね。何もかも手放さなければならないほど追い込まれていたなんて……」

「心配かけたくなかったのよ、きっと。私ったら何も知らずに周りのお友達と同じように振る舞っていたのですもの」

家の窮状《きゅうじょう》も知らずにのんきに過ごしていたことをシェリアは今更ながら後悔している。話してくれていたら、もしかしたら、私だって少しでも力になれたかもしれない。

「お嬢様は悪くありませんわ。財産管理を任されていた家令と旦那様は周りに一切を気づかれないようにしてらっしゃったのですから」

お嬢様は家令にも旦那様にももっともっとお怒《いか》りになって良いはずですよ。ルーナは当時を思い出したのか鼻息荒く衣類を畳《たた》む。

「そのあげく、何もご存じないお嬢様にはこのような狭い下宿部屋だけだなんて」

「仕方ないわ。これでも十分ありがたいと思っているの。僅かですけれど財産を遺《のこ》してくださったんだもの。私一人くらいどうにでもなるわ。お裁縫は教え込まれたからお仕事もあるし、ね」

シェリアはにこりと微笑《ほほえ》んでみせる。ルーナはシェリア付きの侍女だったが、幸いクラセント家の使用人は皆次の職場へ移ることができた。シェリアが祖父の友人に頼み込んだのだ。そして自分でも使用人の受け入れ先を必死で探した。それは最後のクラセント家当主としての、せめてもの償いの気持ちであった。

「そんなこと……お嬢様」

元侍女は泣きそうな顔になる。小さい頃からそばで見てきたお嬢様のことが心配でたまらないのだ。

シェリアの色白の肌に映える艶のある金髪と青みを帯びた薄い緑の瞳は柔らかで可憐《かれん》な印象を与える。亡き母の美しさを受け継いだ令嬢は気立てがよく、滅多にないほど素直で優しい心根の持ち主だ。他家で働くことになってから、改めてルーナはそれを強く実感している。

その分、シェリア様にはお人好《ひとよ》しな所がある。誰かに騙《だま》されたりしないかと気が気ではなかった。

「やはり、お嬢様は早くご結婚をなさらなければ。いつまでもこのような状態ではいけませんわ」

「無理よ、それは……。一度婚約を破棄されている私を受け入れてくださる殿方なんているわけないわ。もう、爵位もないのに」

シェリアは十七の時に婚約した。だがこの爵位返上騒ぎの中で相手からは婚約解消を申し渡されている。

この半年余りであれよあれよという間にシェリアの人生は大きく変わってしまったのだ。それでもなんとか彼女は前向きになろうと日々自分を励ましていた。

ルーナは下で湯をもらい、お茶を淹《い》れてくれた。彼女のお茶はいつもとても美味《おい》しい。シェリアはほうっと息をついた。

「やっぱりルーナのお茶は美味しいわ。同じ茶葉なのにどうしてこんなに違うのかしらね」

「お嬢様……お仕事はお辛《つら》くないですか……？　慣れないことばかりでしょう」

「ええ、そうね。でももう半年経《た》つのよ。大丈夫。あ、そうそう。今日はね、お友達ができたわ。それからね……」

二人は楽しく近況を語り合う。シェリアは店に来た獣人族のことを話した。

「まぁっ！　ひどいですね。その客人は怒って当然ですよ。そんな走り書きを見てしまったら私だって怒ります」

「そうよね……」

野性的な男の目が悔《くや》しそうに細《ほそ》められていた様子が浮かぶ。同時に彼の尻尾が輝くほどふさふさだったことや、襟の隙間《すきま》から見えた男らしい鎖骨《さこつ》のことまで思い出してしまった。ドギマギしてシェリアはそれを追い払うように目を閉じた。

ルーナは寝室の中をひと通り片付け終わると満足そうに部屋を見渡した。

「さあ、それでは私はそろそろ帰ります。お嬢様、暖かくしてお眠りくださいね」

「ええ。ありがとう、ルーナ。ほんとうに……」

帰ってしまうのが寂しいがシェリアはぐっと我慢して笑う。これ以上甘えてはいけない。彼女は鏡台《きょうだい》から銀貨の入った袋を取り出した。

「これで馬車を呼んで、ね。夜道は危ないわ」

「と、とんでもないです。大丈夫ですよ。お気になさらず。歩いて帰ります」

「ダメよ、もう暗いし」

シェリアはルーナの手に銀貨を握らせる。だが彼女は首を横に振った。

「お嬢様は私たち使用人の行き所を見つけてくださった。みんな、本当に感謝しているのですよ。それだけで十分ですから」

シェリアは瞳をうるりとさせる。

「皆のお仕事を突然奪うことになったのだから、クラセント家の者として当然のことをしただけよ。さあ、お帰りなさいな。また、気が向いた時に来てくれたら嬉しいわ」

銀貨を無理やり手にねじ込むと、背中を押すようにしてルーナを見送る。二階の窓から彼女が通りで辻馬車を拾うのを確認して、ひらひらと手を振った。

「さあ、明日も頑張りましょう」

彼女は雲間に浮かぶぼうっとした月を見上げて呟《つぶや》いた。

＊＊＊

「私と食事を……。あの……ユアさんは、私をお誘いくださっているのですか？」

「そうよ、私と。あら、イヤなの？」

数日後、シェリアはユアと一緒に『フォルガーナ』から帰っていた。

友達になったといっても最初こそユアはシェリアのことを世間知らずのおめでたい娘だと面白がっているだけだったが、彼女の丁寧な態度や真面目な性格を気に入ったらしい。なにかと親切に声をかけてくるようになっていた。

「そんな、嫌ではありませんわ。でも、私……。街でお茶会や、お食事をしたことがなくて」

シェリアは恥ずかしそうに俯いた。

「ふふ。そうだろうと思ったのよ。いっつもまっすぐ帰っていくものね。あのね、今日は週末で市の立つ日なの。だから、夜まですっごく賑《にぎ》やかなのよ。特に向こうの方にある森竜亭《もりりゅうてい》は人気で、みんなで夜じゅう騒いで楽しいのよ。もちろん、美味しいお酒も、音楽もあるわ」

絶対楽しいから行きましょ！　とユアは迫ってくる。

「そりゃ、貴族のお嬢さんは毎日のように夜会だのあったんでしょうけど、街のも気さくでいいわよ」

「でも、私、着ていくドレスが……宝飾品もあまり持っていませんし」

ドレスは数着あるが、装飾品はほぼ売却してしまっている。あの真珠の首飾りは当分取り戻せそうにない。シェリアは何を着ていくか考え込んでしまった。

「ちょっと！　また面白いこと言ってるわね。……あのね、そんなの大丈夫よ。この格好でいいの。ね、行きましょ」

「え、で、でもっ、髪も……付き添いの方も」

「気にしない気にしない、楽しいわよ。さあ」

シェリアは半ば強制的に馬車に乗せられてしまった。

なんの準備も招待状もなくそのような場に行ってもいいのだろうか。不安げなシェリアをよそに、ユアはご機嫌な様子で今日のハザルドの愚痴《ぐち》を披露《ひろう》している。

（そうね。きっと、知っている方に会うこともないだろうし。気を遣《つか》わずお食事を楽しめる席なのかもしれないわ）

「シェリア。お酒は好き？」

「あ、ええと、食前酒は少し頂きますが、私はお茶の方が好きです」

「まぁ！　もったいないわね。森竜亭の葡萄酒《ぶどうしゅ》は最高よ。良い葡萄を使ってるんですって。それから、エールもすっごく濃いの」

ユアは目を輝かせている。

「せっかくだからたくさん飲んで騒いで、何もかも忘れちゃいましょ」

「ええ、そうですね……」

（飲んで騒ぐって、どんな感じなのかしら）

わくわくしているユアに、シェリアは曖昧《あいまい》に頷いた。

森竜亭は文字通り人で溢《あふ》れかえっていた。葡萄酒とエールと食べ物の匂い、そして音楽。店お抱えのギター奏者たちが軽快なメロディをかき鳴らす。老若男女を問わず様々な階層の者が混じりあった、陽気な混沌《こんとん》に満ちていた。

シェリアは店の端の方で木のテーブルを前にちょこんと座り、目を丸くして周りを眺めていた。

「どう？　すごいでしょ」

ユアは早速エールのジョッキを片手に悪戯《いたずら》っぽい視線を向けている。

「ええ……。皆さん、楽しそうですわ」

店で働く娘や、近くの村から出てきた若者、そして一目で剣士とわかるような、腰に剣を携《たずさ》えた男たち。店主は外にまでずらりとテーブルを出して客を呼び込んでいた。

（宮廷や、お屋敷の夜会とは全然違うけれど、皆さん食べて飲んで、お喋《しゃべ》りをして……とても生き生きとされてるわ）

シェリアが出席していた夜会では、どんな高価な宝石を身につけているか、どこの有名仕立て師のドレスを身につけているかの品評会でもあった。誰もがどれだけ美しく豪華に着飾れるかを競い合っていて華やかではあったけれど、隙を見せたりしては、いけない。失態は瞬く間に人々の間に知れ渡ってしまい、ご婦人方の扇の陰で何年も何年も語り継がれることになるのだ。

シェリアもウエストを絞りまくったドレスを身につけ、よく知らぬ婦人たちの話に笑顔で頷き、殿方に申し込まれるダンスを待って過ごしていた。その頃のことを思い出して、胸がちくりとする。父たちが負債《ふさい》のやりくりに頭を抱えている間もなんの気《き》なしに楽しんでいた自分が情けない。

「あ、ダンスが始まったわ！　行きましょ。あなた踊れるんでしょ？」

「い、いえ！　大丈夫です。私は、見ていますから、ユアさんどうぞ」

流れる曲は彼女が知っているものよりかなりテンポが速く、パートナーとの密着度も激しい。腰と腰をこれでもかとピッタリ合わせて揺れている男女から、シェリアは慌てて目を逸《そ》らした。

「そう？　まあいいわ。じゃ、楽しんで」

彼女はジョッキを片手に陽気な音楽の中に飛び込んでいってしまった。早速男にしなだれかかりステップを踏んでいる。ユアの奔放《ほんぽう》な様子にシェリアは圧倒され、ぽかんとしてしまった。

（夜会よりも、もっと、皆さん、なんだか……すごいわ）

呆《ほう》けたように周りを見渡していると、後ろでどっと笑い声が起きた。楽しげな声につられて振り返ったシェリアはあっと息を吞《の》んだ。

（あ、あれは……）

女性たちの中心で派手にジョッキを掲《かか》げている男がいる。なんとそれは、先日店に来た獣人族の青年だったのだ。

シェリアは慌ててテーブルの下に頭を引っ込めた。でも、気になってそろそろと顔を出す。

軽く波打つ深い赤茶の髪に、同じ色をした獣の耳がふたつ。そして野性的な光を湛《たた》えた金色の瞳にすっと通った鼻すじ。品の良い形の唇は少し薄く、男性らしい魅力に溢れている。ラグノス・ユハートは驚くほど整った顔をしていた。店では彼の態度に怖気《おじけ》づいてしまい、顔をきちんと見る余裕もなかったのだ。

（あの方……。こんな所で会うなんて）

ラグノス・ユハートは大きなテーブルに葡萄酒のグラスと肉の皿をこれでもかと並べ、両隣りに女性を侍《はべ》らせている。酒で顔を赤くした女たちは彼が何か言うたびに楽しそうに笑い、明らかに色気のある視線を送っていた。周りには数人、同じように獣の耳を持つ男たちがテーブルについている。彼の仲間だろうか、皆引き締まった体軀《たいく》に整った顔立ちをしており賑やかな森竜亭のなかでもひときわ目立っていた。

（この国の人間は冷たい、とか仰っていたのに、すごく楽しんでいらっしゃるみたい）

自分の手から依頼品を取り上げた態度とは全然違うことに、シェリアは少しだけ、気持ちがもやっとしてしまった。

「ほら、あの人たちよ。獣人族の……ええと、ヴェルタ国から来たって」

「見てよ！　本当に特徴的な耳と尻尾があるわね。ふさふさしてて……触り心地すっごくよさそう」

シェリアのそばで姦《かしま》しい娘たちが興奮気味に囁《ささや》いている。

「獣人て、精力がすごいそうよ。あの娘《こ》たち、それ目当てじゃないの」

「ちょっと！　やめなさいよ……」

くすくすと笑っている女たちとは逆に店の常連らしき男たちは不満げだ。

「獣騎士団だと。ヴェルタ国なんて海の向こうだろ。何しに来たんだか。あいつら、騎士だってんなら俺らの街に居座ってないでとっとと戦いにでも行けよな」

「こら、聞こえるぞ。なんでも、両国の友好の証《あかし》としてラムゼリアに派遣されたらしい」

「あんた、なんでそんな詳しいんだよ」

「娘が臨時で公爵様の屋敷に奉公に出てたんだよ。その時聞いてきたんだ。獣人族ってのはかなりの戦闘好きで、皆恐ろしく強いんだそうだ」

「ふん、どうだか」

男たちは盛り上がるテーブルを横目で睨みながら杯を次々と呷《あお》る。シェリアはそっと席を立った。

(ここだと見つかってしまいそう。……この前のこともあるし、すごく気まずいわ。ユアさんを探して帰りましょう)

だが、人混みに紛《まぎ》れてユアがなかなか見つからない。シェリアはおろおろとあちこちを見回した。

「これはこれは」

不意に目の前に影が差す。彼女はびくりとして見上げた。

「こんな所で遊んでいるのなら、俺たちの隊服を直す時間くらいいくらでもあるんじゃないのか」

壁にもたれかかり、シェリアを見下ろしているのはあちらで騒いでいたはずのラグノス・ユハートだった。

「あっ……。えっ」

「隠れようとしていたのがこちらからは丸見えだったぞ」

彼女はしどろもどろに挨拶をした。

「こ、こんばんは……っ。あのっ、わ、私は……、その、今は仕事ではありませんので、お食事を、その……お友達と」

『フォルガーナ』での件は本来シェリアが悪いわけではない。でも申し訳ないような、後ろめたいような変な気持ちになってくる。

「ふーん？」

非の打ち所のない容姿の獣人は尻尾を疑わしげに揺らした。目を細め片眉を上げて、明らかに依頼を反故にされたことを根に持っている。シェリアはいたたまれなくなって頭を下げた。

「お直しのこと、ごめんなさい。……あのようなことがあれば、当然お気を悪くされますよね」

ラグノスは少しの間黙って彼女を見ていたが、やがて軽く息を吐き髪をかきあげた。今日はフードを被っていないので、獣の耳が露《あら》わになっている。狼《おおかみ》を思わせる大きな耳を、思わずじっと見つめてしまう。

「……ま、わかっていたことだ。断られたのはあの店が初めてってわけじゃない。俺たち獣人族なんて見てる分には良いんだろうが、実際には関わり合いたくないんだろう。せいぜいが酒場で物珍しさに近寄ってくる者がいるくらいだ」

「いえ、そんな」

「別に、同情なんかいらない」

彼女が否定しようとするとぶっきらぼうに遮《さえぎ》る。少し拗《す》ねているようにも感じられた。シェリアがどう続けようか迷っているうちに彼は片手を振ると、背中を向け行ってしまった。

（また、気を悪くされてしまったかしら……）

「どこ行ってたのよ、剣士さん」

「ああ、すまない。ちょっとな」

「早く飲みましょ！」

再び姦しい女たちに囲まれた獣の耳を持つ青年は、ジョッキを片手に陽気な表情に戻っていた。

獣人族は西の大陸にしか生まれない稀《け》有《う》な人種だという。その強靭《きょうじん》さを頼りにされることも多く、ヴェルタ国は様々な国と繋《つな》がりがある。我がラムゼリア国王陛下は御自らヴェルタ国へ赴《おもむ》き同盟の話を申し出たのだそうだ。

（お茶会で噂《うわさ》を聞いた時は遠い国のお話だと思っていたけれど、こんな形で目にするなんて本当に不思議ね）

　ただ、彼のさっきの言葉からは、居心地の悪さが伝わってきた。

（祖国を離れてラムゼリアに来られて、色々な思いをされたのかしら）

　彼の刺々《とげとげ》しい口調がなんとなく気になってつい目で追ってしまう。だが少なくとも今は女たちに囲まれて十分楽しそうに見えた。

　と、その時、別の場所で一際大きな歓声が上がった。振り向いたシェリアは目を大きく見開く。身体から血の気が一気に失《う》せていくのがわかった。

（ま、まさか……）

　あちらにもう一つ賑やかな一団があり、そのなかで得意げにグラスを傾けていたのは彼女の婚約者、オーリン・ジルベストだったのだ。

いや、違う。元、婚約者だ。

オーリンはシェリアの家が傾きかけだと知ると、とっとと婚約を破棄し他の令嬢と婚礼式を挙げてしまった男である。

二年前、シェリアとオーリンは親に決められた婚約という、至って普通の出会い方をして、至って自然に交流を重ねた。花束をもらったり、夜会で節度を守ったダンスをしたり。彼はシェリアに優しく甘い言葉をかけてくれ、うぶな男爵令嬢はそれだけで頬を赤く染めて幸せな気持ちになった。恋していたわけではないけれど、彼との穏やかで幸せな生活を夢見ていたのだ。

シェリアはまたしても慌ててくるりと背を向けた。胸がきゅうきゅうと痛む。今、一番会いたくない人物だ。

(な、なぜオーリン様が……)

彼の屋敷は王都でも中心部で、この地域からはかなり遠い。なぜわざわざこんな所まで来て騒ぐのだろうか。どきどきと心臓が不規則に鳴る。シェリアは自分を庇うように胸に手を当てた。

「あら、どうしたの。気分悪そう」

いつのまにかユアが戻ってきていた。シェリアの顔を心配そうに覗き込んでいる。

「あ、大丈夫です……！　お水、お水を飲めばよくなりますわ」

彼女は目の前にあるグラスの中身を勢いよく呷った。

「あら、だめ、それ」

「……っ？」

　喉が焼けるように熱い。炎が喉を炙《あぶ》りながら空っぽの胃に落ちていく。シェリアは盛大にむせてしまった。

「おやまぁ、いい飲みっぷり。大丈夫？　それ、この店の一番強いお酒よ」

「えっ……」

　くらくらしながらシェリアは椅子にとすんと沈み込んだ。

「ま、ちがえちゃいました、おみずと」

　一瞬で、頭が熱くなる。身体の中を酒が勢いよく駆けめぐっていく。血管が燃えるようだ。シェリアの瞳が一気に赤く潤んでいくのを見て、ユアは愉快そうに自分も酒を飲み干した。

「バカねえお嬢さんは。ふふ、もうお顔が真っ赤じゃない。ちょっとこのお店のお酒は刺激が強かったかしら」

　ぐらぐら揺れる視界を戻そうと目をぱちくりしてみたがぜんぜんだめだ。天井がぐにゃりと歪《ゆが》んで見える。元々酒に強くないシェリアはたったの一杯で完全に酔っぱらってしまった。

　だが、彼女はユアに精いっぱい強がってみせる。

「そんなこと、なんにもないれす、わ。しげきなんて、なんにも」

　ただちょっと、元の婚約者を見つけてしまっただけですわ、シェリアは心の中で呟いた。

「え、だれ？　誰！　どこよ！」

　……心の中で呟いたつもりが、声に出てしまっていたみたいだ。

ユアは目を輝かせて店の中をぐるぐると見渡している。シェリアは半ばやけで思いっきり手を伸ばし、女たちと腕を組み合って酒を飲むオーリンを指差した。

「……あの、きんぱつの方ですわ」

ユアは目を細めシェリアの元、婚約者をじっくり観察した。

「まぁ、いかにも余裕ある貴族の坊ちゃんって感じね。あなたとあまり歳《とし》は変わらなそうだけど」

「おーりんさまは、にじゅういっさいですわ。でも、あのかたはもうけっこんされてるのですよ。こんなとこに……、おんなのかたといっしょにいるのはおかしいのです」

呂律《ろれつ》が回らなくなってきたシェリアは、喉を潤《うるお》そうと別のグラスになみなみと注がれていた液体を呷った。そして、またまた目を白黒させる。今度こそ水だと思ったのに、また間違えたようだ。

涙目になって椅子の上で揺れている元男爵令嬢を、ユアは少し気の毒そうに見た。

「……別におかしくはないわよ。こういう店にはそれこそ身分を隠して遊びに来る貴族のバカ息子なんてざらにいるもの。でもま、なんだか、あなたも色々あるのね。さあ、もっと飲みなさいな。ぜんぶ忘れちゃえばいいわ」

「いえ、もう、わたしは、こんどこそ、おみずを……」

揺れる身体を支え、立ち上がろうとした拍子にシェリアはグラスを落としてしまった。がしゃんという音に、オーリンがこちらを振り向いた。シェリアを見てはっとしたように息を呑むと、つかつかとこちらにやってきた。

「おやおや、シェリア・クラセント嬢じゃないか。これは驚いた！　お怪《け》我《が》はないですか？　さあ、こちらへ」

　彼は店主を鷹揚《おうよう》に呼びつけ、破片《はへん》を片付けさせる。金髪碧眼《きんぱつへきがん》、爽やかな雰囲気で彼はあの頃も令嬢たちの噂の的になっていた。今もその仕草は優雅な貴族令息のそれだ。

「オーリン様……」

「君が怪我をしては大変だからね。男爵令嬢がこのように酔ってはいけないだろう……あーいや。そうか、違ったか。ともかく、久しぶりに会えて光栄ですよ」

　彼は愉快そうに笑った。

（なぜ、この方はこんなふうに笑うの？）

「さあさあこちらへどうぞ。かなり顔が赤い。酔いを覚ました方が良さそうだ」

　その仕草が以前と同じくあまりに自然なので、オーリンに促《うなが》されるままシェリアは外のテラス席に移った。店内の熱気が離れてゆく。夜風が火照った頬に気持ちいい。そして、彼女はまだオーリンにお祝いを告げていないことに思い当たった。

「オーリン様。あの……ご、ごけっこんおめでとうございます」

　固い口調で祝辞を伝える。なんと滑稽《こっけい》なことだろう。

　勝手に婚約を破棄した相手に、お祝いを言っているなんて。

「ああ、ありがとう。でも、ちっともめでたくないよ。君の家が爵位を返上することになった時僕はね、とても寂しかったんだ。でも、母上たちは慌てて代わりの令嬢を探してきたんだよ。なんと妻はね、僕より三つも年上なんだ」

「……おめでたいことですわ」

嫉妬が湧くのかと思ったが、意外にもそんな気持ちにはならなかった。なんだか、思い描いていたオーリンとは違う気がする。

彼は赤い目をしてじっとりとシェリアを見ていた。彼女はなんだかそわそわとしてしまった。

オーリンとは婚約が決まった時に、腕をほんの少し絡めて庭園を散歩したことがある。緊張もあって、その時のことはあまり覚えていない。彼女は慌てて話題を変えた。

「オーリン様はお屋敷で奥方様がお待ちなのでしょう？　このような所にいてはご心配なさるのでは？」

彼は鼻を鳴らしてシェリアを遮る。

「あのね、シェリア。結婚ていうのはね、本当につまらないんだよ。僕は街で遊ぶ方がずっといい。そのことにやっと気づいたんだ。まぁでも、このことはうちには内緒にしてくれよ」

オーリンはちっとも悪びれた様子なく、からりと言ってのけた。

「……ああ、とはいえ。もう君には縁のないことか。うちに来られるはずもないしね。いらぬ心配だった」

彼は肩を竦め、不意に酒臭い息をシェリアの耳に吹きかけた。

「どうだい？　元婚約者同士、語り合おうよ。店の上にはいつも部屋をとってあるんだ」

森竜亭は三階建ての大きな建物で、上には幾つも部屋があった。もちろん、そういうことに使う者もいるが、シェリアには全く意味がわからない。

「は？　あの……」

オーリンはぐいっと彼女の肩を窓枠につけた。乱暴な仕草はあの頃とは全然違う。

シェリアは誰にもこんな風に不躾《ぶしつけ》に触れられたことなどなかった。恥ずかしさでもない、妙にぞわぞわした嫌な気持ちになる。

「あの頃はね、周りの目もあるし君に手を触れることはできなかった。今ならこんなに、簡単に触れるね。婚約を破棄したことに乾杯しないといけないな」

オーリンは彼女を舐《な》め回すように見つめた。その瞳は酔いと欲で濁《にご》っている。酒臭い息にシェリアのなかで吐き気と、怒りが湧いてくる。

「お、奥様がおられるのに、なんてこと……」

「いいだろ。君だってあの頃はその気だったじゃないか。僕の贈った花束に頬を赤らめてさ。早くヤりたくてたまらなかったんだろ」

オーリンが彼女の胸元のリボンをするりとほどいた、その時。

ぱちん。

乾いた音がした。

シェリアが思わず彼の頬を引っ叩《ぱた》いたのだ。だが実際は手が震えてしまって、彼女の指は微《かす》かにオーリンの顎を掠めただけだった。

だが、オーリンはそれだけでも相当驚いたようで、唇をプルプルと震わせながらシェリアを睨みつけた。

「な、なにするんだ、……ぼ、僕に、ジルベスト家の人間に手をあげるなんて、この……借金まみれのクズ男爵家の娘が！」

もう一度、今度は深く息を吸い込み、シェリアは正確に男の顔の真ん中めがけ、硬く握りしめた拳を思いっきり叩《たた》きつけた。夜空に、ぼこん、と鈍《にぶ》くも大きな音が響く。

「クズはそっちよ！」

あっけに取られた表情のままで地面に仰向けにゆっくりと崩れていくオーリンの横を走り抜け、シェリアはテラスから外へ飛び出した。

通りには馬車が数台、帰りの客を待っていた。御者《ぎょしゃ》たちが驚いて彼女の方を見ている。店の中からも大きな音に気づいた客がちらほら顔を覗かせている。

シェリアはそれに構わずずんずん歩き続けた。なぜか、涙が後から後から滲《にじ》んでくる。酒に酔っているせいなのか、怒りのせいかもわからない。けれど、彼女は子どものようにしゃくり上げながら大股で歩き続け、並んでいた馬車のひとつに勢いのままに乗り込んだ。

「テイル通りへっ！　行ってください」

「あ、お嬢さん……！　お待ちを」

御者が慌てて手を横に振った。

「馬車を出してください。お金なら、あります！　ほら、ちゃんと、ここに！」

「いや、その、お嬢さん……もう」

「だって、お祖父《じい》様が借りたお金はもうぜんぶ返したんだから！　もう――、うちは、クラセント家はっ、借金まみれなんかじゃないわっ」

彼女は御者にきっとした顔を向ける。そして、ぐすぐすと泣きながらレースの巾着を取り出した。中には今月の生活資金が入っている。

「ほら、ちゃんとお金は払えますっ」

「いや、あのそうではなくてね……」

慌てている御者を無視して、シェリアは強引に身を屈《かが》めて座席に座ろうとした。

「う……っ」

本当はその動作だけで胃のむかつきがひどくなるのだけれど無理してお尻を押し込む。ああ、なんだかとても気持ち悪い。

「早く出して……くださいませ。お願い。テイル通りの下宿屋ですから」

シェリアは座席に背を預け、ぎゅっと目を閉じた。道を伝えるのだけで精いっぱいだ。

「……これは私の馬車だ。失礼だがお間違えでは？」

「……え？」

シェリアはゆっくりと瞼《まぶた》を上げた。

奥に誰か座っている。先客がいたのだ。さあっと血の気がひいてゆく。

「ご、ごめ、んなさ、降ります……しら、なくて。とんだ失礼を……っ」

「あんたは、ベロベロに酔っぱらうとだいぶ威勢が良くなるのだな」

「……え？」

隣にいる人物はゆったりと長い足を組み座っている。腰の辺りから豊かな赤茶の尻尾がふさふさと揺れているのが見えた。

「あ、あ、……」

とっさに名前が出てこない。シェリアはくらくらする頭で必死に男の名を思い出そうとした。

「ラグノスだ。ラグノス・ユハート。ヴェルタ国銀狼《ぎんろう》騎士団団長……ま、覚えていないだろうが」

獣人族の騎士はむっつりとした表情で名乗った。

「――それはそうと、さっさと降りて頂こう」

ラグノスは苦虫《にがむし》を噛《か》み潰《つぶ》したような顔でシェリアを見ている。整った顔でそれをされるとさらに凄《すご》みがあった。

「も、申し訳ありません。すぐ、失礼しますから……」

彼女はわたわたと腰を上げようとした。だが、足に力が入らず、間抜けに身体が揺れるだけだ。

「あら……ご、めんなさ、ちょっと待ってくださいませ、ほんとうに、すぐ、降ります」

涙に濡《ぬ》れた顔を赤くして、シェリアは馬車から降りようと足搔《あが》く。その様子を苛々《いらいら》と見守っていたラグノスはついに、大きくため息をついた。

「もういい。座っていろ」

「いえ、そういうわけには……」

「いいから。今のあんたを夜道に放り出すことはできない。騎士としても、人としても外れた行為に思えてきた。それに、このままではまともに家に帰り着けるとは思えない。追い剝ぎにでもやられるのがオチだ」

彼はぶっきらぼうにそう言うと、彼女の腰を引っ張るようにして座席に深く座り直させた。ぞんざいな言葉とはうらはらに優しい手つきなのだが、酔いの回っているシェリアにはそんなことまで気づけない。

ポカンとしている間に、ラグノスは御者に声をかけた。

「出してくれ。さっきこの娘が言っていただろう。先にそちらに向かってくれればいい」

御者は頷き、やがて馬が走り出す。

「あ、ありがとうございます……」

彼は何も答えない。腕を組み小窓の向こうを眺めているだけだ。

シェリアは恥ずかしいやら気まずいやらで、俯いて小さくなるしかなかった。だが、そうやって縮こまっていると余計に胃がムカムカしてくる。悪いことに、石畳の通りに出ると車体は何度も大きく上下に揺れだした。そのたびに身体が浮き上がり、そして沈みこみ、シェリアの胃を容赦《ようしゃ》なく攻撃する。

(う……きもち、悪い……)

小窓の外に顔を出して何度も大きく息を吸う。

婚約前の身でこんなみっともない仕草はあり得ない。だが、せっかく乗せてもらっておいてここで吐くわけにはいかない。

ぜったい。それだけは死んでもダメよ、シェリア。

それだけを頭の中で繰り返していた。

永遠とも思えるような時間が過ぎていく。しばらくしてようやく馬車は速度を緩め止まった。見慣れた建物の前で彼女は開けられた扉から半ば転がり落ちるように降り、深く頭を下げた。

「ご、ご迷惑をおかけしました……。ほんとうに、ありがとうございました。あ、お金、おかねを」

おぼつかない手つきでレースの巾着の中をまさぐる。

吐き気はそろそろ限界を迎えようとしているが、叩き込まれた礼儀のためにシェリアは足を踏ん張った。ラグノスは再び呆《あき》れたようにため息をつき、彼女の横に降り立った。

「少し待っていてくれ」

御者に一言告げるとシェリアの肩を支える。

「上の階か？　あんたの部屋」

「えっ……？　はっはい……」

あまりにも自然に尋ねられて、訳もわからぬまま頷いてしまった。すると青年はひょい、とかがみ込む。膝裏に手を差し込まれたと思った瞬間にはもう彼女は軽々と抱き上げられていた。

（……ひぇ、な、な、なに……）

心のなかで、変な叫び声が上がった。顔が近い。近すぎる。顎から喉元にかけての男らしい稜《りょう》線《せん》が目の前だ。横抱きにされた彼女はじたばたと足を揺らした。

こんなことはお父様にも、あのクズのオーリンにだってされたことがない。

「お、お、おろ、して……くださいませ」

混乱と恐怖がぐるぐると全身を駆け巡り、ますます胃が迫《せ》り上がってくる。見知らぬ男性に抱き上げられ自室へ向かわれているのだ。酔った頭でもわかる。これは貞操の危機だと。

他の住人はとうに床に就《つ》いており、階段には小さなランプが申し訳程度に灯《とも》っているだけだ。彼女はラグノスから逃れようと必死になった。だが、鋼のように引き締まった腕はびくともしない。

「や、やめ……」

涙目で訴える。なにが起こるかはっきり知っているわけじゃないけど、とても、こわい。

シェリアの唇はかくかくと震えた。

「あんた、馬鹿か」

階段をギシギシと上りながら獣人はばっさりとシェリアの思考を遮った。

「今にも吐きそうな酔っ払い、抱くわけないだろう。変な誤解をしないでもらおう。俺にだって女を選ぶ権利くらいある」

馬鹿かこいつという目で見下ろされる。彼女はさらに大きく目を見開いた。今度は耳の先まで真っ赤になってしまう。

「そんなこと……お、おもってません……っ」

恥ずかしいし、腹立たしいのに間抜けな反論しか出てこない。もっと、気の利いた文句を言わなくちゃ。そう思って口をもう一度開いたシェリアは突然、顔を歪めた。

「う……も、もう……つむりです……きもち、わるい……」

彼は「ここで吐くな馬鹿」と小さく叫ぶとシェリアを抱いたまま大急ぎで残りの階段を駆け上がった。そして、弱々しく指差された扉を勢いよく蹴破ったのだ。

「な、なになさってるんですか……っう、と、とびらが……こわれ、ぅ」

そのあとは言葉にならなかった。

「クソ、手間のかかる……っ」

ラグノスは大慌てで手近にあった甕《かめ》を彼女の前に差し出したのだった。


「ほら、水だ」

長椅子に力なくもたれかかるシェリアの目の前にぶっきらぼうに差し出されたカップにゆっくりと手を伸ばす。下の共用井戸からラグノスが汲《く》んできてくれた水は、冷たくシェリアの喉を潤した。ようやく酒ではないものを摂取できて、少しずつ頭がはっきりしてくる。同時に、とんでもないことになっていることにも気づいてしまった。

「ありがとうございます……、も、申し訳ありません……」

「あんた、いったいどんな飲み方したんだ。俺たちの国のガキが初めて酒を飲んだ時と大して変わらないぞ」

「ご、ごめんなさい」

彼はむすっとしている。しかしこの獣騎士の絶妙な機転で彼女はもろもろが間に合ったのだ。

シェリアが胃の中のものを全て出した後、ラグノスはぐったりとしている彼女を長椅子に慎重に横たえると手早く甕を洗い窓を開け放ち空気を入れ換えた。

そうして冷たい水を運んできてくれたのだ。自分のことを自分でやるようになったのがついこの半年であるシェリアにとってそれはまるで魔法のようで、侍女のルーナも顔負けの手際の良さだった。

「ドレスの首もとを緩めるが、決して変な意味はない。誤解するな」

彼はそう念押しして、シェリアのブラウスの襟を広げた。開け放たれた窓から流れてくる新鮮な空気が心地いい。彼女は深く息を吸い込んだ。

(偉そうで、嫌味な方。なのに、こんなにお世話になってしまったわ……)

大荒れだった感情が収まってくると、今度は恥ずかしさと惨《みじ》めさがないまぜになる。シェリアは俯いて水の入ったカップを見つめた。

「一気に飲むなよ。むせてまた吐くぞ」

「あ……はい、すみません……」

水を少しずつ口に含む。その間にラグノスは向こうで壊れた扉、正確には彼が鍵を蹴り壊したのだが、そこに手早く応急処置を施《ほどこ》している。その横顔はいたって冷静だ。

思わずその手つきを見つめてしまう。

さっき、苦しむ自分の背中をずっと支えていてくれた、力強い手のひら。

ふと、ラグノスと目があった。彼は少しだけ気まずそうに目を逸らす。

「緊急事態だったから仕方ないだろう」

「え？」

「鍵まわりの部品を取り替えればすぐ元通りになる」

（ああ、扉のこと）

彼女は首を横に振った。

「いえ、あの……ご迷惑をおかけして申し訳ありません。本当にありがとうございました」

もし、廊下を汚したりすれば今よりもっと悪い事態になっていただろう。そもそも、無事に家に帰り着いただけでも奇跡に近い。シェリアが頭を下げると獣人は尻尾をふさりと揺らして、ふんと鼻で笑う。

「獣人族は野蛮で粗野だと思われるのが嫌だからな。酔い潰れた娘の介抱も丁寧にしているだけだ」

扉を蹴り破ったことは棚に上げているような気がするが、シェリアは黙っていた。

確かに、この青年は我が国の騎士と呼ばれる者たちとは少し、違う。彼らはもっと近寄りがたい存在だった。だが、ラグノス・ユハートは口調も仕草もくだけた印象だ。彼は髪をかきあげ、いささか無遠慮に部屋を見渡した。

「それで？　この部屋の散らかりようはなんなんだ？　盗賊にでも入られたか？」

長椅子の上も、寝台の上にも衣装が散らばっている。この前ルーナが来てくれた時に綺麗《きれい》になったはずなのに、またこの部屋は散らかり放題に戻っていた。ラグノスから訝《いぶか》しげな目を向けられて彼女はあわあわと手を横に振った。

「ち、違うのです。今朝、服が見つからなくて、ちょっとバタバタしてしまって……あの、いつもはこんなんじゃないです……」

思わず嘘《うそ》をついてしまった。顔を真っ赤にしているシェリアに疑いの目が向けられる。

「どうだかな。あんた、こんな中でよく暮らしてこられたな」

「今までは、ルーナがやってくれたから……」

「ルーナって？」

「あの、侍女です。ええと、今は違いますけれど」

「へえ……」

何かを察したのか、それ以上何も聞いてこない。ただ、こちらをじっと見ている。シェリアは思わず言い募《つの》った。

「……でも、でも！　私もちゃんとできるようになりました。自分のことは自分でできるんですっ。誰にも心配かけないようになるって決めたもの……。心配されるような身分ではなくなったけれど、一生懸命仕事をして、あの真珠の首飾りを取り戻して……それから」

聞かれていないことまで話してしまうのは酔っ払い特有の症状だ。

ラグノスは面倒臭そうに頷いた。

「そうかそうか。それは良かったな。きっとなんでも自分でできるんだろう、それに」

片眉が上がる。

「男のことをぶん殴れるくらいだ。あんたはこの先ますます豪快な生き方ができると思うぞ」

「ち、ちが……っ！　あれは……っ……えっ？　み、見ていらっしゃったの？」

彼女は目を大きく見開いた。先ほどのあれ……見られていたのだ。

「ああ。話の中身はわからないが、やり合う声が聞こえてきてね。素晴らしい拳の入り方だった。店の人間だって見ていたんじゃないか」

殿方を殴った所を目撃されたあげく強引に馬車に乗りこんで喚《わめ》き、そして、さらにとんでもない失態をおかしてしまった。

まさか、彼女が元貴族の令嬢だったと知っている人はいないだろうが、オーリンやこの男が言いふらしたらどうなるだろう。クラセント家の者はとんでもない人間ばかりだと広まったら……。

「なんてこと……」

吐き気は治まった。でも、別の意味でくらくらする。

（情けないわ……）

シェリアはまたしても目頭《めがしら》が熱くなって、鼻がツンとしてきた。泣いてはいけない。これ以上醜態を重ねたくはない。そう思えば思うほど、嗚咽《おえつ》が漏れそうになる。世界が今日終わってしまえばいいのに。

そんなふうに思うなんて、今日の自分はほんとうに、どうかしている。

これも半分は単に酔いのせいなのだが、彼女がそれを知るにはまだ酒の経験が浅すぎた。

そんな彼女を見るラグノスの獣耳がぴくぴくと動いている。呆れているのか、面白がっているのかシェリアにはわからない。

「とりあえず、あんたは寝ることだ」

彼の顔が近づきそして再びそっと抱き上げられる。寝室に運ばれて、寝台の上に積まれた衣装をどけると、彼はシェリアを少しぎこちない手つきで寝かせてくれた。

「あ、あの……」

「なに」

「……お願いです、さっきのこと、誰にも言わないで……」

「あの男をぶん殴ったことか？　それともよその男の馬車に強引に乗り込んだことか？」

シェリアはこくこくと頷く。

「ぜんぶ、ぜんぶです……」

彼は呆れたようにため息をつく。

「言うわけないだろう。馬鹿馬鹿しい」

「よかった……貴族の方々の噂好きにはもうこりごりなの」

「なんだ、なにかあったのか」

彼女はふるふると首を横に振るばかりだ。さらに深いため息をついたラグノスだったが、形の良い切れ長の金の瞳は少し柔らかくなっていた。

「さて、」

彼は上衣を脱ぎ、亜麻色のシャツの首元を緩めはじめた。その下から覗く喉仏がやけに艶《なまめ》かしい。

「な、なにを……やっぱり、」

震える声でシェリアは小さく呻《うめ》く。

「やっぱり、とはなんだ。……あんたみたいなホンワリした酔っ払いをどうこうするつもりなんかこれっぽっちもない。さっきも言ったろう。変な誤解をするな」

そう言うと、彼は散らかっている服を手際よく手に取りながら衣装棚へ戻してゆく。置きっ放しの羽根ペンやインク壺《つぼ》も蓋をして書き物机に次々と並べていった。

「掃除は、うん、してるのか、一応」などと呟く様子はもはや乳母《うば》そのものだ。寝台でかちこちになりながら横になっている彼女の耳に、ブーツの軽い足音が心地よく響く。

「こんなに散らかすのはある意味、才能だな。その侍女とやらも苦労したことだろう」

彼女はぼんやりとその姿を目で追う。こんなこと、本当ならもっと騒ぎ立ててもいい気がするけれどラグノスの楽しげに揺れる大きな尻尾を見ていると不思議と安心感が湧いてくる。

(なんだか眠くなってきてしまったわ)

シェリアがだんだん重たくなる瞼と闘っているうちに、賑やかに散らかった部屋が見事に整頓された。

仕上げに彼はよし、と満足げに頷いた。

「じゃあ、俺は帰る。もう二度と、貴女《あなた》とあんな風に会うことがないよう祈っておく」

そうして、足を揃《そろ》えてまっすぐに立ち、胸に手を当て、頭を下げる。

堂々とした騎士の礼を終えると、ラグノス・ユハートは傾いた扉から出て行ってしまった。

同時に、深い眠りに落ちていったシェリアは、扉の向こうで楽しそうな鼻歌が流れるのをかすかに聞いたような気がしたのだった。

第二章 弱みを握られる元男爵令嬢

薄い朝陽《あさひ》が瞼《まぶた》にかかる。眩《まぶ》しさにせっつかれてシェリアはようやく目を開けた。だが、ずきずきと痛む頭にもう一度目をぎゅっと閉じた。

（あたま、いたい……）

とてつもなく悪い夢を見た気がする。何でこんなに痛いのだろう。訳がわからないまま、それでものろのろと身体《からだ》を起こした。寝台に腰掛けるだけでもこめかみを鋭い痛みが容赦なく襲う。なんだかまだ悪い夢のなかにいるような気分だ。

目頭《めがしら》を押さえて深呼吸してみた。やわらかな日差しに、少しずつ夢が離れていく。

（昨日……、なんだか、すごく恥ずかしいことがあったような。ええと……、それだけじゃなくてとても嫌なこともあったような……）

すごく、記憶が曖昧《あいまい》だ。そもそもどうやって家まで帰ってきたのだろう。部屋の中にゆっくり視線を巡らせて、シェリアは首を傾《かし》げた。このお部屋、なんでこんなに綺麗《きれい》に片付いているのかしら。昨日の朝、衣装棚から溢《あふ》れていたはずのドレスたちがいない。

ふと、窓辺に置かれた甕《かめ》に目がいった。そのとたん記憶が蘇《よみがえ》る。吐いてしまったこと、そして、男に介抱《かいほう》され、ここまで運ばれたこと。さらには元婚約者をひっ叩《ぱた》いたことも。

「あああっ」

元男爵令嬢シェリア・クラセントは自分の失態に思わず大声を上げた。またまた頭痛が襲う。

「ううっ」

頭を抱えながら寝台に倒れ込んだ。

(私ったら、なんてことを……)

元婚約者オーリン・ジルベストの鼻に思いっきり拳をのめり込ませてしまった。もしこんなことが彼の周りに伝わったらどうしよう。噂《うわさ》好きの貴族たちの中で、あの借金まみれだったクラセント家の令嬢がとうとう正気でなくなった、と嘲笑《あざわら》われるにちがいない。

(お父様、お母様、ごめんなさい……)

家屋敷を含め財産を全て手放す羽目になったのは祖父の賭け事と収集癖のせいだ。それを必死で食い止めようとたった一人で背負った父は、心労のあまり身体を壊してしまった。爵位返上が決まり、自分の身もそう長くもたないと悟った時に父は「本当にすまない」とシェリアに頭を下げた。

「お前は幼いうちに母を亡くしている。シェリア、私は、これ以上お前が悲しむ顔を絶対に見たくなかったんだよ。愛するお前にはずっと笑顔でいてほしかった。だからこそ、何も告げずにここまできてしまった。全ては私のせいだ。娘の輝かしい未来を奪ってしまった」

そうやって嘆く父を責めることなど到底できなかった。どんなに周りに謗《そし》られようとも父はシェリアを大切に思ってくれていた。自慢の娘と頭を撫《な》でてくれたのに。

（殿方に手をあげるなんて、醜聞《しゅうぶん》にもほどがあるわ……）

シェリアは重たい足取りで寝室から出た。テーブルには木製のカップが置いてある。なぜか、水がなみなみと注がれていた。令嬢らしからぬ所作でそれを一気に飲み干すと、シェリアはほうっと息を吐いた。昨夜《ゆうべ》、ここに運んでくれた獣人の姿が思い浮かぶ。きっと彼が置いていってくれたのだろう。異国人である彼にもとんでもなく迷惑をかけてしまった。

（馬車に間違えて乗り込んで、しかも介抱まで）

何度目だろう、恥ずかしさと情けなさでぎゅっと胸が痛む。こんな気持ちなのに今日も働きに出なければいけないのだ。早く、階下で水を汲《く》んで髪を梳《と》いて顔を洗わなければ。俯《うつむ》いていると、床でなにかがきらりと光った。

（何かしら……）

いつもは散らかり放題の部屋でそんなことは気にならないのに、あの青年が片付けてくれた整然とした室内でそれはやけに目立つ。彼女はそっとそれを拾い上げた。

大ぶりのブローチだ。銀製で表面に精緻《せいち》な狼《おおかみ》が彫られている。両眼《りょうめ》には小さなダイヤが嵌《は》め込まれていて、動かすたびに朝陽に煌《きら》めいた。間違いなく最高級の品だ。祖父はこういった品を集めるのも好きだったのでシェリアにも価値はわかる。到底針子の給料で買えるような物ではなかった。

（これは……あの方の物……よね）

『もう二度と、貴女《あなた》とあんな風に会うことがないよう祈っておく』

シェリアは昨夜、眠りに落ちる寸前のことを朧《おぼろ》げに思い出した。

ブローチを丁寧にハンカチに包み、テーブルの上に置いた。

（どうやってお返ししようかしら……）

思いもよらぬ世話をかけさせられて、きっとあちらはもうシェリアとは関わり合いたくないに違いない。大きくため息をついて、彼女は仕事に向かうために身支度を始めた。

＊＊＊

その日、シェリア・クラセントはずっとびくびくし通しだった。昨夜の醜態がラムリアの街に知れ渡り、噂されているような気がする。その角で、あの店の前で。

「ほら、あれが昨日貴族の旦那を張り倒した娘さんだよ」「没落した、ほら、なんとかっていう家の令嬢らしいじゃないか」とヒソヒソ話す声が聞こえてきそうだ。男爵位を返上することが決まったと知らされた翌日のお茶会では、皆があからさまな侮蔑《ぶべつ》の視線を向けてきた。それと同じことが起きているのではないか。

二日酔いの頭を抱え彼女は身を隠すように背を丸めて店の中に入った。

ユアに聞けば何かわかるかもしれない。だが彼女は今日は休みで、昨日のことを確かめることはできなかった。

「今日も仕立て物が山積みです、クラセントさん。あなたは店番しながら進めてくださいよ。私は少し出かけるので」

ハザルドは針子たちの中で一番言葉遣いの美しいシェリアにこうして時々店番を命じる。割り増し給金などはないが、人の好《よ》いシェリアはなんの疑問もなく受け入れていた。今日も繕い物の山を手渡しすると、雇われ店主はさっさと出て行ってしまった。

（昨日のことはハザルドさんには知られてない、みたい。よかった）

心の底から安堵《あんど》のため息が漏れる。

夜会の翌日といえば、王都の各所でお茶会が開かれるのが恒例であった。それは全て前夜の噂話と醜聞を囁《ささや》き合うために催されるものだった。だが街の人々にとっては前夜のことなどどうでもいいのだろう。ようやく人心地がついて、彼女は黙々と仕事を始めた。

昼を少し過ぎた頃、やっと頭痛が収まってきた。その時、ドアベルが軽やかな音を立てて扉が開く。シェリアは半ば無意識で、繕い物の手を止めて立ち上がった。

「こんにちは、御用を承ります」

お決まりの挨拶をして顔を上げる。

「なんだ、元気そうじゃないか」

「はい。ありがとうございま……？」

聞き覚えのある声に言葉が途切れた。少し低い、滑らかな声音。彼女は心臓が飛び出しそうになった。

「あ、あっ、ああの…」

「昨夜はよく眠れたか？　あのとっ散らかった部屋で」

「ええ、はい、どうもありがとうございますすみませんええと、お世話して頂いて、その、感謝の言葉もありませんわ」

真っ赤な顔で早口に喋《しゃべ》るシェリアを見て、ラグノス・ユハートは乾いた笑い声をたてた。そして、こほんと咳払《せきばら》いをする。

「ああ、すまない。なんだか面白くて。二度と会わないと言っておきながら申し訳ないんだが……実は、昨日そちらでブローチを落としたみたいなんだ」

「ええあっ、はい、どうぞ、これを」

慌ててエプロンドレスの内側につけてある巾着からハンカチに包んだ銀の留め具を取り出した。異国の騎士団は王都に駐屯地があるはずなので、どうにかしてそこを訪ねてみようと思って持って出てきたのだ。

彼女は獣人の目を見ないようにしてずいっと手を伸ばした。昨夜、この男の大きな手に優しく背中をさすられ彼の腕に抱き上げられた。

それを思い出すと恥ずかしくてまともに顔など見られない。

「介抱までして頂いてすみません……」

小さな声でお礼を言うのが精いっぱいだ。

「ああ、酔い崩れたご令嬢の面倒を見るのは騎士として当然だからな」

彼はシェリアからブローチを受け取り、手のひらの上に載せた。上質の銀細工である。嵌め込まれたダイヤだけでも、売り飛ばせばかなりの値になるはずだ。だが、目の前の娘は素直な瞳で「お返しできて安心いたしました」と小さく頭を下げた。

「……ありがとう。大切なものなんだ。よく見つけてくれた」

獣人は知らず瞳を和《やわ》らげた。だがそれも一瞬で、次にはぐいっと彼女のそばに顔を寄せてくる。おかしなことに、この男だって相当呑《の》んでいたはずなのにその片鱗《へんりん》さえない。それどころか微《かす》かに太陽のようなあたたかな香りさえ纏《まと》っている。

「な、何か……」

「昨日のことは、内緒なんだろう？　そう頼んできたのは覚えているか？」

「は、はい……どうか、そのようにお願いいたします」

彼は人に喋ったりしないと約束してくれた。酒場にいた人々には彼女が見知らぬ男の馬車に乗り込んだことまでは気づかれていないだろう。オーリンのことはいずれ広まってしまうかもしれないがその後のさらなるシェリアの醜態はなかったことにできる、はずだ。

ラグノスは片眉を上げ、シェリアに伝える。

「それなんだが、やっぱり気が変わった」

「え？」

(気が、変わった……って、どういうこと)

「昨晩のあんたの言葉が気になってね。数少ないこちらの貴族の知り合いに尋ねてみた。最近なにかトラブルでもあったのかと。すると、半年ほど前にある男爵が父の負の遺産を背負いきれず、爵位を返上することになったという。彼には目に入れても痛くないほど可愛《かわい》がっていた娘がいたとのことだった。爵位返上は最近では珍しいらしく覚えている者が多いようだな」

シェリアは俯く。それはそうだ。大騒ぎだったのだから。

「宮廷から締め出された令嬢がさらに醜態を晒《さら》した、ということか」

「……」

尻尾がふさふさと揺れている。彼は楽しんでいるのだろうか。酔いは覚めたはずなのにまた頭がくらくらしてきた。

「ですから、それをお話しにならないよう、お願いしているのです……！」

すると彼は、台に大きな包みをどんと置いた。

「これに見覚えはあるか。隊服の直しだ。この店に断られた」

「……は、い」

「あんたが個人的にこれをひと月で引き受けてくれたら昨日のことは全部忘れる。何もなかったことにしよう」

シェリアは思わず彼を見た。

「え、それは、どういう」

「悪いな。こちらも困ってるんだ。あれからどこも引き受けてくれなくて」

彼は困ったように眉を下げたかと思うと、こんどは不敵に笑う。

「断ることはできないと思うんだが。もちろん、報酬は出す。相場以上のはずだ。前金として半分、今出そう」

彼は膨らんだ袋を包みの横に置く。銀貨が袋の口から数枚覗《のぞ》いていた。かなりの大金だ。シェリアが今持っている巾着の中身——今月の生活費——よりはるかに多いことは間違いない。

金は確かに魅力的だが、それ以上に大切なのはなによりクラセント家の矜持《きょうじ》である。

（絶対に、昨夜の醜態は秘密にして頂きたいわ……）

一族の最後の一人として、シェリアはなんとしてもこれ以上醜聞が広がるのを避けねばならなかった。

「……わ、わかり、ました……」

彼女は頷《うなず》くしかなかった。

「よし、決まりだ」

獣人は満足げに尻尾を大きく振り、にかりと笑ってみせた。

＊＊＊

目の前には三十枚ほどの綿の男性用チュニック。ほつれたり、破れたり、穴が開いたり。シェリアは大きなため息をついた。

（なんで、こんなことに）

青年は帰り際、正式に自己紹介した。

獣人族の国、ヴェルタ王国直属騎士団「銀狼《ぎんろう》騎士団」団長だという。

「我々は両国の友好の証《あかし》として派遣された。主に西地域で活動している」

彼はこれまでになく真面目な表情で続けた。

「まだこの姿を見慣れないせいか、この街の店は我らを敬遠しているようだ。繕いものさえまともに受けてもらえない。かといって、騎士たちに破れたものをずっと着せるわけにもいかないしな。母国は海の向こうだから仕立て師まで連れて来られない。それでこうして騎士団長自ら隊服の山を抱えて走り回る羽目になったというわけだ」

おどけたように眉を下げてみせるが、言葉には自嘲《じちょう》気味な響きがあった。

(ご事情はわかったけれど……)

とはいえ、自分の困りごとを、弱みを握った相手に押し付けるのもどうかと思う。

シェリアが恨《うら》めしげな表情を見せると、彼は「あなた方の国王に同盟を申し込まれ我らは派遣された。こんな扱いを受けるなんて、こちらこそ想定外の悲しみに暮れているところだ」と笑う。その笑みは、酒場で見せていたものと同じだ。

『俺たち獣人族なんて見てる分には良いんだろうが、実際には関わり合いたくないんだろう。せいぜいが酒場で物珍しさに近寄ってくる者がいるくらいだ』

なんだか、この街に放り出された時の自分の気持ちと少し似ている。シェリアはなんとなく彼に同情してしまった。

(今日から仕事が終わった後に取りかかるとして、二週間くらいはかかるかしら……)

店の作業場を使うことはできない。ハザルドは従業員が時間外に残ることをとても嫌っているから、シェリアはこの仕事を家に持ち帰るしかないのだ。それに前金としてかなりの額をもらってしまった。

（事情はどうあれ、お引き受けしたからにはしっかり仕上げなければいけないわ）

ラグノス・ユハートに対する思いは非常に複雑だが、彼女は気持ちを切り替えることにした。

仕事を終えると、彼女は店の地下へ向かった。ラグノスから預かった包みを抱え階段を降りる。

今までほとんど来たことのない地下室は暗く、カビ臭い。

倉庫部屋には大量の端切れを詰め込んだ籠がいくつも並んでいた。

仕立て屋の工房では製作過程で山のように端切れが生まれる。従業員はそれらを自身の繕い物などに自由に使っていいことになっていた。

シェリアは腰をおろし使えそうな布を選んでいく。ハザルドが帰って来る前に終わらせて早々に出て行きたいところだ。

「これ、と、これ……。暗いから、あんまり色がわからないわ……」

つい、独り言が漏れてしまう。この半年でそんな癖がついてしまったようだ。包みを解き、チュニックを薄暗い光に掲げて色味を確かめる。

「これ、はどうかしら……」

「キュ」

「そうね、ちょっと濃すぎるわね」

「キュ」

「……」

布が積み上げられた静かな空間。彼女はぴたりと手を止めた。視線をゆっくりと左右に動かす。

誰もいない。心臓がどくどくと早く打ち始めた。

「……どなたか、いらっしゃるの……？」

思いきって、薄闇に向かって囁く。

彼女に応える声はない。一瞬目の隅《すみ》がチカっと輝いた気がした。

（……気のせいかしら）

彼女はもう一度慎重に周囲を見渡してみたが、やはり、何もなかった。気持ちを落ち着けようと大きく深呼吸する。きっと疲れているのだろう。昨日の酒がまだ残っているのかもしれない。シェリアは軽く頭を振った。

（早く帰りましょう。今夜から繕い作業を始めないといけないんだから）

シェリアは残りの布を荷物にまとめると足早に倉庫を後にした。

下宿屋に戻ると、でっぷりとした宿の女主人がシェリアを待ち構えていた。

「クラセントさん。あんた昨夜、男を連れ込んだって？」

「えっ……」

（つ、つれこむ？）

そんな言葉を使われたのは初めてで、何を言われたのか悟《さと》るまで彼女は数秒固まってしまった。

やがてその意味に思い当たったシェリアは慌てて首をぶんぶん横に振る。

「そっ、そっ、そのようなこと、していません。あっあの、あの方は……私を送ってくださいましたの」

「へえ？　ふーん……」

宿の主人はシェリアを上から下まで意味ありげに見た。

「ま、うちはそういうことに厳しいわけじゃないよ。家賃さえ払ってくれていれば。それと、うるさくしなけりゃね。ただ、あんたはどこぞの清楚《せいそ》なご令嬢だったんだから、変なヤツに騙《だま》されたりしてないか心配なだけさ」

咎《とが》められるのかと思って身を竦《すく》ませていたシェリアに、女主人は意外にも優しい声をかけた。

「色々あったんだろうから、男に縋《すが》りたくなるのもわかるけど、ま、自分の身はきちんと守りなさいよ。好きな男に捧《ささ》げるのが一番さ」

シェリアは耳まで赤くなった。

「お気遣い頂き……あ、ありがとうございます」

ぎこちなく会釈《えしやく》すると、にこにこしている女主人を残して階段を上る。

（な、なんだか誤解されてしまったわ。……恥ずかしい）

部屋に入り、扉を閉めてほうっと息をついた。あけすけなことを言われてドギマギしてしまったが、元婚約者をひっ叩いた自分はとても清楚なご令嬢なんかではない。

今、そのせいで弱みを握られて仕事を押しつけられているくらいなのだから。

彼女は預かった衣類の山をテーブルの上に置き、長椅子に腰かけた。深く息をついて背もたれに沈み込む。

なんだか、昨夜からいっぺんに色々あってぐったりとしてしまった。

(寝巻きに着替えたら繕いを始めなきゃ。お金を頂いたんだから、しっかりやらなければ……そうしたらきっといつか、あの首飾りを買い戻せるわ)

眠気を振り切ると、シェリアは顔を上げた。

「キュ……」

また、小さな鳴き声が聞こえた。

留守のうちに犬か猫が入り込んだのだろうか。まさか、鼠《ねずみ》……。シェリアは怯《おび》えながら部屋の中を見回す。視界の隅で、ちかちかと光るものがあった。持ち帰った包みの中のようだ。

(なにかしら……)

彼女はそっと近づいた。すると、シャツの山がもそもそと動いている。ちょっこりと小さな鼻面《はなづら》が覗いた。

「ひゃ……、な、な、」

シェリアは思わず後ろに飛びのいた。犬や猫とは違う、キラキラと虹色に光る鱗《うろこ》に覆われた鼻面をもつ生き物。それはモゾモゾと布の山から這《は》い出てきた。仔犬《こいぬ》くらいの大きさで、背中から小さな翼を生やし頭にはツノがちょこんと生えている。

「キュ、キュ!」

生き物はもう一度元気よく鳴き声をあげた。

シェリアは長椅子の後ろに勢いよく飛び込んだ。そして両手で口を覆う。そうしていないととんでもなく大きな悲鳴が飛び出してしまいそうなのだ。

(な、なにっ？　あれ……っ、なに？)

震えが止まらない。何度も何度も大きく息を吐いた。

(ツノが……角が、頭にちょこんとついていたわ。それに、あれは鱗……？)

落ち着いて、おちついて……。

シェリアは必死で自分に言い聞かせた。あんな生き物は見たことがない。翼はあるが鳥ではない。四本足だが、犬や狼とも違う。そもそも、虹色の鱗を持つ獣《けもの》なんてこの世に存在するのだろうか。

(ど、どこから入り込んだのかしら)

「キュ、キュ」

また、鳴いている。

これは倉庫で聞いたのと同じ声だ。あそこで荷物に紛《まぎ》れてしまったのだろうか。彼女はもう一度、長椅子の後ろからこわごわと顔を出してみた。

全身を微かに光らせながらそれは、辺りをくんくんと嗅ぎ回っている。

緑色のつぶらな瞳をくりくりとさせて預かったチュニックを二本の前足できゅ、と握りしめていた。トカゲに似た姿に、ツノが一本。小さな翼と尻尾がパタパタと揺れている。

困り果てたように部屋の中を見回す様子にシェリアはつい見入ってしまった。意外に、というか非常に、愛くるしい。

「……あ、あなた、いったい、なんなの……？」

シェリアは思わず小さな声で呼びかけてしまった。

生き物はピクリと反応して、よたよたとこちらに向かってくる。シェリアは思いきって手を伸ばしてみた。

それは、彼女の白い手めがけて近づいてくると小さな鼻面でそっと指に触れてきた。

「キュ」

生き物は仔犬のような声で鳴くと、安心したようにシェリアに身をすり寄せる。

「よ、よしよし……いい子ね」

なんともいじらしい。

恐怖心は途端に消え、シェリアは無意識に微笑《ほほえ》みながらそっと背を撫でていた。

虹色の鱗で覆われた皮膚は思ったよりも柔らかく、そしてあたたかい。シェリアの手のひらに、生き物の心臓の音が届く。とくんとくんと懸命に鳴る命の響きに、なぜか胸が震えた。

「あなた、とっても……綺麗ね。それに、あたたかいわ。ね、どこからきたの？」

シェリアはそっと尋ねてみた。

見知らぬ生き物は長めの首をかすかに傾けて、つぶらな瞳でじっと彼女を見上げている。

シェリアは心の奥底まで見透かされているような気分になった。

やがて、それは大きな口を開けると可愛らしいあくびをした。小さくて鋭い牙が覗く。そして、

再び白いチュニックにくるまってしまったのだ。

「だ、だめよ……っ。それは、今からお直しするものなの」

彼女はそっとシャツを引っ張る。だが、小さな生き物は離そうとしない。意外に力が強く、無理に引っ張ると大事な依頼品が破けてしまいそうだ。

「どうしよう……」

シェリアは意を決してこの奇妙な生き物を抱き上げようとした。

「キュキュキュ！　キュー！」

悲鳴のような鳴き声が彼女の耳を貫いた。シェリアは思わず両手をぱっと離して、慌てて謝る。

「ご、ごめんなさい……！　あの、驚かすつもりはないの。ただ、そのお洋服を……返してほしいの。ね？」

だが、向こうは煌めく瞳を細めるだけだ。

「あ、そうだわ。こちらと取り替えない？」

シェリアは籠から似たような生地を引っ張り出して生き物に差し出す。だが、少し匂いを嗅ぐような仕草をしてすぐプイッと横を向いてしまった。

「こ、困ったわね……これは大切な物なのよ、わかる？」

翼を持った虹色の生き物は、そんなこと知らない、というようにますます布地の中へ入り込んでしまう。どうやらこの隊服の一枚を自分のお気に入りと決めてしまったようで、気持ちよさそうにキュウとひと声鳴くと、彼、または彼女はすぐに眠ってしまった。

その後はシェリアが何度呼びかけてもぴくりとも反応せず、規則正しく腹を上下させるだけ。

（ほんとうに、どうしたらいいのかしら）

既に外は真っ暗だ。すやすやと寝息をたてているこの小さな生き物を外に放り出すなんてシェリアにはできない。見知らぬ生物なのにどこか憎めないし、不思議と危険にも思えなかった。

（仕方ないわ。とりあえず、今夜はこのままにしておきましょう）

彼女はそっと生き物の頭を撫でる。どこから来たのか、どういう生き物なのか疑問は尽きない。今日一日だけで怯えたり、驚いたり、少しだけ、怒ってみたり。いろんな気持ちに振り回されて大忙しだ。軽く息を吐くとシェリアはストールを肩にかけた。

今は考えてもしかたないわ。とりあえず、お仕事を始めなければ。

山と積まれた隊服を傍《かたわ》らに黙々と針を動かし始めたシェリアと、その横で布にくるまれ気持ちよさそうに眠るどこかから来た生き物。

昇る月が彼らを柔らかく照らしていた。

＊＊＊

ヴェルタ王国騎士団駐屯地。銀狼騎士団の宿舎の回廊に弾んだ靴音が響いた。足音の持ち主は軽《かろ》やかに騎士団長の執務室の扉を開ける。

「ラグノス様っ。隊服の直しの受け入れ先、見つかったそうですね！　よかった……これ以上僕が縫い針に敵意を抱く前で」

明日にでも宿舎にある縫い針を全部折ってまわろうと思ってたんです。ほっとした声を出したのは、騎士団長つきの従者であるアミルだ。彼の耳は丸くて茶色く、仔犬のような可愛らしい形をしている。尻尾も同じように短くて丸い。

針仕事が初めてのアミルは『フォルガーナ』に突き返されてからずっと隊服の直しと奮闘していたのだ。

武器の手入れは当然皆幼い頃から身につけているが、さすがに繕いまでは習っていない。慣れない手仕事に辟易《へきえき》していたアミルに向かい、ラグノス・ユハート騎士団長は満足げに頷く。

「ああ、これまでご苦労だったな、アミル。この先何度も皆の衣類を買い替える羽目にならずにすみそうだ」

「そんなことをしたら、いったいどれだけの出費になるやら。ファラム副騎士団長の怒りが恐ろしいです。ああ、僕はやっと今日からゆっくり寝られますよ」

アミルは嬉しそうに笑って「それでは、ラグノス様、寝台の準備をしてまいりますね」と尻尾を振りながら出て行く。

入れ替わりに入ってきたのが副騎士団長のファラムだ。ラグノスとは乳兄弟《ちきょうだい》となる。長身の彼は美しい金毛の耳に長い尻尾を揺らしながら、ラグノスの前に立った。

「アミルは喜んでいますが、私はやはり反対ですよ。ラグノス様。聞けば、ただの針子の娘というではないですか」

副騎士団長は難しい表情だ。いくら元は男爵位のある家の出だといっても今は落ちぶれているらしい娘に、誇りあるヴェルタ王国の紋章の入った衣類を何十枚も預けるのには抵抗があった。

「身元は確かだ。大丈夫だろう」

「そんなにはっきりと言い切れますか？」

ファラムはまだ疑わしげだ。

ラグノスはシェリアが返した銀のブローチを取り出してファラムに見せた。

「彼女はこれを高価な品だとわかっていたはずだ。それでもなんの躊躇《ためら》いもなく返してきた。十分信頼に足るとは思わないか？　それに、繕い仕事はれっきとした取引なんだ」

「取引？　ですか」

ラグノスは楽しそうに頷く。彼女の昨夜の振る舞いや今日の狼狽《うろた》えっぷりを思い出したのだ。

「……珍しいですね。酒を飲んでもいないのにそんなお顔をされるなんて」

「そうか？　……まあ、ともかくこれで少しはお前の心労も減ったことだろう」

「それはそうですがやはり、心配です。悪用されたりまた反故《ほご》にされたりしないか、とか……この国の人々は我々にどんな感情を持っているのかわかりませんからね」

ファラムは不満そうに腕を組んだ。ラグノスはため息をついて乳兄弟を見る。この男は自分にも、周りにも厳しいのだ。

「わかったわかった。お前がそこまで言うなら見回りついでに彼女の様子を見ることにするよ。それでいいだろう？　ファラム兄さん」

「ラグノス様にそこまでしろとは……それに、その呼び方はおやめくださいと何度も」

「悪い悪い。ま、彼女に取引を持ちかけたのは俺だからな。騎士団長として、最後まで責任持つさ」

赤茶の髪を振りながらラグノスは笑った。少々面倒ではあるが、あの娘の様子を見る役目というのはそんなに悪くないのではないか。そんなふうに思ったのだった。

＊＊＊

数日経《た》った夕方。仕事を終えたシェリアはいそいそと帰り支度をしていた。

「ね、シェリア。ちょっと待ってってったら」

ユアが彼女を追いかけてきた。

「そんなに急いで帰らないでよ。ね」

「ユアさん、今日もありがとうございました。私はこれで……」

シェリアはいつもの通り品のある会釈をして籠を持ち上げた。

「ちょっとちょっと、あのね。またお食事行きましょうよ。この前とってても楽しかったでしょ。あ、そうだわ、あなた知ってる？　あの日すごく面白いことがあったの。公爵さまだったかしら、誰かお偉い人が女の子にぶん殴られて吹っ飛んだんですって！」

ユアはそのことを、最近人づてに聞いたらしい。

殴られたのがオーリンであることも、ぶん殴った張本人が今自分の目の前にいることも全く知らないようだった。

　だがやはり噂は流れているのだ。シェリアは持っていた籠を落としそうになってしまう。

「ぶ、ぶん、なぐる……？　吹っ飛ぶなんて……そんな、そんなことしていませんわ！」

「そりゃそうでしょ。誰もあなたの話なんてしてないわよ」

「あ、あら……そ、それは、そうですね。びっくりしました。私、ええと、よく知りませんの。気分が悪くなってしまって、途中で失礼したものですから」

「そうよ！　あなた、知らない間にいなくなっちゃって。私とっても寂しかったんだから」

　ユアは不満げに唇《くちびる》を尖《とが》らせる。

「ごめんなさい……。ユアさんをお一人にしてしまいました」

　しゅんとして謝った。だが、ユアはまた笑いだす。

「まーた、本気にして。冗談よ。あの場で仲良くなった人がいたから、あなたのこともしばらく忘れてたの。私は楽しくやってたわ」

　ユアは片目を瞑《つぶ》ってみせる。次の日休みだった彼女は相当楽しい思いをしたらしい。シェリアにブラウスの襟元《えりもと》を広げて見せてきた。

「ほら、この通り、ね？　あの後付き合うようになったからこの数日ずっとこんな感じで困るのよ」

　シェリアはそれを見て青ざめた。よく見ると彼女はあちこちに青赤い痣《あざ》を作っているではないか。

「ま、まぁ、どうなさったの？　ユアさん。お怪我《けが》されてるわ。そんなにたくさんの痣……転んでぶつけてしまったのですか？　お、お酒を飲みすぎたのでは……まさかそのお友達になにかひどい目に……」

　声を震わせるシェリアに、ユアは目を丸くした。このお嬢さんは、まだなんにも知らないのね。そしてにっこり笑う。

「ちがうわよ、あのね、これはね、痛くないのよ。大丈夫」

「ほ、ほんとうに？　でもそんなに、痣が……」

「しっ。あんまり大きな声出さないで。さすがに恥ずかしいわ。大丈夫なのよ。ここでは説明しにくいけれど、……いつか、あなたがこうなった時、またお話ししましょ」

「えっ……！　わたし、私もそんな怪我をしてしまうのですか？」

「さあね、たぶんね」

　ユアは妖《あや》しく微笑むだけで、それ以上は語ってくれない。すぐに話をころりと変えられてしまう。

「ほら、それよりまた森竜亭《もりりゅうてい》に行きましょうよ。今度は大道芸人の一座が来るらしいのよ。それに、また面白いことが起きるかもしれないじゃない」

「いえっ！　私、少し忙しくて……」

「忙しい？　どうして」

　ユアは顔を近づけると声を潜めた。

「まさか、男でもできたの？」

「おっ？　……っそ、そんな、ことではありませんっ。お仕事ですわ。繕い物をお預かりしているのです」

「えっ。シェリア、あなたあの嫌味なハザルドにただ働きさせられてるの？」

ユアは憤慨《ふんがい》して眉を吊り上げた。

「い、いいえ。お店の仕事ではありませんし、きちんと報酬を頂いていますわ。ですから心配なさらないで。それに、とっても楽しいのです。だから最近は早くお家《うち》に帰りたくて」

シェリアは首を横に振って笑う。

「たのしい？　繕い仕事が？」

ユアは信じられないという顔でシェリアを見つめる。シェリアは大きく頷いた。

「ええ、お部屋で作業するのは何よりも楽しいですわ」

驚いているユアに挨拶して、シェリアはそそくさと家路を急いだ。

下宿の階段を軽やかに昇り、扉を開ける。

「いま、戻りましたわ！」

つい弾んだ声になってしまい、シェリアは慌てて口を閉じて周囲を見回した。左右を確認し扉を慎重に閉めてから、小さな声でもう一度「帰ってきたわ」と囁く。

「キュキュ」

小さな鳴き声が応える。そして、長椅子に丸まった布の間からツノと尻尾が同時に顔を覗かせた。

「いい子で待っていたかしら。ルッカ」

虹色に煌めく鱗を持った生き物は、床に降りてぺたぺたとシェリアの足元に寄ってくる。そして、甘えるように彼女を見上げて「キュ」と鳴いた。

「ルッカ」

そう呼ぶと、彼女はこの謎の生き物を抱き上げた。互いに鼻と鼻をこつんと合わせる。出会ってからの数日、これが帰ってきたシェリアとこの生物との挨拶になっているのだ。青緑の美しい瞳は嬉しそうに輝いている。

この瞳に、シェリアの胸はじわんと温かくなるのだ。


ルッカがこの部屋に迷い込んできた翌日、シェリアは仕立て屋の倉庫に向かった。鳴き声を最初に聞いたのはこの薄暗い場所だったから、ここに連れて行けば元の場所に戻るのではと考えたのだ。だが、この生き物は獣騎士ラグノス・ユハートの持ち込んだチュニックの一枚にくるまったまま、怯えたようにずっと震え続けるだけだった。シェリアから全く離れようともしない。

「あなたのお家はここではないの……？」

シェリアは翼のある生き物を抱いたまま、途方に暮れてしまった。

「キュュ……」

「そうね、困ってしまうわね……」

「キュュ……」

なんだか鳴き声の様子がおかしい。青緑の瞳がくるくるとまわり息が荒くなっている。

「どうしたの？　どこか痛い？　苦しいの？」

くるんでいる布をそっとめくってみた。手のひらほどの大きさの翼が現れる。

柔らかな鱗がきらきらと光ってとても美しいのだが、付け根あたりに大きな傷があった。その部分の鱗が取れかかって、ぷらぷらと揺れている。

「まぁ、かわいそうに。あなた、怪我をしていたのね」

シェリアはそうっと翼に触れる。すると、その鱗がぽろりと剝がれてしまった。

きらきらと光りながら床に落ちていくそれを、彼女は慌てて手のひらで受け止めた。

鳥の羽根のような形の鱗は、驚くほど軽く、柔らかかった。倉庫の薄闇の中で七色に煌めく。虹の光を詰め込んだような美しさに、シェリアは思わず見惚《みと》れてしまった。

「あなたの鱗、とっても綺麗ね……。まるで妖精の羽根みたい」

生き物は、キュ、と首を傾げて小さく鳴く。

明らかに痛そうな表情をしていて、かわいそうになってしまった。シェリアはもう一度チュニックでくるんであげると、そっと籠に戻した。

(怪我をしているのに、このまま誰もいない場所に置いて帰るなんて……できないわ)

下宿部屋にはルーナが分けてくれた軟膏《なんこう》があったはずだ。動物にも使えるそうだから、とりあえずあれを塗ってあげよう。彼女はそう決めると倉庫から再び生き物と共に下宿へと戻ったのだった。

そうして、その日からずっとこの謎の生き物はシェリアの部屋で過ごしている。

基本は大人しい生き物で、じっと布にくるまって寝ていることが多い。シェリアが与えたものはなんでも食べた。

ミルクが大好きらしく、小さな赤い舌で皿を一生懸命舐《な》めている。傷に軟膏を塗る時も大人しくシェリアの腕の中に収まっており、きらきらした瞳で信頼しきったようにこちらを見上げている。

彼女はこの生き物を「ルッカ」と名づけ、部屋のなかで面倒を見ることにした。ルッカがいれば、寂しくなかった。部屋でひとり自分の境遇にため息をつくことも少なくなった。

そして、ここ数日は獣騎士団の繕い仕事をしながら、ルッカの寝姿を見守る、忙しくとも穏やかな時間を彼女は過ごしていた。

(でも、ルッカはどこから来たのかしら……)

野生の動物なのか、飼い主がいるのか、それも不明だ。貴族の間では愛玩生物として珍しい生き物を飼うのはよくあることだったが、手がかりはない。

このままずっとここで飼うのは良くない。そのことだけは、シェリアにもわかっていたのだけれど。

傷が治るまで。

シェリアはそう決めた。

(もう少し、あと少しなら、そばにいてもらってもいいわよね……)

なかなか治らない翼の傷を見ながら、シェリアは自分に言い聞かせるのだった。

「シェリア・クラセント」

早足で店から出たシェリアは、後ろから名前を呼ばれてびくりと肩を揺らした。そして、慎重に振り向く。こんなふうに声をかけてくるのは、この街で一人しかいない。

「こ、こんにちは。ユハート様」

そこには予想どおり、馬を連れてふさふさした尻尾を揺らした獣人が立っていた。

今日は白いチュニックに黒地のベストとサーコートというかっちりとした装《よそお》いだ。酒場での砕けた格好は野性的で女性を惹《ひ》きつけるものであったが、今日は凛々《りり》しいうえに気品さえ溢れている。道ゆく人々も時おり目を留めているほどだ。コートの留め具には先日の銀細工の狼が光っていた。

様子の違いに内心驚いてシェリアは二度三度と瞬《まばた》きをした。

(ユハート様、前と雰囲気が違うわ。騎士団長という職位はやはり本当なのね)

戸惑いながらも彼女はドレスの裾《すそ》を摘《つま》んで丁寧に挨拶した。ラグノスは無表情で頷くと「作業は順調か?」と尋ねてくる。

「……あと少しです。もうしばらくお待ちくださいませ」

「承知した。では」

短いやりとりを終えると獣騎士は静かに踵《きびす》を返して去っていく。シェリアはため息をついた。あの日から十日程経つのだが、ほぼ二日おきにこれを繰り返しているからだ。

(ひと月というお話だったのに……どうしてユハート様は何度も訪ねて来られるのかしら)

馬に乗り、去っていこうとするラグノスにシェリアは思いきって声をかけてみた。

「あ、の、お待ちくださいませ。ユハート様。お伝えした納期にはまだ日があります。どうして、その……たびたびここにおられるのですか？」

彼女は店の裏口を示した。彼はシェリアの帰る頃、ここに示し合わせたように現れる。ラグノスは肩を竦めた。

「当然、金を払っていることをそちらに忘れてほしくないからだ。期日を守ってもらえるよう、こちらとしては穏やかに存在を知らせている」

シェリアはむっとして言い返した。

「そ、そのようなことをなさらなくても、作業は進めております。私はずるいことはしませんわ。貴方様のように」

シェリアの醜態について、馬鹿馬鹿しいから言いふらしたりしないと約束してくれたのに気分とかで話を変えてくる男にそんなことを言われたくない。

普段温厚なシェリアは、頬を膨《ふく》らませて反論した。

「それはまあ、俺としても申し訳ないと思っているが、背に腹は代えられないのでね。それに、あんたのあのとっちらかった部屋を見ているから、どうにも不安でつい足が向いてしまうんだ」

ラグノスはシェリアの精いっぱいの抵抗を面白がるように答えた。それを言われたら彼女は何も言えなくなってしまう。

（ひどいわ……！　ユハート様、私をからかっているみたい）

「貴方《あなた》、あなたこそ……っ」

シェリアは、自分もなにか相手の弱みを突こうとじっと獣人族の青年を見つめる。だが、すぐに諦めた。

（だって私、この方のこと何も知らない……）

ラグノスには家から仕事先、そして酔い崩れたはしたない姿という未婚の乙女としては行きすぎたところまで知られている。なのにシェリアが彼について知っているのは、職位と名前くらいなのだ。

なんだか不公平だわ。

シェリアは口をへの字にして、ぷい、と横を向いた。どんな言葉が返ってくるか面白がって待ち構えていたラグノスは拍子《ひょうし》抜《ぬ》けしたように眉を下げた。

「なんだ、言い返すのは終わりか？　それこそ、『野蛮な獣人族のくせに』とでもなんでも言えるだろうに」

シェリアはきょとんとして馬上のラグノスを見上げる。なぜ彼はそんなふうに言うのだろう。

「それは、全くのでたらめですわ。貴方様に野蛮なところなど一つもありませんもの」

「……当然だ」

「思ってもいないことを言うのはただの悪口ですわ。人として、恥ずかしいことです」

シェリアは真面目な顔で答えた。そして、思いついたように顔を上げた。

「あ、でも……そう、貴方様は、少し意地悪ですっ」

彼女としては精いっぱい言い返してみたつもりだったが、ラグノスはなぜか目を丸くして彼女を見ている。赤茶色の獣耳が微かに震えていた。

「そうか」

彼は困ったように髪に手をやると、馬からひらりと飛び降りた。

「それは……失礼した。悪気はないのだが、軽口を言うのは俺の性分で……、だが貴女の前ではなるべく改めるようにしよう」

そう言って胸に拳を当て頭を下げてきたのだ。

「あ、あの……」

そんなふうに畏《かしこ》まられたらなんだか落ち着かない。シェリアはあちこちに視線を逸《そ》らしてしまった。

「ここは駐屯地からも近いし、散歩のついでに寄っているだけだ。仕事を急《せ》かしているつもりはないのであまり気にしないでほしい。無理はせず、貴女の良いように進めてくれ」

獣騎士は彼女に素直な笑顔を見せたのだった。


その夜。

「こら、邪魔しないで。ルッカ」

シェリアの同居人——謎の虹色の生き物——は相変わらず獣騎士団のチュニックの一枚にくるまり、部屋の中をちょこちょこペタペタと歩き回ってはシェリアの膝に頭をすり寄せてくる。

抱っこして、の合図だ。

この生き物はかなりの甘えん坊だった。いつもならシェリアも喜んで相手をしてやるのだが、今夜の彼女はいつにも増して必死に手を動かしていた。

『無理しないでいい』

無心で針を運んでいるつもりなのに数刻前の彼の微笑みがちらついてしかたない。

いつもシェリアのことを呆《あき》れ顔で見たり、面白がっているような素振《そぶ》りばかりだったのに。

今日の笑顔はとても、とても柔らかかった。

(あんなお顔を、初めて見たわ……)

思い出しては針を持つ手が止まる。彼女は頭を強く横に振った。

こうなったら、この仕事を一刻も早く仕上げてしまわなければ。

あの酒場で、ラグノス・ユハートは酒を楽しみ女性に囲まれていてとても遊び慣れている様子だった。

シェリアは元婚約者のオーリン・ジルベストを思い浮かべた。

(あの最低な男は私の地位がなくなると知ると、とっとと婚約破棄を突きつけたくせに、新婚の奥方はつまらない女だとかいって他の女性と遊んでいたわ)

そんな男の本性も見ぬけず、笑いかけられ花を渡されただけで幸せな未来を思い描いてふわふわしていた。彼女は自分の間抜けさに思わず天井を仰《あお》ぐ。

(もう、こりごりよ。あんな思いをするのは。ユハート様だってきっと……すごく、慣れていらっしゃるんだわ)

心のどこかで生まれようとしている甘い気持ちを打ち消すように、彼女はまた針を動かし始める。

「いたっ」

鋭い痛みが走った。つい、指に縫い針を刺してしまったのだ。

ぷくりと盛りあがる赤い血。

シェリアは放心したようにそれを見つめていた。

「キュキュキュ……」

ルッカが心配そうに彼女の膝に這い上がってきた。

そして、小さな舌でちろちろとシェリアの傷を舐めてくれる。

「大丈夫よ、ルッカ。ありがとう。こんなの、針仕事ではよくあるのよ」

彼女はルッカの頭をそっと撫でる。

（私には、あなたがいるから、大丈夫）

シェリアは指に小さく布を巻き付けると再び作業に戻った。とにかく、早く仕上げてあの方にお渡ししてしまおう。

これ以上、甘くて奇妙な気持ちが増えないように。

その夜、下宿部屋には朝方までランプの灯《あか》りが絶えなかった。

第三章 不思議な生き物と元男爵令嬢

「なかなか治らないわね……」

シェリアはミルクを飲み終わったルッカを抱き上げ、翼の根元を見るとため息をついた。

剝がれ落ちた鱗《うろこ》の痕《あと》はまだ赤く痛々しい。何度も軟膏《なんこう》を塗っているのだが一向に良くならないのだ。

今日は彼女は休みをもらっている。朝からずっとルッカと一緒に過ごせてとても嬉《うれ》しいのだが、やはり傷が気になってしまう。

「キュ……」

シェリアがもう一度薬を塗ろうとしてそっと触れようとするとルッカは小さく首を振りイヤイヤという仕草《しぐさ》をした。やはり痛いのだ。

「……小さな頃は擦り傷を作ったらルーナがすぐにこれを塗ってくれたのだけれど」

シェリアは薬瓶《くすりびん》を掲《かか》げて懐かしい目で見る。

昔は、このお薬はなんでも治りますよ、お嬢さま。と優しく話しかけながらルーナが傷口を処置してくれたものだ。当時クラセント家には定期的に街から薬師《くすし》が来て、医者を呼ぶまでもない軽い怪我《けが》や、急な腹下《はらくだ》し用などの置き薬を購入していた。この軟膏は万能で祖父が飼っていた猫の傷にもこの薬を塗っていたのを覚えている。

「ルッカ、今日はお薬屋さんへ行ってくるわ。あなたみたいに鱗を持っている動物のお薬も置いているかもしれないものね」

前は、何かが欲しいと思えば近くにいる者に一言頼めばよかった。だが今はそんな都合のいい暮らしではない。自分の問題は自分で解決しなければならないのだ。

彼女はルッカのためにいそいそと身支度を始めた。

下宿屋の女主人は、薬屋の場所を尋ねたシェリアに街で評判の店を教えてくれた。

「ここは色々な薬が揃《そろ》ってるよ。歩いていける店だし店主も人が好《よ》い。あんたのお目当てのものも見つかるといいね」

女主人は、丁寧に地図まで書いて渡してくれた。

「元ご令嬢はお高くとまってるのかと思っていたけど、あんたはそんなことなくて気に入ったよ。くれぐれも働きすぎて病気なんてことはよしてくれ」

体調のことまで心配してくれる女主人に、シェリアは顔を輝かせ礼を述べる。

「お気遣い、心から感謝いたします」

この下宿に来て半年、少しずつ慣れてきた気がして嬉しく思いながら、教えてもらった薬屋へと向かった。

雑貨屋や衣料店などが立ち並ぶラムリア商業地区は、人通りも多く彼女の横を馬車が何台も通り過ぎる。

木の看板に薬瓶が大きく描かれた店を目指しシェリアは道を渡った。

薬屋は質のいいガラス張りで、外からでも薬棚がよく見えすぐにそれとわかる造りだった。

（……たくさん並んでいるわ、あれが全部お薬なのかしら。ルッカに効くものがあるといいのだけれど）

シェリアが店の前に着くと、子どもの姿が目に入った。
十一、二歳くらいだろうか、かなり着古して袖丈《そでたけ》の合っていないチュニックに足首が丸見えの下《した》穿《ば》き。短く刈り込まれた髪型など、どことなくみすぼらしい身なりの少年だ。彼はひどく真剣な表情で店の窓にぴたりと額をつけている。
あまりに深刻そうな雰囲気にシェリアが思わず声をかけようとした時、不意に少年はこちらを振り向いた。

「薬って……どうやって買うの？」

「え？」

「この店の薬だよ。たくさん瓶が並んでるけど、どれを選べばいいの？」

少年はぴっと店内を指差した。いきなり尋ねられて思わず視線を彷徨《さまよ》わせてしまう。シェリアは薬を買ったことがないのだ。

「ご、ごめんなさい。私もあまり、よく知らないの……お薬を買うのは初めてで」

少年は目を丸くした。

「そ、そうなんだ……ごめんなさい。変なこと聞いて」

シェリアは恥ずかしくなった。やっぱりまだまだ自分は知らないことが多い。

「いいえ、こちらこそ……お役に立てなくて。あの、もしよかったら一緒に入る？　私は傷によく効くお薬が欲しいの。あなたは？」

「ぼ、僕は、ええと、マルカ……」

「マルカ？　そういう名前のお薬があるのかしら」

「ち、違うよ。あのね、マルカは弟だよ……ちっちゃくてかわいい弟。でも三日前から熱が下がらないの……」

「まぁ……それは、きっと辛《つら》いでしょうね」

「だから僕、貯《た》めてたお金を全部持ってきたんだ。けど、お金が足りるのかもわかんなくて、どうやって買うのかも知らないから」

彼は小さくなって俯《うつむ》いた。店の雰囲気に圧倒されてしまったようだ。ほつれのあるズボンのポケットを大事そうに摑《つか》んでいる。シェリアは少年を励ますように声をかけた。

「私もどうやって買うかわからなくて少し心配だったの。だから、二人で一緒に入りましょう、ね？」

「本当にいいの？　お姉ちゃん」

「ええ、もちろんよ」

彼女はにっこりと微笑《ほほえ》んだ。少年は顔を輝かせ、二人は一緒に店に足を踏み入れた。

「いらっしゃいませ。どんなご用で？」

「こんにちは。私たち二人ともお薬が欲しいのですけれど……ごめんなさい、初めてで勝手がわからないの」

店主の男はシェリアに向かって頷《うなず》き、ちらりと少年の身なりに視線を走らせたが愛想良くそのまま続けた。

「さようですか。ではお一人ずつ、症状を教えてくださいな。どちらからになさいます？」

「この子からお願いします。弟さんがお熱なのですって」

店主は丁寧に少年に質問しながら手元に書き留めていく。そして、奥から茶色の小瓶を持って来た。

「これは小さい子用の熱冷ましだ。一日に三回、ひと匙《さじ》ずつ飲ませてやりなさい」

「あ、ありがとうございます……っこれ、お金……た、足りるかな」

少年は緊張しながら台の上に銅貨を丁寧に並べていく。

「銅貨三十枚。これでいいよ。確かに受け取った。なるべく早く飲ませてやるんだよ。……本当はよく効く咳止《せきど》めを加えたいところなんだが。それにはいくらか足りないようだ。すまんが」

店主は残りの銅貨を少年に戻した。

「……そ、そっか。うん、大丈夫。ありがとうおじさん。これできっとすぐに治るよね」

少年は安心したように笑う。隣にいたシェリアは自分の巾着《きんちゃく》から銀貨を取り出した。

「あの、そのよく効くという咳止めを頂けますか？」

「え？　ええ、もちろん構いませんけど……」

彼女は金を払い小さな瓶を受けとると少年へ手渡した。

「どうぞ。これはマルカにあげてね」

「え……？　あ、あの……でも、こんなの悪いよ。こっちだけで……大丈夫」

少年は恐縮して首を横に振っている。

「いいの、気にしないで。これはお店に一緒に入ってくれたお礼よ。マルカが早く元気になるようにお祈りしてるわ」

「あ、ありがとう……ほんとに、ありがとう」

少年は顔を真っ赤にしてシェリアに礼を言う。

「僕……ヨウルって言います。街の外れにある救済院にいるんだ。皿洗いでも、荷物の配達でもなんでもするよ！　お姉ちゃん、頼みたいことがあったら僕のところに来てね。約束だよ？」

救済院で暮らしているということは、兄弟には身寄りがないのだろう。

「ええ、もちろん。ヨウル。また会いましょう」

ヨウルは薬瓶をしっかりと胸に抱えながら店から飛び出していく。彼女は微笑んでその背中を見送った。

「なんとも、徳高いことをなさる方ですね……さ、あなたの番ですよ。どのようなことでお悩みですか？」

「はい、私は……傷に効く薬をお願いいたします」

「やあ、クラセント嬢」

お馴染《なじ》みの声が響く。シェリアは受け取ったばかりの薬を落としそうなほど驚き、後ろを振り向いた。

店には窓際に待合用の長椅子が置いてあり、そこになんと、ラグノスが座っていたのだ。

「ユハート様……？」

獣騎士は初めて出会った日と同じく短めの外套《がいとう》を羽織《はお》っていた。腰に剣を携《たずさ》え、胸元にはあの煌《きら》めく銀ブローチ。凛々《りり》しい剣士は彼女を見つめ穏やかに微笑んでいた。

「こんにちは……奇遇ですね」

シェリアは挨拶をしながらも訝《いぶか》しげに青年を見つめた。

最近この獣騎士は仕立て屋の前でしか見かけなかった。繕いの催促はしていないと言っていたけれど、ついに痺《しび》れを切らしてこんなところまで追って来たのだろうか。

「おい、変な勘ぐりはやめてくれ。今日は騎士団の公用だし、俺の方が先にここにいたんだぞ」

シェリアの視線に気づいた彼は苦笑いした。

「あ……っそ、そうでしたか。失礼いたしました、つい」

「……貴女《あなた》は、優しいんだな」

「え？」

（ど、どうしたのかしら、いきなり……）

「先ほどの少年だよ。とても嬉しそうに駆け出して行ったぞ」

「あ……え？　見ていらっしゃったの？」

「まあね。例によってやり取りが聞こえたので。俺はつくづく貴女の色々な面を見る機会に恵まれているようだ」

彼は瞳に尊敬を滲《にじ》ませつつ、話を続けた。

「我々は薬類をこの店で仕入れているんだ。今日は補充の注文にやってきた。今は調合を待っている所だ」

「そうでしたのね。騎士団のお仕事、お疲れ様でございます」

シェリアは敬意を込めて丁寧に礼をした。

だが、ふと考える。

（騎士団長様というのは、お薬のご注文までするものかしら……？）

疑問が顔に出てしまったのか、ラグノスはぷっと吹き出した。

「貴女はなんでもかんでも顔に出るんだな。本当に、かわ……いや……。ええと、……ここは薬の種類も豊富で、ヴェルタで馴染みのある薬草も多い。店主も気のいい男なのでよく使わせてもらっているんだ。部下が忙しいので今日は俺がやって来た」

薬棚にたくさんの瓶や薬草が並んでいるさまをシェリアは改めて見回した。言われてみると花草の匂いや、様々な木の根、それに未知の香りが混ざった店内は異国の情緒が感じられる。

「私、お薬がこんなに並んでいるのを見るのは初めてですわ」

「そうだろうな。我々は仕事柄、小さな怪我が多い。塗り薬などはすぐになくなって困る」

ヴェルタ獣騎士団は、このラムゼリア王国西部の調査に協力しているという。あの辺りは未開の土地で、彼らは厳しい環境のなかで様々な危険と向き合っているのだ。

（繕いやお薬の調達までユハート様がされているのね。なんだか身近に感じてしまうわ）

「うちの場合、騎士団長といっても雑用係に近いかもしれない」

シェリアの視線に気づき、彼は口の端を上げて笑った。

「そんな。名誉ある職位だと思いますわ」

「ま、俺だけふんぞりかえっているわけにはいかないからな。だが、今日は幸運だった。貴女に会えたから」

彼はからりとした笑顔でそう言った。

「な、な……」

さらりとそんなことを言われてしまい彼女は耳まで赤くした。心の奥がなんだかくすぐったい。

「ところで、クラセント嬢。ここにはなぜ？」

「えっ……ええ、傷に効くものを探しておりまして」

「傷だって……どこか怪我したのか？　大丈夫か？」

彼は途端に顔を青くして尋ねてきた。心配そうに顔を覗《のぞ》き込まれ、シェリアは視線をあちこちへ彷徨わせた。

「まさか依頼の繕いもので？」

「い、いえ、違います。私ではありませんの。ええと」

ルッカのことをどう説明したらいいものか彼女は迷った。拾った不思議な生き物の怪我を治したいのだと言ったら、彼はどんな顔をするだろう。でもあの愛らしさをぜひユハートにも伝えたいと思う。彼女にとって大切な存在を、彼には知ってほしい。

　これは、いったいどういう気持ちなのだろうか。

どう返していいかわからなくて戸惑っていると、外から激しい怒鳴り声が聞こえてきた。

「このガキ！　待てって言ってるだろ」

　驚いて顔を上げたシェリアの視界にさっきの少年が飛び込んできた。彼は店の前を泣きながら必死で走り去っていき、その後を男が二人追いかけていた。

「ヨウル？　どうしたのかしら」

シェリアとラグノスは何事かと外へ出た。ラグノスは彼らの向かった方を見ている。

「救済院は逆の方向だ。帰る途中でなにか面倒に巻き込まれたのかもしれない」

「そんな……あの子は早く帰って、弟にお薬を飲ませないといけないのに」

言いながら、シェリアはヨウルを追って走り出した。

「あっ、おい……待て……っくそ、まったく……店主、少し待っていてくれ。すぐ戻る」

ラグノスは舌打ちしてシェリアの後を追った。

ああ、なぜ俺は彼女を追いかけてしまうのだろう。そんな疑問を浮かべながら。

狭い路地の奥で薬瓶を抱えた少年はすぐに男たちに取り押さえられた。

「このガキ……ぶつかっといて謝らないとはいい度胸だな。しかも逃げやがって」

「ちゃんと、あ、謝ったじゃないか。急いでたからよく見てなかったんだよ、ごめんなさい」

「ふん。お前みたいなみすぼらしいガキがなにを急ぐんだ……。さては、盗みでもしやがったのか」

「盗みなんてしてないよ！」

「嘘《うそ》つけ。お前街外れの救済院のガキだろ。薬屋なんかから走って出てきてよ、金なんか持ってるわけねえのに」

「ほら、盗品を見せてみろよ、この泥棒」

男たちは少年を無造作に地面に転がした。昼間からかなり酔っているらしく、乱暴な扱いだ。

「や、やめてよ！　大事な用事があるんだよ」

「いっつもこそこそ仕事を探してるみじめな奴がなに言ってんだ」

「とうとう盗みに手を出したってとこだな？　親もいない人間ってのは、子どもの頃から手癖が悪くなるのかねえ」

「ち、違う、僕は、マルカが……病気が……盗んでない」

ヨウルは必死で薬の瓶を抱きしめている。

「さあ、悪い子には俺たちがお仕置きしてやるよ。店主に引き渡すのはそのあとでいいだろ、な？」

笑いながら一人がヨウルを突き飛ばした。だが少年はよろけても薬瓶を離さない。

「やめて、早く行かなきゃ」

「だめだね」

男は眉を吊《つ》り上げると少年の顔目がけて拳を振り上げた。そこに折よくたどり着いたラグノスが一歩踏み込もうとした時、凛《りん》とした声が響く。

「お、おやめください！　一人の子どもによってたかって暴力を振るうなど野蛮な行為ですわ」

シェリアだった。

彼女は声を震わせながら男たちをまっすぐに睨《にら》みつけている。だがよく見ると彼女の両手も震えていた。

「はぁ？　こいつは泥棒だぞ。罰を与えてなにが悪い」

「泥棒などではありませんわ。私が証人です。一緒にお買い物しましたもの。彼はお金をきちんと払っています」

シェリアはヨウルに駆け寄り抱きしめた。

「なんの根拠《こんきょ》もなく子どもを糾弾《きゅうだん》するなんて……それも暴力に頼るなんて、人として恥ずかしいことですわ！」

シェリアは怒りに顔を染めている。酔った男たちは赤い顔を歪《ゆが》めた。

「お嬢さんお嬢さん、あんた、なに気取ったことを言ってるんだよ」

二人の男が薄ら笑いを浮かべシェリアに近づく。そして互いに意味ありげな目配《めくば》せをした。

「……まあ、あんたがこいつの無罪を証明してくれるってんならいいぜ？　ただし、ちゃぁんと俺たちが納得するまで付き合ってもらうよ」

「そうだな、まずは酒でも飲みながら聞かせてもらおうか」

一人の男がじりじりとシェリアに近づく。

「な、なにを仰《おっしゃ》っているのですか？　そんなことしませんわ」

「さ、いい店知ってんだ。行こうぜ」

一人が彼女の腕を捕らえようとした瞬間、ラグノスの腕が横から伸び男の手を強く摑んだ。

「そこまでだ。彼女は俺の連れだ。触れるのは遠慮してもらおうか」

ラグノスの目はギラリと光り、耳と尻尾が普段よりも大きく見える。男たちは驚いて彼の姿をまじまじと見ている。

「獣人……？　嘘だろ」「おい、やめとけよ。すごい強いって噂《うわさ》じゃねえか」

男たちは顔を見合わせると舌打ちし、そのままそそくさと逃げていった。

シェリアは慌ててヨウルに向き直る。

「大丈夫？　ヨウル、怪我はしてない？」

「うん、うん！　あ、ありがとう……っ、ああいう人、たまにいるから……な、慣れてる」

ヨウルは涙でクシャクシャの顔をしている。慣れている、という言葉にシェリアの胸は痛んだ。

「……さあ、マルカが待っているのでしょう？　立てる？」

「うん……大丈夫」

だが、ヨウルは震えが治まらずうまく立ち上がれなかった。

「ヨウル、というのか。ほら」

ラグノスが少年の前に膝をつき、背中を見せた。

「え？」

「通りまで俺が背負う。そこで馬車を呼ぼう」

ヨウルは突然現れた獣人の申し出に、怯《おび》えたように首を横に振った。

「ば、馬車なんて……大丈夫、歩けるよ」

「急いでいるんだろう？　これ以上厄介《やっかい》ごとに巻き込まれては困るんじゃないのか」

「でも……」

少年は迷ったようにシェリアを見た。

「心配しないで。この方は騎士団の団長様よ。その、とても……親切な方なの。私もこの方に助けてもらったことがあるの」

彼女は励ますように頷いてみせる。

ヨウルは戸惑っていたがやがてゆっくり彼の肩に手をかけた。

「じゃ、じゃあ……あの、あ、ありがとうございます……お願いします」

ラグノスは笑みを見せて少年を背負い立ち上がった。

「お、お礼を……」

「はは、そうだな。獣人族は、親切で信頼に足る人々だと皆に伝えてくれればありがたい」

「……うん！」

少年は涙を拭《ぬぐ》いながら笑った。

結局二人で救済院までヨウルを送り届けた後、シェリアは改めてラグノスを見上げた。

「ユハート様……ありがとうございます。また、助けて頂いてしまいました……」

彼女は申し訳なさそうに頭を下げた。

だが、ラグノスはしばらくの間黙って彼女を見ているばかりだ。

「ユハートさま？」

「……貴女は、本当に大胆な行動をするのだな。酔っていてもいなくても」

「……あのように理不尽なことは見ていられなくて……つい。でも、結果的に貴方《あなた》様にご迷惑をおかけしてしまいました」

シェリアは胸に手を当てて深呼吸した。今更ながら自分の行動に震えが走ったのだ。

「……本当は少し、怖かったです」

苦笑いする元男爵令嬢のことを、ラグノス・ユハートは眩《まぶ》しそうに見つめていた。シェリアは思わず目を逸《そ》らし頬を赤く染めて、再び頭を下げた。

「ユハート様。そばにいてくださって、ありがとうございます」

「……うん」

二人の間を昼の風が楽しそうに吹き抜けていった。

そしてその二日後、再び仕立て屋の前に現れたラグノスにシェリアは縫いについて告げた。

「明日にはお渡しできますわ」

「約束の期日より早い。無理したのではないか？」

シェリアの眼《め》の下にうっすら隈《くま》があるのに気づいて、ラグノスの顔が曇った。

「いえ、そんなことはありません」

なるべく彼の顔を見ないように早口で答える。

ラグノスはしばらく不思議そうに彼女を見ていたが、やがて「じゃあ明日、あの橋の上で待っている」と目の前の大きな石橋を指差し、また柔らかく微笑んだ。

その笑顔にくらくらしそうになりながら、シェリアは小さく頷いた。

翌朝、シェリアは晴れ晴れとした気分で下宿部屋を出た。森竜亭《もりりゅうてい》の惨劇から始まったこの二週間近く、やっと肩の荷をおろせるのだ。

もう獣騎士の催促に焦らなくていいし、彼女の失態は沈黙のなかに埋めてしまえる。そして、依頼をこなした正当な報酬がもらえるのだ。

（お金を頂いたら、ルッカの怪我にもう少し効きそうな薬を買ってあげましょう。この前のはもう少なくなってしまったから……動物専門の薬師を訪ねるのもいいかもしれないわ）

軽い足取りで仕立て屋に向かい、気持ちよく仕事を進める。とはいえそれでも、シェリアにはひとつだけ心残りがあった。

今朝もルッカはチュニックから離れようとしなかったのだ。無理矢理取ってきてしまったので、小さな生き物は拗《す》ねて隠れてしまった。

「ルッカ、ごめんなさい。でも、しかたないの。これは大切なお品なのよ」

彼または彼女は、水差しにもなるお気に入りの小さな壺《つぼ》に頭から入り込み、怒ったように尻尾をバタバタと振り回していた。

シェリアはやむを得ずそのまま出てきたのだ。

(なんとかして、ユハート様にあれを譲って頂けないかしら)

無謀な考えだとは思うし、それにあの獣騎士にはこれ以上借りを作りたくない。

どうしようかと悩んでいるうちに終業の鐘が鳴った。

「さあさあ、上がりです。皆さん早く出てください」

ハザルドが、鐘と同時に針子たちに告げて回る。最近は外出が多くあまり顔を見せなかった店主は、頬がこけ少しやつれているように見えた。

「今日もありがとうございました。お先に失礼いたします」

シェリアは急いで立ち上がり、そばに置いた籠を持ち上げた。

いよいよラグノスとの待ち合わせの橋に行くのだ。なぜか、胸がとくとくと高鳴ってしまう。

(お仕事でお会いするだけよ。それだけだわ)

そう言い聞かせて、彼女は裏口から店を出ようとした。

「おいあんた……それ！　どうしたんだ……？」

突然、鋭い声が飛んでくる。シェリアは何ごとかと振り返った。見ると店主のハザルドが口をぱくぱくさせながら彼女の肩のあたりを指差ししていた。

「あら？」

シェリアの肩に、キラキラと光る羽根のようなものがついていたのだ。

「ああ、これは、ルッカの……」

虹色の鱗をそっとつまみ布にくるむ。また、あの子の鱗が剥がれてしまったのだろう。

「ルッカ？」

ハザルドは声を震わせ近づいてきた。

「ルッカって、なんです！　これは、これは……どこでこれを」

「あっ、ええと。この前拾いましたの。ちょっと珍しい生き物なんですけれど……」

「生き物だって、それは、どんな？　ど、どこで見つけた？」

ハザルドはずいっと身体《からだ》を近づけ、シェリアに詰め寄る。

「え、と、」

彼のあまりの気迫にシェリアはたじろぎ、一歩二歩と後ずさった。もしかして、あの翼のある小さな生き物はハザルドのものなのだろうか。

彼女が口を開こうとした時。

「そんなに怖い顔してどうしたのよ、ハザルドさん」

ユアが割って入ってきた。

他の針子たちも何事かと集まってくる。彼女たちも最近ユア同様シェリアに好感を持ち始めていた。

「あ、いや、とある資材と似ていた。こ、公爵様の……と、とにかく滅多《めった》にお目にかかれない上等なもので、だからなんであんたなんかが持ってるのか不思議で……」

ハザルドは皆に囲まれて、焦った様子を見せた。

「シェリアは元は貴族様のご令嬢よ。そういう物を持ってたってちっとも不思議じゃないわ」

ユアはことさら大きな声でハザルドに言い返した。

シェリアは「ち、ちが、あの、これは」とルッカのことを説明しようとする。

「あんたは黙ってて。シェリア」

だがハザルドは「も、もういい」と手を振り、去っていってしまった。

ユアは怖い顔で振り向く。

「シェリア、あんたね。どんなものでも、拾ったなんて言うもんじゃないわ。盗んだと思われても仕方ないのよ。その場で警吏に引き渡されることだってあるんだから」

「わ、私、そのようなつもりは」

「ええ、ええ。そうでしょうよ。お気楽なお嬢さんにはわからないでしょうけど、このラムリアの街ではそうやって罪を着せられて、屋敷を追い出された使用人がたくさんいるのよ」

ユアは吐き捨てるようにそう言った。

「雇い主はね、私たちのことなんて頭から信じちゃいないの。だから、自分の身は自分で守るのよ。疑われるような言い方をしてはダメ」

シェリアの言葉に、周りの針子たちもうんうんと頷く。

ユアも針子たちも、シェリアのことを守ろうとしてくれたのだ。

「そ、そうなのですか……」

ハザルドの思惑はどうあれ、なんだかとても心があたたかくなって、知らず笑顔になる。

「ユアさん、皆さん。ありがとうございます。私、とっても嬉しいですわ……」

「嬉しいって、なに笑ってるのよ。……あなたったら本当に」

ユアは呆《あき》れ気味だが、まんざらではなさそうだ。そして、興味深そうにシェリアの手元を見て催促した。

「ほら、見せてよ。そのキラキラしたやつ」

「あっ、はい。どうぞ。これですわ」

彼女は布を広げてみせる。

ルッカの鱗は地味な針子たちの衣服の中で特別な宝物のように煌めいた。陽《ひ》の光によって色を変えるそれを、皆ほうっとした顔で見つめている。

「ほんとうに、綺麗《きれい》ね……。公爵夫人の部屋で、こんな感じの頭飾りを見たことがあるわ。ものすごく高価なものだからって、触らせてくれなかったけど」

ユアは囁《ささや》くようにそう言った。

「まあ、ユアさんはどちらの公爵様の元でお仕事を？」

「やぁね、それはいいの。昔の話よ」

ユアは途端に暗い顔になる。

（ユアさん……とても悲しそうなお顔だわ）

だから、シェリアはそれ以上尋ねるのを控えた。きっと、彼女にも話したくないことはたくさんあるのだ。私みたいに。

「……私、わたし、ユアさんのことも、皆さんのことも大好きですわ。これからも良いお友達でいてくださいませ」

　ユアは目を丸くして、そしてぷっと笑い出した。

「なに言ってるのよ、お嬢さん。バカね」

「ほ、本当に、感謝の気持ちをお伝えしたくて」

「わかったわよ、さ、早く帰りなさいな。急いでるんでしょ」

　珍しく照れくさそうなユアに背中を押されるようにして、シェリアは外へ出た。

　彼は、待ち合わせの橋の上で手持ち無沙汰そうに立っていた。今日は馬ではなく徒歩のようだ。尻尾があるから、というだけではなく、ラグノス・ユハートは立っているだけでも人を惹《ひ》きつける。シェリアは遠目でも彼だとすぐにわかった。

　獣騎士は、物憂げな表情で運河をゆく商船群を眺めている。

　あの船たちははるか遠くの国々へ人や物を運ぶのだ。

（ユハート様、何を考えてらっしゃるのかしら……）

　ここではないどこかを見ている表情にまたひとつ、胸がとくんと鳴ってしまった。

（と、とにかく、これでもうお会いするのも最後よ）

「ユハート様」

彼女が声をかけると、ラグノスはふい、と振り向く。そこには少し硬い表情を浮かべた獣人がいた。

「予定より早く仕上げてくれてとてもありがたい」

彼は、包みの中を確認して満足げに頷く。

「それに、とても丁寧な仕事だ。感謝する。まずはこれを受け取って頂きたい」

懐から残りの金が入った小袋が差し出される。だがシェリアは何度も自分の両手を握りしめては離してを繰り返し、もじもじとしてしまう。

「どうかしたのか？」

意を決してラグノスを見上げた。

「あの、あの……ユハート様。お願いが……。そちらの一枚と、こちらを交換して頂けないでしょうか」

シェリアは一番上の一枚を指し示した。いつもルッカがくるまっていた物だ。

「なぜ？」

ラグノスは眉を顰《ひそ》める。シェリアは籠から別のチュニックを差し出した。

「これは、ま、全く同じ大きさのものです。それに、こちらの方が生地は丈夫なはずです」

それは昨夜《ゆうべ》、シェリア私物の衣装の山から似た生地を探し出し、仕立て上げたものだった。

ルッカのためにと考えた結果、交渉することしか思いつかなかったのだ。

「同じデザインにはもちろんしておりません……あの、も、もしも不要でしたら、そちらを買い取らせてください！　お願いいたします」

「買い取るって……なんだ急に。別に、交換したって構わないが」

彼は不思議そうにシェリアを見ている。でも、ルッカがお気に入りでなんて言えない。

「その、理由は、その……あの。ええと、お願いします。どうか」

あまりに必死な頼みかたに、ラグノスは首を傾《かし》げた。

「なにか、特別な理由でもあるのか？」

「……ええと、き、っ、記念に！」

耳を赤くして答えるシェリアに、獣騎士は耳をひょこりと動かすとぷ、と笑い出した。

「嘘が下手だな。おおかた、破りでもしたのだろう」

「ちっ、違います！　ほんとうに、その、記念なの」

彼は笑って肩をすくめてから、シェリアをじっと見つめる。

「我が国ヴェルタの紋章入りだ。大切にしてくれるなら」

と、その一枚を差し出した。

「あ、ありがとうございます……！」

よかった。断られたらどうしようかと思っていたのだ。下宿部屋では今ごろルッカがまだ拗ねて隠れているだろう。彼女は心底ほっとした。

「ほんとうに、嬉しいです。ありがとうございます！」

これでルッカに寂しい思いをさせなくてすむ。彼女は満面の笑みでラグノスに感謝した。

シェリアからは見えない角度で、獣騎士の豊かな尻尾がぴょん、と大きく飛び上がる。

「……それだけ喜んで頂ければ、こちらも光栄だ」

「は、い……。大切にしますわ。本当にありがとうございます」

無意識に、お互いがこれまでで一番の笑顔で向き合っていた。

シェリアの心臓が三たび、どきんと大きな音を立てた。広大な運河にかかる橋の上で、妙な静けさが二人の間に流れる。不意に、このまま別れてしまうのがとても惜しく思えた。

「じゃあ行こう」

沈黙を破るように咳払いをすると、ラグノスは歩きだした。

「……え？　あの、どちらへ」

シェリアは驚いて尋ねた。これで、終わりではないのかしら。

「食事を奢《おご》らせてくれ」

「そんな、結構ですわ。報酬はきちんと頂きましたし、これ以上は」

「夕食はまだなのだろう？　礼をしたい時、我々は食事を共にする。ヴェルタの習わしだ」

彼は振り返り、シェリアを待っている。

引き寄せられるようにしてラグノスを追いかけた。

大橋を渡り港に近い通りに、こぢんまりとした店があった。

狐《きつね》と酒樽《さかだる》が描かれた看板がかかる扉を開けて、ラグノスはシェリアを中へ案内した。

食事ができるところと言えば森竜亭しか知らないシェリアにとって、このように小さな店は初めてだ。店内に漂う木の香りに昔、クラセント家の所有する避暑地の屋敷で過ごした森での記憶を思い出して懐かしい気持ちになった。

十ほどあるテーブルには、和やかに食事や酒を楽しむ人びとが集まっている。その多くが獣人族のようだ。

「ここは、ヴェルタ国の貴族が出資している店だ。店主も気心が知れているのでよく使っている」

ラグノスは店主に軽く挨拶すると、「いつものを。二人分頼む」と告げて自分の家のように慣れた様子で奥の離れ席へと向かった。

「騎士団の食堂以外で、祖国の料理を楽しめるのはここだけなんだ」

シェリアは緊張しているのを見せないように、礼儀正しく頷いた。

よく考えたら付き添いもいないのに殿方と二人きりで食事など、ルーナや亡き父母が知れば天地がひっくり返るほどの衝撃を受けるかもしれない。

「どうした？」

「いっ、いえ。とても素敵なところですわ」

ギクシャクとした答えに、席についたラグノスは目を細める。

「なんだ、森竜亭のような賑《にぎ》やかな酒場がよかったのか？」

「ち、ちがいます。あのお店は……当分結構ですわ」

シェリアが慌てて否定すると、彼は愉快そうに笑った。

「まぁ、その方がいいだろうな。安心してくれ、ここでは酒は出さない。互いのためにもその方がいいだろう」

「ええ……。もちろん、仰る通りですわ」

しゅんとして頷く。

ラグノスは少し躊躇《ためら》った後「あの晩殴った男のことだが……知り合いだったのか？」と切り出した。

「えっ、な、なぜ？」

彼はどこまで知っているのだろう。

「いや。少し気になってな。あの時、ただ見知らぬ男に言い寄られただけにしては殴り方に力が入りすぎていたように見えたから」

ラグノスは早口でそう言うと、シェリアの表情を見て慌てて手を振った。

「いや、言いにくいならいい。立ち入った質問をしてしまったな」

「あの方は、私の婚約者だった方ですわ」

「こ、ん？」

ラグノスの獣耳がまたしてもぴんと立つ。

シェリアは続けた。

「ええ。十七の時に、お互いの家の間で婚姻が決まりましたの。何度かお会いしましたが、そのうちに私の家が爵位を陛下にお返しすることになりました。……それはご存じですよね？」

ラグノスは頷くしかない。シェリアに取引を持ちかけるため、知り合いに探りを入れたのだ。だが流石《さすが》に婚約のことまでは聞き出せなかった。

「婚約はあっさり解消となりました。そのあと、あのオーリン様は他の方とご結婚されて、お幸せになったと風の便りに聞きました。それなのに、あの方は、私に……」

俯いたシェリアはぎゅっと両手を握りしめる。もう吹っ切れているはずなのに、やっぱり自分から話すのは楽しいことではない。

（私ったら、どうして喋《しゃべ》ってしまったのかしら。この方は面白がるに決まっているのに）

馬鹿なことを言ってしまった。シェリアはちらりとラグノスを見上げる。

だが、テーブルの向こうの獣騎士はなぜかひどく気遣《きづか》わしげな顔でシェリアを見つめていた。

「あ、あの……」

「我らの国では、婚約は神にこの先生涯の愛を貫くことを誓う神聖な行為だ。違《たが》えば、女人の方がより深く傷つく」

彼を愛していたから貴女はひどく傷ついたのではないか、と問われた。とても、真面目な表情で。曖昧《あいまい》な答えで流してしまうことはできない気がした。改めて自分の気持ちを見つめてみる。

「それは……、もちろん……突然お断りされたのはとても、悲しかったです。けれど、愛するというところまで感情が達していなかった気がします。お相手が誰であれ、いつか愛しあう仲になれたら素敵だなとだけ思っていましたの」

そういう意味では、あの頃の自分は愛するということに憧れていただけだった。

「私にはまだ、愛する気持ちというものがわかりません……」

シェリアは素直に伝える。

「それなら、よかった。いや、よくはないが」

ラグノスはまた、優しく笑う。瞳に、安堵《あんど》の色が見えた。

（ど、どういう意味かしら）

心の奥底でまた、とくとくと早鐘が打ち始める。このふわふわした感覚の正体を知りたいけれど、怖い。

シェリアが戸惑っているうちにテーブルには所狭しと料理が並んでいた。

大きな葉に包まれ蒸し焼きにされた香辛料たっぷりの鶏肉《とりにく》に、野菜をふんだんに使ったスープなど色とりどりだ。

屋敷にいた頃の格式ばった食事とは違う野趣に富んだ品々に、シェリアは思いっきり目を輝かせた。

「とても、色が綺麗です！　ヴェルタのお料理は太陽のような明るい色ですね。美味《おい》しそう……」

「そう言って頂けるとは光栄だ。食に関しては我がヴェルタが世界一だと自負している」

騎士団長は誇らしげに胸を張った。そしてしばらく二人は鮮やかに盛られた食事を楽しんだ。

シェリアはふと、少し前のことを思い出した。

「そういえばユハート様……獣人族の方は皆さん獣のお姿に変身できると聞いたのですが、本当ですか？」

「変身？　誰から聞いたんだそんなこと」

「同盟を結んだというお話があった頃、夜会でどなたかが仰られていたことを思い出しました」

ラグノスは困ったように鼻をかく。

「それはただのおとぎ話だ。はるか昔の伝承には獣に変化した者の話もあるが……。俺たちは人間だ。遠い祖先が特徴的な耳と尻尾を授かっただけで他はあなた方となんら変わりはない」

「そ、そうなのですね。ごめんなさい。あやふやな噂を本気にしてしまいました」

謝ったシェリアに、ラグノスはさらりと答える。

「いや、別にその程度のことは気にしていない。この国とは交流が始まったばかりだ。なかなか伝わらないこともあるが、こういった溝を埋めていくのも、派遣された騎士団長としての務めなんだろう」

いつか、わかってもらえたらいいんだが。

彼はそう呟《つぶや》く。

その言葉は、この国に向けたものなのか、他の誰かに向けたものなのか、シェリアにはわからなかった。

最後に出てきた木苺《きいちご》のパイもまた最高の味だった。

シェリアが褒めちぎるとラグノスも店主も嬉しそうに尻尾をパタパタと振ってみせる。その様子がなぜか、上手に球遊びができた時のルッカを思い出させてシェリアははっと席を立った。

（そうだわ、ルッカ！）

「も、申し訳ありません。私、そろそろ失礼いたします。急用を思い出しました」

朝、拗ねさせてしまったきりのルッカのことを思い出して胸がギュッとなる。早くラグノスに譲ってもらえたこのチュニックで包んであげたい。きっと喜ぶはずだ。

「どうしたんだ急に。こんな時間から用事なのか？」

夕方を過ぎ外はそろそろ暗くなり始めている。

驚いているラグノスに、シェリアは大きく頷き、礼をした。

「ユハート様。ほんとうに、ありがとうございました。素晴らしいお食事でした。楽しい時間を過ごせて、とても、嬉しかったです」

ラグノスのことも少しだけ、知ることができたような気がする。まだ彼の顔を見ていたい気持ちもあるけれどルッカを放ってはおけない。焦っているシェリアに、ラグノスも席を立った。

「送ろう」

「そ、そこまでお世話になれませんわ」

彼はふっと笑う。

「夜道に放り出すことはできない、とあの日も言ったはずだろう」

店の馬車を使おうとしたのだがちょうど全て出払っており、ラグノスは辻馬車《つじばしゃ》を探して歩き出した。だが、今夜に限ってなかなかつかまらない。

「騎士団の馬車を使うか……だが、ここからは少し遠いな」

二人は街灯の光に影を重ねるようにして歩く。隣を歩くラグノスの腕がとても近い。時おり、足は痛くないか、と気遣われる。

金の瞳が街灯に煌めく。

シェリアは視線をどこに向けていいかわからず下ばかり見て歩いていた。

しばらくして、ラグノスが不意にシェリアの肩に手を回した。

「……っユユユハートさまっ！　なっなっ」

「しっ」

ラグノスは息がかかるほどの距離で、シェリアの耳に囁いた。

「何者かに尾《つ》けられている。静かに」

え？

——尾けられている——

肩に回されたラグノスのたくましい腕がシェリアを抱き寄せる。二重の意味で、シェリアは心の底から飛びあがった。

「つ…っつけられっ……？　……な、なぜ？」

まさか。そんなこと、あるはずがないわ。真っ赤になって彼の腕を振りほどこうとしたけれど、
ラグノスは真剣だ。

「酔客《すいきやく》目当ての追《お》い剝《は》ぎかなにかだろう」

ふざけているようにはとても見えない。無意識に振り返ろうとしたシェリアの肩をラグノスはもう一度強く抱いた。

「だめだ、見るな。相手に気づかれてしまう。このまま歩き続けるんだ。酔った恋人同士のように」

「こっ……」

口をぱくぱくさせてラグノスを見上げるシェリアに、彼は「ほら、早く」と急《せ》かす。

何をどうしたらいいのかわからない。

「ど、どうすれば……？」

「俺の腕に摑まるんだ」

シェリアはおずおずと彼に腕を絡めてみた。チュニックの上からでも引き締まった筋肉が感じられる。

「上手《うま》いじゃないか」

愉快そうに口の端を上げ、シェリアを支えるようにして歩く。

ラグノスは辻馬車を探すふりをしながら、大通りから少しずつ逸れていく。やがて人通りがほとんどない道へと入って行った。

石畳みの道に二人のブーツの音が響く。そして、その後ろに微《かす》かに重なる足音がふたつ、密《ひそ》やかについてきていた。

曲がり角を進むと、不意にラグノスは立ち止まった。そしてシェリアを壁側に立たせる。

「ここでじっとしていろ」

そう言うと、獣騎士はのんびりとした歩調で来た道を戻っていった。

「どっちに行った？」

「くそ、見失った」

焦った話し声がしたかと思うと男が二人、駆け足でこちらにやってくる。

ラグノスは二人の前にすっと立ちはだかった。

「俺たちに何か用か」

男たちはぎくりとして立ち止まる。二人は顔を見合わせると一人が一歩前に出た。

「な、なんだよ」

「酔客狙いの追い剝ぎにしてはやけにしつこいな、と思ったのでね。特別な用事でもあるのかとこちらから迎えに来てやったんだ」

「は、はぁ？　何言ってんだ」

黒い外套に身を包んだ男たちは明らかに狼狽《ろうばい》している。

「お前なんかに用があるわけないだろ。こ、こっちは散歩してるだけだ」

「そうなのか？　店を出てからずっと後を尾けていただろう」

「そんなことするわけないだろ。なにかの間違いだ」

ラグノスは二人に近づく。

「そうか、こちらの間違いなら失礼した。さあ、遠慮なく散歩を楽しんでくれ。ただし、あちらの道で頼む」

落ち着いた口調で、彼はすっと向こうの通りを示した。

「あ、あんたにそんなこと言われる筋合いはない。ふざけるな」

「ふざけているわけではない。本気だ」

ラグノスはさらに一歩彼らに近づき、素早く一人の腕を掴み上げる。

すると、男の手からナイフがカランと音を立てて落ちた。

「こんな物騒なものを手にしながら後ろを歩かれたくない。とっととこの場から去れ」

ぎりぎりと腕を締め上げ続ける。

やがて男は呻《うめ》き声を上げて降参を示す。ラグノスが力を緩めるとようやく解放された。

「くそ！　行くぞ」

小さく叫んで男は走り去った。もう一人も慌てて追いかけていく。

ラグノスは二人が見えなくなるまでずっと彼らを睨み続けていた。

「待たせてすまない。大丈夫か」

戻ってきたラグノスに、シェリアはこくこくと頷いてみせる。

「ぜ、ぜんぜん、平気ですわ」

シェリアはやり取りの間じゅう、言われた曲がり角の壁にぴったり背中をつけ身じろぎひとつしなかった。

彼女からはラグノスの背中が微かに見える程度で、視線をこちらに一度も向けていなかったが、ずっと彼がそばで守っていてくれたように感じた。だから、怖いとは思わなかった。それでも。

「嘘をつくな。震えているじゃないか」

ラグノスはシェリアの両手を優しく包む。

彼女の手はひどく冷たくなっていて、肩が小刻みに震えていたのだ。

「わた、わたし……」

「よくやった」

「私は、なにも……」

じっとしていてくれて助かった。とラグノスは小さく微笑む。

大きな手の温かさとその笑みに、緊張がふっと緩んでしまい不意に涙がこぼれそうになる。

（泣いてはだめよ。ユハート様にびっくりされてしまうわ）

ぎゅっと目に力を入れて涙を我慢する。そして、彼にそっと尋ねた。

「あ、あの方たちは……？」

「ただの追い剝ぎではなかった。俺たちのどちらかを狙っていたようだが……」

ラグノスは思案げにシェリアを見る。

「心当たりは……」

シェリアは瞳を震わせてラグノスを見上げている。獣騎士は小さくため息をついた。

「……まぁ、あちらには理由があったとしても、貴女にはわからないだろうな」

彼は赤茶の髪に手をやると、「さぁ、ともかく帰ろう。人通りの多い道に戻って馬車をつかまえる」と言って歩き出した。

車輪がガタゴトと荒い音を立てる。下宿に向かう間も、ラグノスは窓の外から視線をはずさなかった。シェリアも緊張して座席にまっすぐ座り続けていた。

（家まで付き添ってくださるのはとても心強いわ。また、お世話をかけてしまっているけれど）

不審な男たちとの遭遇で神経が過敏になっている。シェリアは、隣に座るラグノスを感謝の気持ちで見つめた。

長い足を組んで、外の様子を見る姿。あの酒場の夜と同じだ。

あの時のシェリアは酔いと怒りで普通の状態ではなかったけれど、彼の不機嫌な表情は目に焼きついている。

（……私、またこの方と馬車に乗っているのね）

まだ半月ほどのことなのに、ずいぶん前に感じる。ただ、馬車に二人きりというのは同じなのに、気持ちは全然違う。シェリアは不思議な心地で隣の男を見ていた。

すると、視線を感じた彼がふっと、シェリアを見た。

「どうした？」

その目はひどく優しげで、こちらが恥ずかしくなるほどだ。ついにはシェリアの方から視線を逸らしてしまった。

「馬車の揺れがきついか？」

「い、いえ……」

ふるふると首を横に振る。

「前のように気分が悪くなったら早く教えてくれ。すぐに馬車を止めるから」

ラグノスはくすりと笑った。

（前のようにって……ユハート様も、もしかして私と同じようにこの間のことを思い出していたのかしら）

なんだかくすぐったい。照れくさくて、頬が熱くなる。シェリアは不安な気持ちが少しだけ楽になった気がした。

下宿の前でラグノスは馬車を止め、シェリアを降ろした。二階まで上がると彼女が中に入るまでしっかりと見届けてから「鍵をきちんとかけるように」と告げ階段を降りていく。

シェリアは背中に声をかけた。

「あ、あの……！　ありがとうございます。とても、とても楽しい時間でした」

「俺もだ。最後、あんなことがなければ、もう少し一緒に過ごしたかったが……ま、仕方ない。繕い仕事にも大変感謝している。今夜はゆっくり休んでくれ」

ばたんと重たい音とともに扉が閉まる。

シェリアはなんだか物足りないような心持ちで鍵をかけると、扉を少しの間見つめていた。

「キュキュ、キュキュ！」

ペタペタとした足音が背後で聞こえた。

「ルッカ！」

翼のある生き物は興奮した様子で、素早く床を歩いてくる。そして扉を爪でカリカリとひっかく仕草をした。キュウキュウ鳴きながら、一生懸命なにかを呼びかけているようだ。

「ルッカ！　ただいま。朝はごめんなさいね。あなたの大切なものを取り上げてしまって」

シェリアはいそいそと籠からチュニックを取り出す。

だがルッカは、しばらくの間扉をじっと見つめたまま動かなかった。

「ルッカ……？　まだ、拗ねてるの」

シェリアが近づくと、ようやくルッカはこちらを向き、いつものようにちょこちょことシェリアの足に身体をすり寄せた。屈《かが》んで抱き上げると、ルッカは嬉しそうに鼻を近づけていつもの挨拶をしてくる。

どうやら朝からの不機嫌は直ったようでシェリアはホッとした。

「ユハート様から譲って頂いたのよ。よかったわね」

チュニックを差し出すと、ルッカは青緑の目を細め、嬉しそうに布にくるまる。

シェリアは笑みを浮かべて頭を撫《な》でてやった。

（本当に、この子はどうしてこれが好きなのかしら）

ルッカの好むチュニックからは陽光のあたたかな香りがする。それは、さっきまで一緒にいたラグノスの香りと当然似ていた。

肩を抱かれたことや、彼の優しい視線の記憶が蘇《よみがえ》り、シェリアの中に甘く積もっていく。

「もう、お会いすることはないのにね……」

シェリアが寂しそうに呟くと、ルッカは澄んだ瞳でキュ、と鳴いた。

取引は完了し、もう互いに会う必要はなくなった。彼女の秘密も守られる。シェリアはそれをとても喜んだ。喜んでいるはずなのに、すごくすごく寂しい。

だから、翌朝下宿屋を出てすぐに壁に寄りかかっているラグノスを見つけて飛び上がるほど驚いたのだ。

「おはよう。よく眠れたか？」

爽やかに挨拶しながらこちらに近づいて来た。

「な、な、な、どうして……」

籠を落としそうになっているところにラグノスは何食わぬ顔で告げる。

「念のため寄っただけだ。何かあったら困るから」

だが、瞳は心なしか赤く充血しているし、それに昨夜と同じ服装だ。

「も、もしかして、一晩中こちらに……？」

部屋を見張ってくれていたのだろうか。シェリアは身を震わせた。かつてのクラセント邸の門番でさえ交代制だったというのに、この方は……。

「ユハート様……ありがとうございます……、ほんとうに、ご心配ばかり」

「騎士の務めだ、と言ったろう？　気にするな」

馬車を降りた後もシェリアが『フォルガーナ』に入るのを見届けてから彼はようやく去って行っ

た。尻尾をゆったりと振るその後ろ姿をじっと見つめ、シェリアは高鳴る胸をぎゅっと押さえた。

（このままでは、私は……）


街は今日も、ざわめきや喧騒《けんそう》に溢れている。

仕立て屋からの帰り道、シェリアは少しばかり混乱しながら隣を歩く男を見上げた。通りを急ぐ馬車の車輪や馬が生み出す砂ぼこりを器用に避《よ》けながら、ラグノスは再びシェリアの隣を歩いている。

「あの、ユハート様……」

「ん？」

シェリアは戸惑いがちに声をかけた。

「やはりその角までで結構です。昨夜はお休みになられていないのでしょう？　それなのにこんなことまでして頂いては申し訳ありませんわ」

シェリアは恐縮していた。なぜなら今朝、彼はシェリアをここまで馬車で送ってから自身の仕事に向かったはずだ。なのに、シェリアが終業後店を出るとまた、当然のように現れてこう言ったのだ。

「さあ、帰るぞ。シェリア・クラセント」

「ゆ、ユハート様……？　どうされたのですか？」

「何がだ？」

「何がって……」

シェリアが困惑している隙に、彼はすたすたと歩きだす。

「馬車の方が早いとは思うんだが、のんびり歩くのも悪くないだろう」

ラグノスは当たり前のように彼女の横についている。

（……ど、どういうおつもりかしら。私のこと、待っていてくださったの？　昨日のことがあったから？）

ヴェルタ国の獣騎士団はラムゼリアの西で活動しているという。しかも彼は騎士団長。仕事は山のようにあるはずだ。一介の針子に過ぎないシェリアごときに関わり合っている暇などあるとは思えない。それなのに、昨夜も彼は寝ずの番をしてくれている。

「あの、気にかけてくださってありがとうございます。でも、もうほんとうに、大丈夫ですわ。どうか、お気になさらず」

だが彼はこう答えた。

「大丈夫かどうかは俺が判断する。昨日の男たちは何か目的があったかもしれない。少なくともあと数日は警戒するべきだ」

ラグノスは事務的な口調でそう告げると再び歩きだした。だが数歩いったところで立ち止まり、

「シェリア・クラセント嬢はしばらくの間、ヴェルタ国獣騎士団長の護衛対象だ」と片目を瞑《つぶ》ってみせたのだ。

そうして今、ラグノスはシェリアの横で獣耳を立てながら歩いている。周囲を警戒しているのだ

ろう。昨日の男たちの目的は全くわからないが、確かにナイフを持っていた。そのことを気にしなければいけないのに、シェリアは嬉しい気持ちが勝ってしまっていた。

(ラグノス様は善意で付き添ってくださっているのに、私って、こんなに不謹慎な人間だったのかしら……)

いつもは世間から半ば隠れるようにして歩いている冷たい街。だが今、彼と歩くラムリアはどんな王国の宮廷よりも華やかに思えた。

自分をはしたないと叱りながらも、つい頬が緩んでしまう。勘違いしてはいけないのに。

やがて、あの質屋が見えてきた。

(今日はこちらに寄るのはやめておきましょう)

首飾りが無事か確かめたいが、それを言い出すのはわがままな気がする。シェリアはちらりと横目で見ながら通り過ぎようとした。

「どうした。あの店に用でもあるのか？」

「えっ？　いえ……」

彼女は驚いてラグノスを見る。

「顔つきが変わったから。あそこに何かあるのかと思って」

「か、かお……。私、顔が変わりましたか？」

シェリアは手のひらを頬に当てた。そんなにわかりやすいのかしら。

「護衛対象だからな。よく見ているだけだ」

彼は愉快そうに瞳を煌めかせた。そして、「そういうことにしておいてくれ」と笑う。

彼女はまたまた赤くなって俯いた。

(どうしよう。心臓がぎゅっと痛くて、このままだといつか苦しくなって倒れてしまいそうだわ)

「さ、店で用を済ませてくるといい」

促《うなが》されて、二人で質屋へと入った。


見事な真珠の首飾りは今日も大切に飾られていた。

その深い輝きをラグノスも感心したように見つめる。店を出てから、獣騎士はシェリアに尋ねた。

「あれは？」

「あの首飾りは、クラセント家が国一番の職人に作らせたものです。母も祖母から受け継いで、とても大切にしておりました。私はまだつけたことはないのですが、あの首飾りを取り戻すのはクラセントの人間としての最後の義務だと考えています」

シェリアの凛とした声に、ラグノスは虚を突かれたように彼女を見た。

「……一日も早く、その日が来ることを俺も願おう」

「ええ。ありがとうございます……」

胸がいっぱいになる。シェリアは絞り出すように礼を言った。

「こ、ここでもう、結構ですわ。ほんとうに、ありがとうございます」

ふわふわした気持ちのまま、下宿屋の二階に立つ。扉を背にシェリアが挨拶しようとすると、ラグノスの手がそっと彼女の右頬を包んだ。

「ひとつ、頼みがあるんだが」

「な、なに、を……」

「これからは……シェリア、と呼んでも構わないだろうか」

獣騎士の瞳は、ひどく甘い。

(こ、これからって……、この先もお会いできるということ……？　ユハート様に)

彼女はぜんまい仕掛けのおもちゃのようにこくこくと頷くことしかできなくなってしまった。

「ありがとう」

彼は呟いて、嬉しそうに「シェリア」と囁いた。

(そんなふうに笑わないで……)

ぱたぱたと揺れる彼の太い尻尾に、気が遠くなりそうな幸せな気持ちになる。まるで足元が浮いてこのまま飛んでしまえそうだ。

ラグノスの顔が近づく。

彼女は胸の前で拳を握りしめ、ぎゅっと目を閉じた。

すると。

「クソっ」

舌打ちが聞こえた。

（えっ）

目を瞬《しばたた》く暇もなく、シェリアは肩を壁際に押しつけられてしまった。さっきまでと打って変わってラグノスの表情は厳しい。

「鍵が開いている」

低く唸《うな》ると、彼は腰の剣をすっと抜き慎重に扉を押しながら中へ踏み込んだ。

なぜか部屋の窓は開け放たれており、風が勢いよく通り抜けていった。

そして、めちゃくちゃに荒らされたシェリアの住まいが目に飛び込んできたのだ。

「あ……」

割れたガラス窓。倒れた鏡台《きょうだい》にひっくり返った木の椅子。窓ガラスなどの破片の飛び散った床。

そして散乱した衣類や書類。いつもの自分の散らかしようとは違う。敵意をもった荒らし方を目にして、シェリアはへなへなと膝の力が抜けてしまった。

（な、なに、これ……ひどい）

床にへたり込み、呆然《ぼうぜん》としているシェリアの元に剣を手にしたラグノスが駆け寄ってくる。彼は寝室の方まで入り、賊が隠れていないかを確かめてくれていた。

「シェリア、危ない。中に入ってはだめだ。そこらじゅうに破片が飛び散っている」

ラグノスは、震える肩を支えようと手を伸ばした。

さっきまで可愛《かわい》らしい薔薇《ばら》色に染まっていたシェリアの頬は青ざめ、唇は真っ白に色を無くしている。

ラグノスは湧いてくる怒りをなんとか抑え、彼女に荒れた部屋が見えないよう扉を閉めた。

「ゆっくり息をして、そう、力を抜いて」

そうしてしばらく、獣騎士はシェリアを抱きしめ続けた。彼女が落ち着いてくると階下に降り、水を持ってきた。

冷たい水を呑《の》みほすと、シェリアは弱々しく微笑んだ。

「ありがとうございます。……いつもいつも、お世話をおかけしてしまって……申しわけ」

「気にするな」

ラグノスは安心させるように笑ってみせた。

「……私、なにがなんだかわかりませんわ。なぜ、こんなことに」

「シェリアが身分のある娘だったと知って、付け狙っていたのかもしれない」

元の身分を特に公《おおやけ》にはしていなかったが、そういう噂はいつのまにか静かに広まるものだ。財産を失って世間に放り出されたとはいえ、何かしら金目のものが残っているはずと考える輩《やから》がいてもおかしくはなかった。

「そうなのかしら……」

今さらという気もする。もう半年も経《た》つのに。

「それとも、他に心当たりでもあるのか？」

彼女は力なく首を横に振る。そんなこと、思い当たらないわ……。彼女はため息をついた。

「とにかく、片付けの者をよこそう。これは俺の失態でもある」

ラグノスは悔しそうに唇を噛《か》み締めた。

「ユハート様のせいではありません！　そんなこと、気になさらないで……」

彼女は思わずラグノスの手を握った。彼の太陽のような香りがシェリアの鼻をくすぐる。シェリアははっと顔を上げた。

「……ルッカ！　ルッカは？」

彼女は目を見開き、勢いよく立ち上がると部屋に入っていった。

（今朝はまた壺の中にいたわ。あんまり食欲がないみたいで、ずっと寝ていた……）

あのチュニックを身体に巻きつけ壺に入り込むというのが、ルッカの最近のお気に入りだ。シェリアは部屋の中を探し回る。

「ルッカ？　なんなんだそれは」

ラグノスが尋ねるのも構わず、彼女は這《は》いつくばって倒れたテーブルの下や部屋の隅を覗き込む。

「シェリア！　中は破片で危ないと言っただろう」

ラグノスが慌てて彼女の身体を起こした。

「ルッカが、どこにもいないの……！　ああ、ルッカ」

「シェリア、落ち着くんだ」

逃げてしまったかもしれない。まだ傷は治りきっていないのに。取り乱したシェリアは今度は寝室へ飛び込んだ。こちらもひどい荒れようだ。シェリアは寝台の下や衣装棚の中に声をかけた。

「ルッカ！　私よ、帰ってきたわ。出てきて、お願い……！」

彼女は部屋を見渡し、祈るような気持ちで囁いた。

「……キュ」

小さく答える鳴き声。

それと共に、部屋の隅からごろごろと壺が転がってきた。

シェリアは喜びの声をあげて、壺を抱き上げた。

「ルッカって……それ、その壺か？」

ラグノスがあっけに取られた顔で見ている前で、彼女は奥の方でチュニックに丸まっている小さな生き物に手を伸ばす。

「よかった……ルッカ、ルッカ！」

シェリアは虹色の鱗を持つ生き物をぎゅっと抱きしめた。

ルッカは嬉しそうにシェリアの鼻をぺろりと舐《な》め翼をぱたぱたと動かした。その度《たび》にきらきらと光が放たれる。

「シェリア」

「ユハート様！　この子がルッカです。あの、このチュニックは」

「シェリア」

「このチュニックはルッカがお気に入りで、あのでも、とても大切にして……お譲り頂けたこと、本当に感謝しております」

はしゃいだ声でルッカを紹介していたシェリアは、ふと、ラグノスの声が硬いことに気づいた。

「ユハート様……？」

彼はルッカを凝視している。煌めく翼とツノと、鱗をじっと見つめていた。

「この生き物は、なぜ、ここにいる」

これまで見た中で最も、と言っていいほど厳しい表情で、彼はシェリアに尋ねた。

「あの、あの……。この子は、ついてきてしまって、倉庫で……」

獣騎士の険しい顔と、鋭い視線に、シェリアは言葉に詰まってしまう。

「どこの倉庫だ」

「お店の……『フォルガーナ』の地下、ですわ。あの、この子はけ、怪我をしていましたの。それで……お薬を」

ラグノスは厳しい顔を崩さない。

「あ、の……ユハート様……、この子を、ご存じなのですか？」

シェリアはおずおずと尋ねた。

「……この生き物はヴェルタの地にのみ生息する飛竜《ひりゅう》の一種だ。我々の国では、聖獣として非常に大切にされている。厳重に保護されており、国の外に出ることはあり得ない」

ラグノスは淡々とした口調で説明した。

（国の外に出ることはない……って、それでは、この子は……）

どうしてこのラムゼリアにいるのだろう。

ルッカは嬉しそうにシェリアに翼をすり寄せている。ふと、空気の匂いを嗅ぐとラグノスの方をその青緑の瞳で見つめた。

「キュキュキュ！」

ルッカはぱたぱたと翼を広げてラグノスの元へ飛び立とうとした。だが、傷が痛むのか辛そうな鳴き声に変わってしまった。獣騎士は恭《うやうや》しく手を伸ばし、優しい手つきでルッカの頭を撫でた。

だがその顔は厳しいままだ。

「シェリア・クラセント嬢。貴女には、我々の駐屯地に来てもらう必要がある」

ラグノス・ユハート獣騎士団長はシェリアをじっと見つめ、硬い声で伝えた。

第四章

獣騎士団と元男爵令嬢

二年ほど前、ラムゼリア国王がヴェルタ王国に同盟を申し込んだことで友好的な両国の関係が始まってから建設が進められたヴェルタ王国騎士団駐屯地は、黒い鉄門と高く白い壁に囲まれた頑丈な建物群で構成されていた。

豪華な彫刻や調度品で煌《きら》びやかに飾り立てたラムゼリア王国の騎士団領とは違い、落ち着いた印象の建物の前に馬車が停《と》まる。

「ここが我らの駐屯地だ」

ルッカを抱いたシェリアはラグノスに付き添われ馬車を降りた。

少し前の甘い雰囲気は影を潜め、今のラグノスは異国の騎士として振る舞っている。形の良い獣耳はずっとぴんと尖《とが》ったまま、こちらを見ない。

（ユハート様……なんだかとても、遠く感じてしまう……）

だが、馬車を降りる時に手を貸してくれたラグノスの手は表情とは裏腹にあたたかく、そして力強かった。不安な気持ちをぐっとこらえ、シェリアは駐屯地へと足を踏み入れた。

建物の中は白と緑を基調にした調度品で統一され、所々に豊かな緑の大樹が描かれている。

「我が国ヴェルタは、太陽と緑の国でもある。だから、建設時にその意匠をたくさん盛り込んでもらったんだ」

「そ、そうなのですね……。ユハート様が建設に携《たずさ》わられたのですか？」

「ああ。ここでの一切は銀狼《ぎんろう》騎士団に任されている」

回廊ですれ違うのは様々な耳と尻尾を持つ獣人族ばかりだ。皆、シェリアが纏ったのと同じ型のチュニックの上に黒いベストを羽織《はお》り、ぴたりとした革のズボンといった格好をしている。

シェリアは礼儀正しく、あまり視線を動かさずに俯《うつむ》いて歩いていたが、彼らは皆一様に驚き立ち止まり、シェリアを凝視している。

いや、正確にはシェリアではなく、彼女の腕に抱かれた飛竜《ひりゅう》――ルッカ――を見ていた。

「なぜ、飛竜が……」

「あれは、聖獣の幼な子では……？」

そんな言葉が囁《ささや》かれる。

シェリアはますます俯いて、ルッカをぎゅっと胸に抱きしめた。

ラグノスが入っていったのは、突き当たりにあるこぢんまりとした部屋だった。騎士団長の執務室らしいのだが、こちらも質素な趣だ。深い緑色の絨毯《じゅうたん》が敷き詰められた中へと促される。

ラグノスは彼女を大きな椅子に座らせた。

ルッカはここに来てからずっと鼻をひくひくとさせ、尻尾を嬉《うれ》しそうにぱたつかせている。ただ、相変わらずシェリアの腕から出ようとはしなかった。

「ここでしばらく待っていてくれ。色々と尋ねたいことがある」

ラグノスはさらに何か言いたそうにシェリアを見たが、硬い声でそれだけ告げると部屋から出ていった。

一人残されたシェリアは、言われた通りじっと椅子に座り続けた。

（この建物は全体的に殺風景な感じがするわ。クラセントの屋敷と比べても、だいぶ違う）

ラムゼリアの上位騎士たちは、皆何かしらの称号を与えられた貴族である。彼らの属する騎士団の館は贅《ぜい》を尽くして造られていた。

シェリアは緊張と不安を和らげるため、どうしてヴェルタの駐屯地は質素なのかを真剣に考えようとした。

（だめ……ぜんぜん、わからないわ。というより、なにも考えられないわ。……私の部屋は今ごろどうなっているのかしら。お父様の大切なお手紙、無事かしら）

今になって部屋が荒らされたことの実感が湧いてくる。それに、ラグノス。彼の態度もすっかり変わってしまった。

（ユハート様……）

たびたびしっかりと支えてくれた腕、甘い瞳に、楽しそうに揺れる尻尾。この殺風景な部屋にいると思い出してしまい、余計に心細い気持ちになる。

「キュキュ」

ルッカがシェリアの手の甲に鼻を押しつけてきた。気遣わしげに上目遣いでシェリアを見る。

「大丈夫。私は大丈夫よ。あなたは？」

「キュ！」

シェリアは微笑《ほほえ》んだ。だがその笑みはすぐに消えてしまった。身一つでこの街に放り出された時よりもさらに惨《みじ》めな気持ちになって、彼女は俯いて時が過ぎるのをじっと待った。

「失礼する」

シェリアが物思いに沈んでいると、扉がいきなり開いた。

ガチャガチャと剣のぶつかり合う音と共に現れたのは見知らぬ長身の男性だ。ラグノスよりもさらに背が高く、金毛の耳と尻尾を持っている。端整な顔立ちだが、どちらかというと冷たい印象だ。青年はつかつかとシェリアの前にやってきた。眉間に皺《しわ》を寄せ、明らかな敵意をシェリアに向けている。

「……なぜ、この国の者が我が国の宝である聖獣を抱いている」

「も、申しわけ、……ルッカは、あの、見つけて……」

シェリアは男の迫力に気圧《けお》され、しどろもどろになってしまう。

「ルッカ？　……な、名前をつけたのか？　この聖なる生き物に……聖獣は愛玩動物などではないのだぞ」

「そ、そんなつもりは……」

相手は美しい顔を歪《ゆが》め唇《くちびる》を震わせている。

「この国は獣人族を見下しているくせに、ヴェルタのものばかり欲しがる。なんとも都合のいい国民性だな」

瞳には怒りがこもっていて、シェリアは何も言えなくなってしまった。

そこにバタバタと足音がして、また一人、獣人が駆け込んできた。小さな耳に丸い尻尾、なんとなく親しみのある姿だ。

「ファラム様っ。ファラム様ってば！　その辺で……。ほら、ご令嬢が怯《おび》えてますよ」

「アミル。お前の出てくる幕ではない！　彼を迎える準備をしてこい」

ファラムはシェリアの腕の中のルッカを指した。

「貴方《あなた》がラグノス様の制止を振り切って出ていってしまうから追いかけて来たんでしょう！　まだ話の途中だったのに」

ファラムと呼ばれた男性は尻尾を壁に叩《たた》きつけんばかりに振りあげた。

「あの方は甘い！　このままでは我らの聖なる宝が他国へ不当に流れるばかり……」

「もうその辺でいいだろう、ファラム副騎士団長。アミルの言うとおり、客人が怯えている」

背後で静かな声が聞こえた。

一同がはっとして振り向く。ラグノス・ユハート獣騎士団長がそこに立っていた。彼は落ち着いた眼差《まなざ》しで一人ひとりに目をやる。

「彼女どころか、聖獣まで怯えているじゃないか。飛竜は繊細な生き物だ。知っているだろう」

「ラグノス様……。しかし、この者は犯罪者かもしれないのですよ？」

「お前の怒りはもっともだ。だがまず、彼女に事情を聞くべきじゃないのか？」

ラグノスはシェリアに歩み寄り、目の前で頭を下げた。

「すまない。部下が先走ったようだ。ファラムは愛国心が少々強すぎる所がある」

シェリアは首を横に振った。

「いえ……。ヴェルタ国の聖なる生き物を、知らぬこととはいえ、軽率な行動でした」

シェリアは立ち上がり前に出て、ファラムに謝罪した。

「申し訳ありません……副騎士団長様」

その唇はかすかに震えている。

ファラムは彼女を睨《にら》んだままだ。張り詰めた空気の中、ラグノスは不意に気楽な口調になった。

「ああそうだ。言いそびれたが、彼女がシェリア・クラセント嬢だ。我々の隊服を全て繕ってくれた人物だよ」

ファラムははっとした顔でラグノスを見た。そして、なんとも気まずそうに自分の上衣を見下ろし、最後にシェリアに視線を移す。

「……ラグノス様。ここでそれを持ち出すのは、とても意地の悪いやり方では？」

「そうか？　まぁ、お前があまりに性急すぎるから、なんだか言い出しにくくて。悪いな」

ラグノスは悪戯《いたずら》っぽく笑う。

ファラムはまだ不満げだが、むき出しだった敵意が少し和らいだ。騎士団長の言葉で、部屋の雰囲気は大きく変わったようだ。

（ユハート様……。皆さんにとても好かれていらっしゃるのね）

普段通りに戻った彼の態度に、シェリアの不安な気持ちは僅《わず》かに軽くなった。

その後全員着席し、改めてシェリアは事情を聞かれた。

「では、その『フォルガーナ』という店の地下倉庫で、変わった鳴き声らしきものを聞き、家に帰ったところ、お前……失礼、貴女《あなた》の荷物から飛竜が出てきた、ということか」

「はい。その通りです、副騎士団長様」

シェリアはしっかりと頷《うなず》いた。

「この子はずっと、ユハート様からお預かりした隊服を離そうとしませんでした。次の日にルッカを、いえ、この子を倉庫に連れていったのですが、置いていかれるのを嫌がるばかりで……。探している方もいらっしゃいませんでしたし、怪我《けが》をしていましたから、連れて戻ることにしました」

「怪我？」

「翼の付け根に傷があります。鱗《うろこ》が剝《は》がれてしまって、その痕《あと》がなかなか治らなくて……」

シェリアに抱かれたままのルッカの翼を見てラグノスは難しい顔をした。

「飛竜はヴェルタの大地と水でのみ健《すこ》やかに育つんだ。この地で怪我をすれば治りにくいのは当然だが……。シェリア、もしかしてあの薬師《くすし》の店で会ったのは、この飛竜のためか？」

「ええ、そうなのです。黙っていて申し訳ありません。心配して頂いたのに」

「いや、いい。貴女の怪我でなくてよかった……」

二人はしばし見つめ合う。

ファラムが片眉を僅かに上げた。

「あー、鱗が剥がれたと言ったが……貴女はそれをどうした？」

彼女はドレスに下げた巾着から大切に布に包んだ鱗を差し出した。

「ここにあります。どうにかしてまた戻してあげたいのですが、その前に傷口をなんとかしたくて」

横から見ていたアミルが素《す》っ頓狂《とんきょう》な声をあげた。

「うわ……っ。虹の鱗じゃないですか！　こんなに綺麗《きれい》な状態で」

「虹の鱗？」

「そうですよ。これはね、ものすごーく高値で取引されてるんです。手のひらくらいの一枚が金貨何千枚もするんだ。これだけ美しいものは母国でも珍しいですよ。この飛竜の子一匹で立派な屋敷が二つは建っちゃいますね」

「アミル、不謹慎だぞ。部外者に余計なことを聞かせるな」

ファラムがアミルを叱りつけた。

「ファラム、そう怒るな。余計なことではないだろう。彼女はなぜここで尋問されているのか知る権利がある」

ラグノスはシェリアの前に立ち、ルッカの頭を撫《な》でる。

「アミルの言うとおり、飛竜はヴェルタにとっては神聖な生き物だが、他国では希少な獣として珍重されている。ツノも、鱗も宝石以上の価値があるとされ、特に虹色の鱗は最高級品だ。そのためにかつて乱獲され絶滅しかけた」

ファラムが厳しい顔で続ける。

「数十年前、ヴェルタ国王は飛竜の取引を全て禁止し、保護に努めることを命じられた。だが、皮肉なことに価値はさらに高まってしまった。密猟も後を絶たない。殺した飛竜の鱗やツノを剥ぎ取り、亡骸《なきがら》は塵《ちり》のように捨てる。もちろん生きたまま高値で買い取り、愛玩動物として飼う輩《やから》も多い」

シェリアは言葉を失った。ルッカの仲間が無惨な姿になることを想像するだけで胸がぎゅっと痛くなる。

(ひどい……そんなことが)

「つまり、現在国外で見つかる聖獣は全て犯罪行為の結果ということになる」

だから貴女は今ここで、事の経緯を明らかにして身の潔白を示す必要があるのだ。

部屋の空気が再びぴりりと張りつめる。おそらくこの建物中の人がシェリアのことを疑っているのだろう。国家の宝を穢《けが》した者として。彼女は身を竦《すく》ませた。

ラグノスはじっとシェリアを見つめている。彼の瞳は鋭く、まっすぐだ。

(ユハート様は、きっと信じてくださっている。でも、頼ってばかりではダメだわ、自分で誠意を示さなくちゃ)

彼女は深く息を吸って、ルッカを掲げた。

「誓って、先ほどの私の言葉に嘘偽《うそいつわ》りはありません。私はこの生き物とは偶然出会ったのです。ですがヴェルタ国とこの聖なる生き物の関係については無知でした。私の未熟さゆえに、誤解を招くようなことをしてしまいました。本当に申し訳ありません。謹《つつし》んで、ヴェルタの皆様に聖なる飛竜の子をお返しいたします」

そして深く頭を下げて続ける。

「ルッカは……この子は、本当にすばらしい子です。優しくて、賢くて、好奇心も旺盛で……。とても、大切な友人です。孤独な私の心の支えとなってくれました」

胸に手を当てた。そして、毅然《きぜん》と獣人騎士たちに宣言する。

「何者かの悪意によってヴェルタの聖獣がこの国に連れてこられたことは、許《ゆる》し難《がた》い行為です。ルッカは怪我までしてしまって……。私はラムゼリアの人間としてこの子をこの国に連れてきた人たちを探し出し、陛下に告発いたします」

「キュキュキュ!!」

ルッカがツノをぶんぶん振り回して雄叫《おたけ》びを上げる。その様子を、ファラムもアミルも目を大きく見開き口をあんぐりと開けて見つめていた。

「な、なにを言い出すのだこの小娘は」

「なんとも、大胆なご令嬢ですね……」

ラグノスだけは楽しそうに目を煌めかせている。他の獣騎士たちは顔を見合わせてしばらく言葉が出てこない。

(わ、私、なにか変なことを言ってしまったかしら)

シェリアはおずおずと三人を見る。

「あの……」

「貴女の思いはよくわかった。だが、それは我々の仕事だ」

ラグノスが穏《おだ》やかに口を開く。

「我々としては飛竜をその希少的価値でなく、魂ある生き物だと、友人だと思ってくれたことが嬉しい。それに彼女はその鱗の価値さえ何も知らなかった。なぁ、ファラム副騎士団長。これで、お前の疑惑も少しは晴れたと思うが、どうだ？」

「まぁ、多少は……」

終始口をへの字にしていたファラムは、やがてため息をついて彼女の前で胸に手を当てた。

「数々の暴言をお許しください、シェリア・クラセント嬢」

金の耳と長い尻尾がたらんと垂れている。冷美な獣騎士はシェリアの手をとり、甲にそっと唇を触れさせた。彼は騎士として最上級の敬意をシェリアに示したのだ。

「私は、ファラム・セルダンド。名乗りもせず、申し訳ない」

「どうかお気になさらず。ファラム様」

シェリアもほっとして、無意識ににっこりと微笑み返した。

ラグノスがこほんと咳払《せきばら》いをする。

「……さて、それでは彼女の処遇だが、しばらくこの建物に留《とど》まってもらうことにしようと思う」

＊＊＊

シェリアは、どっしりとした寝台の端にちょこんと腰かけて、部屋の中に視線を走らせた。

ここは、銀狼騎士団の兵舎にある臨時の客室のひとつ。広くはないが洗練された装飾でシェリアの散らかった下宿部屋とは大違いだ。高い位置にランタンがかけてあり、天井近くのはめ殺しの窓の向こうには月がぽわんと浮かんでいる。

（もう、こんなに遅い時間なのね）

シェリアはもう一度室内を落ち着きなく見回した。寝台の側《そば》には洗濯物用の大きな籠に入ったルッカの尻尾が見える。飛竜の幼な子はお気に入りのチュニックの中ですうすうと寝息を立てていた。

あの後、従者のアミルがルッカを引き取ろうとしたのだがやはりどうやってもシェリアから離れたがらなかったのだ。


シェリアにはしばらくの間銀狼騎士団に留まってもらう。

先ほどのラグノスの提案には、シェリアが驚くより先にファラムとアミルが仰天《ぎょうてん》した。

「えっ、な、ここに……？　彼女は獣人族ではないぞ？　ラグノス！　それに、じょ、女性ではないか！」

ファラムは驚きのあまり、言葉遣いまでおかしくなってしまった。金耳の美しい獣人ははっとして「も、申し訳ありません、ラグノス様」と頭を下げる。

幼少期、二人は本当の兄弟のように育ってきたためごくたまにその頃の癖が出てしまうのだ。

ラグノスはにやりと笑って年上のファラムを見た。彼は気まずそうな顔でぶつぶつと小さく呟《つぶや》く。

「……で、ですがあり得ません。ここにはヴェルタの男しかいませんし、なんといっても彼女はこの駐屯地では外国人なのですよ……本国の者に知られたら、なんと説明するのですか」

「その点は俺がきちんと通達する。それに、この聖獣の件ではシェリア嬢は関係者だ。昨日は妙な男たちに尾《つ》けられていたし、今日は部屋が襲われた。偶然とは思えない。俺がついていながら、なんとも情けない話だが」

ラグノスは笑うのをやめ、真面目な顔つきになる。

「彼女の部屋には団員を向かわせた。賊がなにを探していたのか、ただの泥棒かまだわからない。明日は彼女を連れて確かめにいく。だが今は危険な家に置いていくわけにはいかない」

「で、ですが……」

「ここは新設されたヴェルタの駐屯地だ。まだ細かい規則も作っていないはずだろ？　それに、外国人だからだめだというのはどうかと思う。それでは俺たちがこの国で受けているような待遇と同じではないのか」

ファラムは身を固くしているシェリアを見た。そして大きくため息をつく。

「わかりました。この騎士団の長《おさ》は貴方だ。最終決定権はラグノス様にある。……貴方はヴェルタの」

「ファラム、それは今はいい」

ラグノスは副騎士団長を遮って、シェリアに話しかけた。

「……と、いうわけだ。シェリア・クラセント嬢。貴女はこの銀狼騎士団の保護下にある。今のところ、監視対象ということになるが」

「か、監視……」

「なに、名目上だ。罪を犯したわけではないのはちゃんとわかっている」

団長はそう言うと、どこか空いている部屋はないか探しに従者と共に出ていった。

(なんだか、嵐のように色々なことが起きてしまったわ)

眠るルッカを見ながら、シェリアは小さくため息をついた。ヴェルタ国も、獣人騎士団も、飛竜も。今までの彼女の人生でまるで縁のなかったことばかりだ。

(ルッカが、聖獣……。飛竜なんて、見たことがなかったわ。あの子はヴェルタで大切にされてきた生き物だったのね)

その聖なる生き物を金儲《かねもう》けに利用する悪人がいる。シェリアの胸の底に再び怒りが湧き上がってきた。とはいえ、国王陛下に告発するだなんて、確かにとんでもないことを言ってしまった。ひとりでは部屋の片付けもままならない、ただの街の針子なのに。

(私ったら。勇み足をしてしまって……、恥ずかしいわ……)

でも、不当に乱獲されて命を奪われるなんてどんな生き物でもあってはならないことだ。彼女は改めて唇を引き結んだ。やはり、何かしなければならないわ。

「失礼、シェリア。ラグノスだ」

軽いノックと共に、ラグノスが扉を開ける。シェリアははっとして立ち上がり、彼を迎えた。

「先ほど、下宿の様子を見に行った者が帰って来た」

「ユハート様、私の部屋……ど、どうでしたか？」

「とりあえず、割れた窓ガラスを片付けて見張りをつけている。あれから部屋を訪れたものはいないようだ。宿の主人にも伝えてある」

「ありがとうございます……なにからなにまで」

「明日、一緒に確かめに行こう」

「はい。仕事がありますので、その前には行きたいのですが……勝手で申し訳ありません」

「わかった。望み通りにする」

彼は感心したように頷く。そして、木製の小さなワゴンを部屋に運び入れた。上には銀製のクローシュと丸パンがのっていた。

「さ、腹が減ったろう。温かい飲み物と、シチューを持ってきた。一緒に食おう」

そう言われて初めて、シェリアはものすごくお腹《なか》が空いていることに気づいた。昼間から何も口にしていないのだ。

「下に食堂があるんだが、他の団員の目が気になるかと思って。『狐《きつね》と酒樽《さかだる》』から持ってきてもらった」

ラグノスは楽しそうに準備を始めた。寝台に腰かけワゴンをテーブル代わりにしてナプキンを広げる。

「ほら、小さな食卓の出来上がりだ」

彼は片手でクローシュを持ち上げ、恭《うやうや》しく会釈する。色鮮やかなシチューからはほかほかと湯気が上がっていた。

まるで屋敷にいた頃の執事のような振る舞いに、シェリアは思わずくすくすと笑ってしまった。彼なりにとても気を遣ってくれているのだろう。その気持ちが嬉しかった。

「本当に、美味《おい》しそうです……！」

「さあ、座って」

月明かりの注ぐ部屋で二人はしばらく、和やかに食事を楽しんだ。

「あの……ユハート様。ずっと気になっていたのですが、ルッカは男の子なのですか？」

食事が終わって、シェリアはふと尋ねた。みな、ルッカを指して「彼」と呼んでいたからだ。

「ああ。ルッカ……その飛竜にはツノがあるだろう。だからオスだよ」

「そうだったのですね。私、どちらかわからなくて……」

「まぁそうだろうな。見たこともない生き物だったら、初めはさぞ驚いたろう」

「ええ。でも……とても愛想がよくて、いい子でしたわ。今思えばきっと、お預かりした騎士団の方のチュニックに惹《ひ》かれてついてきたのだと思います。故郷の匂いがしたのではないでしょうか」

「そうかもしれないな。彼なりに必死に知っている匂いを辿《たど》ったのだろう」

ラグノスは眠るルッカに近づき、そっとチュニックを手にして広げてみた。

「おや、これは……俺の物だな」

「え……？」

シェリアは席を立ってラグノスの手元を覗《のぞ》き込む。

「ほら、胸の紋章の刺繍《ししゅう》……。騎士団長のものだけ色が違うんだ。今まで気づかなかった」

「まぁ……ルッカはその一枚にずっと固執していましたの。まさか、ラグノス様のお召し物だったなんて……不思議な偶然ですね」

シェリアは驚いて目を丸くしているが、ラグノスは嬉しそうだ。

「偶然か……。俺にはもっとふさわしい言葉があるんだが……例えば運命、とか」

ラグノスは彼女をじっと見つめた。金の瞳が揺れる。

それが再び甘さを含んでいることに、シェリアは気がついてしまった。嬉しくてうれしくて。嬉しがっていることがきっと彼には丸見えのはずで。

「あのあのあの！　こ、これを……っ。先ほどはお返しそびれてしまったので」

シェリアはたまらず、ルッカの虹色の鱗を差し出した。

「あ、ああ。ありがとう。騎士団で大切に預かる」

ラグノスもふいっと視線を落とした。

「残念ながら、剝がれた鱗は元には戻らない。だが傷はヴェルタの土と水で良くなるはずだ。聖獣たちが暮らす島があるので、そこに連れていくのがいいと思っている」

「そ、うなのですね」

「二月に一度、ヴェルタとラムゼリアを行き来する定期船がある。彼はそれに乗せるつもりだ」

「はい……。早くヴェルタに戻って、元気になってほしいです」

それは本当の気持ちなのに、なんだか胸が痛い。

「ルッカは大切な友達です。私に懐いてくれて……ほんとうに、毎日楽しかった」

急に、鼻がツンとする。

(あ……変だわ、私ったら)

目の端が熱くなって大粒の涙が溢《あふ》れてしまう。泣くつもりなんてないのに。ルッカに故郷が見つかって嬉しい。みんなに大切にされている生き物だとわかって嬉しいのに。

涙がほろほろと頬をつたう。泣き顔を見せたくなくて、シェリアは慌てて横を向いて目をぎゅっと閉じた。

「ご、ごめんなさい……なんだか」

ふわり。

彼女の頭に、ラグノスの手が乗せられた。

あたたかくて、大きな手。少し、遠慮がちにシェリアの頭を撫でてくれる。

優しくてとても、心地がいい。

「う……」

そんなことをされたら、甘えたくなってしまう。シェリアは思わず、彼の腕に肩を預けた。

ラグノスはそっと腕を回して、彼女を胸に抱きよせる。

そして、シェリアは獣騎士の腕の中で声を殺して泣き続けた。

色々なことがぜんぶ、涙になって流れていく。

その間ずっと、ラグノスは黙ってただ彼女を抱きしめてくれていた。

「……ユハート様」

「ラグノス、でいい」

「ラ、ラグノス様……私、お尋ねしたいことが」

「うん？」

「……なぜ、私を疑わないでくださったのですか」

シェリアは腕の中から彼を見上げた。

「それは、もちろん、この数週間で十分、貴女の気質は伝わっていたから」

彼は恭しい響きでシェリアを「貴女」と呼んだ。

「確かに初めは、なんとも厄介《やっかい》な女だと思ったし……弱みを利用もしたが」

彼は苦笑いする。

「俺は近頃、この国に対しても、自国についても色々と腹立たしく思っていた。ファラムのことを悪く言えないな。辛《つら》く当たって悪かった」

「いえ……それはもう、いいのです。お仕事に対しての報酬は十分すぎるほどでしたし」

彼はシェリアの髪をすくって微笑む。

（自国にも腹を立てて、ってどういうことかしら）

さらりと言われた言葉だが、どんな意味があるのだろう。だが彼はそれには触れず、言葉を続ける。

「貴女はほんとうに、素直で正直な人だ。だから俺は、聖獣のこともきっと理由があると確信していた。だから、ここに連れてきたんだ」

「……ありがとう、ございます」

「ある人々にとって飛竜は、この鱗にこそ価値がある。誰も彼らを魂ある生き物とは思っていない。だから、ああやって怒ってくれた貴女を尊敬している」

「尊敬だなんて、そんな……」

「ま、そんな感情以前にずっと、貴女を愛《いと》しく思っているんだが」

「え？」

「そんな驚くことないだろ。シェリアの心根の美しさに俺はいつも心を掴《つか》まれているんだ。だから何度も伝えている。こうやって」

彼はシェリアの瞳を覗きこむ。金の瞳は甘く潤んで、言葉よりも雄弁だ。

鼓動がどくどくと音を立て始めた。

「わ、私も、あなたにお会いするのがとても、楽しくて、嬉しくて……っ。お、お慕いしておりました」

「よかった」

彼は安心したようにくしゃりと笑う。そして、大きな手のひらで、シェリアの頰を包んだ。

「シェリア。貴女をとても、好ましく思っている。……すごく好きだ」

額にかかる前髪が、そっと左右に分けられる。乾いた指の腹の感触がなんだかくすぐったい。恥ずかしくて俯く間もないうちに唇が額にそっとふれた。シェリアの額に甘く幸せな感覚が広がる。

と、シェリアの身体《からだ》がゆっくりと寝台へと押し倒されてゆく。

（え、え？）

この先は、まさか……。

「ま、待って……ラグノス様」

「なに？」

ラグノスはシェリアの両手を敷き布にぴたりと押し付けている。

「ここではだ、だめです……！　だめ……」

シェリアは震える声で抵抗した。ここは騎士団の建物ではないか。公の場で、そんなことなんて……。

ラグノスはじっと彼女を見つめる。瞳に色気を滲《にじ》ませて。

「嫌か？」

「い、いや、じゃないけれど、でも」

「あの時の男みたいに、俺を殴るのか？」

彼女はぶんぶんと首を横に振った。

「ち、ちがいます、そんなこと、しないわ……！　でも、そうじゃないの……ルッカもいるし、ここは公の建物で、だから、」

彼女は真っ赤になって目を瞑《つぶ》る。

「だが、このまま放っておいたら貴女はみんなに笑顔を振り撒《ま》くだろう」

「え？　な、なに？」

どういうこと？　彼女は目を開けた。

ラグノスは拗《す》ねたような口振りで、尻尾をぱさぱさと忙《せわ》しなく振る。

「ファラムには笑顔だった。俺には、はじめあのような笑顔はむけてくれなかった」

「だ、だってそれはっ。あなたが意地悪ばかり言うからっ」

シェリアは涙目で言い募る。混乱しすぎて、ラグノスが嫉妬《しっと》していることに気づかない。

ラグノスはそんな彼女を愛しそうに見て、名残り惜しそうに手を離した。

「そうか、そうだったな。ま、少し妬《や》けるが」

自由になった手を見てシェリアはほ、と小さく安堵《あんど》の息を吐く。ほんとうはドキドキしすぎて身体の奥から何か得体の知れない感覚が込み上げてきそうだった。

「では、代わりにこれを」

彼の手が伸びてきた。両の瞼《まぶた》をそっと覆われる。されるがままに彼女は目を閉じた。シェリアの唇に柔らかなラグノスの唇が重なる。そっと、まるで壊れものに触れるように優しく。

甘くて切ない気持ちが胸の奥で渦を巻いている。頭までとろけそうな心地に、シェリアは彼の腕にきゅ、としがみついた。

「……今宵《こよい》はこれで我慢する。次こそは、その肌に触れさせて欲しいものだな」

耳元で優しく囁かれ頬を赤らめているうちに、ラグノスは部屋を出ていったのだった。

「キュキュキュキュっっ……」

ルッカが寝言で、小さく雄叫びをあげた。文字通り頭から湯気を出しているシェリアをよそに、飛竜はすぐにまた、すやすやと眠りについた。

＊＊＊

翌日、いつも通りに『フォルガーナ』に現れたシェリアを見て、雇われ店主のハザルドは目玉が飛び出しそうなほど驚いていた。

「クラセントさん、どうして……」

なにか言いかけたが他の針子たちが出勤してくるのを見て慌てて口を噤《つぐ》む。

「おはようございます。ハザルドさん」

シェリアは普段通りに荷物を持って作業部屋へ向かう。

ハザルドは焦った様子で彼女を目で追っていた。

そこに、シェリアがくるりと向き直る。眉を下げ困ったような表情を作ってハザルドに告げた。

「あの私……実は昨日、帰ったら下宿部屋が荒らされていましたの」

「そ、そ、そうなのかい。大変じゃないか。ど、泥棒に押し入られたっていうことですか」

「わかりませんけれど……」

彼女は呆《ほう》けたように首を傾《かし》げてみせる。

「わかりませんって、全くこれだからご貴族様ってのは……。よっぽど価値のあるものを置いてたんじゃないか？」

「それが不思議なんですの。なにも、何ひとつ盗《と》られていなかったので」

彼女は静かに首を横に振った。

「なにも？　そっ、そんな訳あるかね。ほら、見せてくれたじゃないか、あの虹色の鱗……とか。そ、それに、何か生き物を拾ったとか言ってなかったかい。そんなのもぜんぶ無事だったのか？」

シェリアは驚いた顔をした。

「よく覚えていらっしゃるのですね、ハザルドさん。もちろん、盗られていません。あの生き物は別の場所で面倒をみていますし……」

「へ、へええ。べ、別の場所……」

額から脂汗《あぶらあせ》が流れている。ハザルドは明らかに狼狽《ろうばい》していた。

「どうかなさいましたか？」

「いやいやなんでもないよ。犯人は、見つかったのかね」

「いえ、まだなにも。それよりも、片付けがとても大変なんですの」

シェリアがじっと見つめると、ハザルドは慌てて目を逸《そ》らした。

「ま、まぁ何はともあれ無事でよかったですよ」

彼は頭を軽く縦に振ると手をぱんぱんと叩く。

「さ、それなら仕事はできますね。今日も依頼が山積みです。特に、コルツァー伯爵の舞踏会までに仕上げる物は大丈夫でしょうね」

その後ハザルドはシェリアを追い立てるようにして作業部屋に向かわせたが、その顔には焦りと不安が浮いていた。

「ちょっとシェリア？　どういうこと？」

帰り、店の外でユアが待ち構えていた。

「ユアさん。今日もお疲れ様でした」

シェリアは頭を下げる。

「おつかれさま、じゃなくて。泥棒に入られたんですって？　大丈夫なのあなた、怪我とか……」

「いえ、怪我はしていませんわ。盗られた物もありませんし。かなり散らかってしまいましたけれど、私の部屋はいつもそんな感じなので」

「なに言ってるのこの子は！　そんなことじゃないのよ、怖かったでしょ？　あんたの気持ちが大丈夫かってことよ」

ユアの目は同情と気遣いに溢れている。

胸が熱くなってしまい、シェリアは思わず本音を漏らした。

「ユアさん……本当のことをいうと、とても怖いです……ここ数日で色々ありましたから」

「ね、うちに来なさいな。狭いけれど綺麗よ。寝るところくらいあるから、あなたには長椅子を貸してあげる」

「ユアさん……」

シェリアはじんとしてしまった。彼女の飾らない優しさが滲《し》みる。

「ええ、ありがとうございます。ほんとうに、あなたは良い方ですわ。でも、大丈夫です」

「そんなこと言って！　頼れるあてでもあるの？　あなた天涯《てんがい》孤独《こどく》だって言ってたじゃない。こういう時こそ助けあわなきゃ」

なんだか、涙が出そうになってしまう。シェリアは慌てて笑顔で答えた。

「そうですわね、ほんとうに。でも、今はある方にお世話になっておりますの」

「お話のところ、失礼」

不意に男性の声が響いた。見るとラグノスが優雅に近付いてくる。

「失礼。ご令嬢。クラセント嬢を気にかけて頂いて感謝する。彼女はしばらく私が預かることになっているんだ」

「ちょっと！　誰よあなた。あ、預かるですって？　変なこと言わないで、彼女は私の友達よ」

ユアは彼の頭から生《は》える獣の耳を見て眉を顰《ひそ》める。

「あなた……前に森竜亭《もりりゅうてい》にいたわね。ずいぶん派手に遊んでいたじゃない。どういうつもり？　シェリアはね、すごく世間知らずなのよ。男爵家のご令嬢だったんだから」

目を三角にしてラグノスに詰め寄る様子は、さながら怒れる猫のようだ。

「あのあの、ユアさん……この方は」

「いいの、シェリアは黙ってて。大変な目にあったあんたを騙《だま》そうとしてるのよ。この男、こんなに顔がいいし……どこからどう見ても遊び人だわ」

「たいした言われようだ。よほどシェリア嬢のことが心配なのですね」

彼は落ち着いた微笑みで返す。

「当たり前でしょ」

ユアも負けじと睨み返した。

「でしたら、私も貴女と同じです。私にとっても何より大切な女性なので」

ラグノスは胸に手を当て、片膝をついた。そしてユアを見上げる。

「ヴェルタの神に誓って、彼女を騙す意図などない。信じてほしい」

ユアは言い返そうとしたが、ラグノスのあまりにも気品に溢れた真摯《しんし》な所作に一旦口を噤んだ。そして目を細め、膝をついた獣人を上から下まで検《あらた》め出した。十分すぎるほどの時間をとったあと、彼女はしぶしぶシェリアの手をほどく。

「わ、わかったわよ。あなたに任せるわ。でも、いいこと、これだけは約束して。シェリアを絶対に傷つけないで。これまでもこの子は十分辛い思いをしてるんだから」

ユアはいつになく真剣だ。ラグノスはしっかりと彼女の視線を受け止めて大きく頷いた。

「約束する」

　迎えの馬車に乗り込んだシェリアのことを、ユアはいつまでも見送っていた。

「良い友人じゃないか。ユア、というのか」

「ええ、本当に。はじめは私たち少しぎこちなかったのですけれど、いつのまにか仲良くなれました。色々と助けて頂いて……それに、森竜亭に誘ってくれたのは彼女なのです」

「ああ、そうなのか」

　彼はくつくつと笑いだした。

「じゃあ、彼女に社会勉強させられたんだな」

「そ、そうですね。あのお店に行かなければ、私もあんなことにはなりませんでした」

　シェリアは恥ずかしそうに俯く。泥酔殴打事件は、忘れたくても忘れられない人生の出来事の一つになってしまった。

「むしろあれがなければ、俺は貴女に再会できなかった。彼女に感謝しなければならないな」

　彼はにっこり微笑む。楽しそうに獣耳がぴょこぴょこと動いた。

「ところで、どうだった。あの店主は」

　彼は長い足を組み直して、シェリアに尋ねる。シェリアも居《い》住《ず》まいを正した。

「ええ。仰るように受け答えしたのですけれど、ハザルドさんはとてもおろおろしていました。なにも盗られてないとは本当かと仰って。虹の鱗のことと、ルッカのことを気にしていたようです。拾った生き物は別の場所にいると伝えたら、さらに驚かれていましたわ」

「そうか。やはり彼は何か知っているのだろうな」

ラグノスは腕を組んで考え込んでいる。

「ラグノス様、私……うまくできたでしょうか」

「上出来だ。あの店主が関わりあると確信できたのだから。ありがとう、シェリア」

彼はシェリアの肩に優しく手をおいた。

(よかった……お役に立てたみたい)

シェリアはほっと胸を撫で下ろした。


シェリアは今朝、ラグノスに頼み込んでいたのだ。この件に関して自分にもなにか手伝わせてほしいと。

「昨日は皆さまの前で大それたことを言ってしまいましたが、気持ちに嘘はありません。私は聖獣を悪用するような方たちを許せません……だから、ラグノス様。何かお手伝いできることがあればなんでも仰ってくださいませ」

朝、シェリアの部屋へ行き確認したところ、荒らされてはいたが何も盗られていなかった。

クラセント家から持ち出した数少ない装飾品も無事だったし、何より大切に貯《た》めてきたお金を入れた鍵付きの木彫り箱――ラムゼリアでは典型的な貯金箱として流通している――には手を触れた形跡さえなかった。

「となると、賊は何かを探していたことになる。そして、それは見つからなかった」

ラグノスはシェリアの胸に抱かれている飛竜を見た。青緑の目は今日もキラキラと輝いてご機嫌な様子だ。傷跡にはヴェルタ特有の薬草を塗り込んでいる。

ルッカはあの時、お気に入りの壺《つぼ》の中にいた。飛竜の幼な子は身体が柔らかく狭いところが好きなのだ。だから運良く見つからなかったのだろう。

「賊はこの飛竜か虹の鱗を探していた。そして、ここにいると見当をつけたのはあの店で虹の鱗がシェリアから落ちたからだ」

シェリアはぞっとした。あの時、声をかけてきたのは。

「……ハザルドさんですわ。色々聞かれました。もしかしたらハザルドさんがルッカを育てていらっしゃるのかもしれないと思ったのですが、そんな感じではなかった……」

「アミルが言ったろう。飛竜一匹で豪勢《ごうせい》な屋敷が建つと。ハザルドは雇われ店主なのだろう？　一介の使用人と変わらぬ者が、自分の物だと言い張れるはずもない」

ラグノスは腕を組んでシェリアの部屋を眺めた。尻尾が左右にゆっくりと揺れる。この先どうするか考えているのだろう。少し躊躇《ためら》ったあと、シェリアはおずおずと口を開いた。

「あの、やはり私にお手伝いさせてくださいませ」

（ハザルドさんにカマをかける、というのは、こういうことだったのね）

シェリアは馬車の背もたれに深く背中を預けた。

朝から緊張して過ごしたせいか、無事役目を果たせたことで急に力が抜けてしまったのだ。ラグノスの顔を見て安心したのもある。

うとうととし始めたシェリアを、ラグノスがそっと抱き寄せた。

「駐屯地に着くまで少し眠るといい。がんばったな」

半ば夢の中でシェリアは素直にこくんと頷き、恥ずかしがる余裕さえなく瞼を閉じた。

そんな彼女をラグノスは愛しそうに見つめる。

「キュ」

「ん？　なんだ」

「キュキュ」

「そうだな、可愛《かわい》いな」

「キュキュキュ！」

「なんだ、お前。やけに喧嘩腰《けんかごし》だな。妬いてるのか？」

ラグノスは愉快そうにルッカの頭を撫でた。

「そうか、お前もオスだもんな。でも、だめだ。彼女は渡せない」

怒ったようにしゅうしゅうと牙を見せる飛竜の幼な子に、ラグノスはにやりと笑ってみせた。

ヴェルタ国騎士団の駐屯地に着くとアミルが待ち構えていた。彼は執務室で二人に温かいお茶を出してくれた。

「今日はこっちも朝から大忙しでしたよ。ちょうどヴェルタの定期船が到着したので、いろんな手続きがありましたから」

　二月に一度、ヴェルタ王国からの商人や兵士の来航に加え貨物が山のように届く。それらの管理はこの駐屯地に任されており、騎士団長以下団員たちはほとんど応対にかかりきりになる。

　シェリアが椅子に腰掛けヴェルタの珍しいお茶を味わっていると、ファラム副騎士団長が大股で室内に入ってくる。流れるような美しい毛並みの金の尻尾が逆立っていた。

「全く、何でもかんでもここに持ち込めばいいと思って……騎士団は雑用係ではない！　ラグノス様の心労を考えたことがあるのか！　だいたい国王陛下は王妃様に対してもっと」

「ファラム」

「あの派遣神官の一団は働きもせぬくせに、あいつらときたらやれ神託だの食事は何時だなどとくだらぬことを」

「ファラム兄さん」

　ラグノスの声にファラムはハッとして立ち止まった。見ると、シェリアが彼の剣幕《けんまく》に驚きティーカップを持ったまま固まっていた。

「彼女の顔を見てみろ。野で獅子《しし》に出会った子リスのようじゃないか」

「こ、これは、クラセント嬢。……失礼、今のは聞かなかったことに」

「は、はい……」

　どうやら、ファラム副騎士団長は冷美な美しさに似合わず、気性の荒い面を持っているようだ。

　ラグノスはやれやれと赤茶の髪をかきあげ、乳兄弟に向きなおった。

「ヴェルタの船から何か特別な知らせはあるか？」

ファラムはこほんと咳払いをして、抱えていたたくさんの書状を机にどさりと置き、その束からひとつを取り出した。

「こちらを」

ラグノスは狼《おおかみ》の紋章が印された書状を受け取った。中を読み進めるごとに難しい表情になっていく。

（私、ここにいてもいいのかしら……）

シェリアは落ち着かない気分になる。こういう表情を父や祖父が浮かべ出すと、いつも部屋から辞去することを命じられてきたからだ。シェリアはそっとティーカップを戻して立ち上がろうとする。だが、ラグノスは彼女を押しとどめた。

「自国からの通達だ。貴女にも聞いてほしい。この数ヶ月、聖獣の幼獣が何度か保護区から攫《さら》われているらしい。数十匹にのぼるそうだ」

ヴェルタ国にはいくつか広大な聖獣の保護区があるのだが、闇に紛れ賊が忍びこみ幼獣を乱獲しているのだという。

「これらは既に海を渡り各国へ密輸されている可能性がある。各同盟国の駐屯地でも十分警戒してほしいとのことだ」

シェリアは沈んだ顔をした。

「では、ルッカは……」

「おそらくその密猟でこの地に運ばれたのだろう。この件には当然、ヴェルタ人も関わっているだろうな」

「全く、嘆かわしい」

皆、嫌悪と怒りの表情を浮かべている。罪のない生き物が酷い目に遭っていることを思うと、シェリアも胸が痛くなる。

ラグノスはファラムに、今朝の『フォルガーナ』でのことを手短かに説明した。

「貴女は、あの店について何か知っていることはないか？　どんな経緯で勤務することになったのだ？」

「あのお店は、国で一番の仕立て師であるメイヤーさんのものです。各地にたくさん工房をお持ちですが、全ての費用はコルツァー伯爵が出資したと聞いています」

ラグノスは片眉を上げた。

「コルツァー伯爵家といえば、この国でも指折りの名家だろう。ヴェルタとも取引のあるやり手の貴族だと聞いている」

「ええ、コルツァー伯爵は色々な事業に出資されていて、陛下の信頼も厚い方ですわ。実は私に『フォルガーナ』でのお仕事をお世話してくださったのはコルツァー伯爵なのです」

「ほう？　クラセント嬢は、伯爵とお知り合いか？」

ファラムに尋ねられて、シェリアは俯いた。

「あの……知り合いというか、祖父は、……先代のクラセント男爵は、あの方にお金をたくさん借りていました。伯爵は金融業も営《いとな》んでおられるのです」

爵位返上となり、父が病に倒れて亡くなった時コルツァーは葬儀にやってきた。そして、礼儀正しくお悔やみを述べたあと、主たる債権者として屋敷の大半を差し押さえたのだ。

『友人のお孫さんにこういうことをするのは大変心苦しいのです。だが、どうかご理解頂きたい。その代わり貴女の就職先やお住まいなどは手配しよう』

「伯爵はそう仰ってくださいました。こんなこと私からお願いできる立場ではないのですが、あの方に使用人の皆の勤め先のこともお願いしたら、快く受けてくださいました」

一同はシェリアの話にしんと静まりかえる。

「なんとも……。それは体《てい》よく屋敷を追い出されたと同じではないか。お人好《ひとよ》しが過ぎますよ」

「そ、そうでしょうか。お仕事も下宿先も紹介して頂けましたし、何よりルーナたちが……侍女や使用人たちが路頭に迷わずに済んだのは本当にありがたかったのです」

「屋敷を貴女に残す方法はいくらでもありそうなものだがな。知り合いの貴族に泣きつけば、誰か力になってくれたかもしれない」

「でも、父のお知り合いの方は誰も……そのようなことは」

シェリアは、あの頃の惨めな気持ちを思い出して言葉を途切れさせた。

「あるいは、貴女は故意に孤立させられた可能性もあるな」

ラグノスは眉根を寄せる。アミルもファラムも頷いた。

「そんな……では、もっと私、家のためにできることがあったのかもしれないのですね……」

シェリアはますます俯いてしまう。

「……まあ、たった一人残された世間知らずの娘、としては仕方のない面もあったでしょう。今さらそんなことを気に病んでも仕方ありませんよ」

ファラムの言葉は相変わらず厳しいが、励ましてくれているとわかる。

「あまり気を落とすな。いずれ、あの首飾りを取り戻すつもりなのだろう？　ならばいつかは屋敷を買い戻せる日だって来るかもしれない」

「そうですよ！　元気なのが一番です」

皆の励ましてくれる言葉が嬉しい。シェリアは顔を上げ微笑んだ。

「そ、そうですね！　皆さま、ありがとうございます」

今度はアミルまで頬を赤くしている。小さな耳がぴょこぴょこと跳ねた。

再びラグノスが咳払いして、話を変えた。

「そういえば、俺にもコルツァー伯爵からの招待状が届いてたはずだな、アミル」

「ええ。別邸の完成を祝う舞踏会のお誘いでしたよ。いつも通りお断りの手紙を書きましたが」

「まだ送り返していないな？　今回はぜひとも出席しよう。確か緑色の招待状だと伯爵本人に挨拶できるんだろう？」

「そう聞いてますね。ラムゼリア国の慣《なら》わしのようです。高位の貴族にしか緑の招待状は出さないとか」

アミルは執務室の書棚から大きなケースを出してきた。美しい深緑の絹地に包まれた便箋《びんせん》が姿を現す。絹地にはコルツァー伯爵家の紋章が刺繍されていた。シェリアはそれを驚いたように見つめている。

「どうした？　クラセント嬢。口をぽかんと開けて。失礼だがいささか間抜けに見えるぞ」

「はっ？　あっ、も、申し訳ありません。失礼いたしましたラグノス様。深緑の招待状を見たのは初めてで、驚いてしまいました」

　シェリアは顔を紅潮させている。

　深緑の招待状はよほど高位の貴族や他国の王族にしか届かない、ラムゼリアの下位の貴族の憧れだったからだ。シェリアの父も祖父もいつか、深緑で絹地の招待状を見てみたいものだと話していたが、どう頑張っても男爵位止まりのクラセント家にはまるで縁のないものであった。

（でも、どうしてかしら……）

　ヴェルタ獣騎士団は確かに外国の要人扱いだとは思うが、爵位を持っているわけではないようだ。なぜ深緑の招待状が送られてくるのだろう。

　シェリアは瞬《まばた》きしてラグノスを見つめる。

　不思議そうなその表情に、ラグノスはほんの一瞬表情を歪めた。そして、それは苦笑いに変わる。

「一応、俺はヴェルタ国王の息子だ」

　彼女は今までで一番大きな声を上げた。

「えっ……っ!?　ええええ？」

第五章

潜入の元男爵令嬢

（な、なぜこんなことに……）

男爵令嬢ではなくなった日から、シェリアは何度心のなかでこう叫んだだろう。だが今回は本当に、心の底から、シェリアはどうしてこんなことになったのかわからない。

彼女は大きな鏡の前に立っていた。

風呂に入れられ入念に身体《からだ》を磨き上げられたあと、デコルテに蜜蠟《みつろう》で作ったクリームをたっぷり塗られた。首には香粉をはたかれ、うなじを露《あら》わにして髪を高く高く結い上げられている。艶《あで》やかに胸もとの開いた薄緑の絹地のドレスは、光が当たると大輪の薔薇《ばら》が浮かび上がる上等な生地だ。背中に寄せた襞《ひだ》が肩から裾に流れ落ちるような形で、前は肌を見せ大胆に、背中はふわりと優雅にという今ラムリアで最先端の意匠であった。これに絹の手袋、ガチョウの羽根をふわふわとさせた扇子を持てば完璧な夜会の装《よそお》いだ。

これらは全て、シェリアの元侍女、ルーナが整えてくれた。

『シェリア・クラセント嬢の夜会の支度をお願いしたい』

この手紙を受け取ったルーナは、おっかなびっくり駐屯地に姿を見せた。獣人族などに縁がない彼女ははじめは戸惑っていたが彼らの丁寧な態度に少しずつ警戒を解いていった。

そして、ラグノスから直接シェリアの夜会の支度をしてほしいと頼まれると一転、張りきりだしたのだ。

「まあまあまあっ！　夜会へ？　そうなのですね。しかも、コルツァー伯爵ですって。そんな大きな夜会のご準備となれば、久しぶりに腕が鳴りますよ。お嬢様、このルーナに全ておまかせを」

そう言って嬉《うれ》しそうにシェリアの髪をほどきだした。

シェリアの方は、ラグノスから「一緒に夜会に参加しよう」と言われた時からもう、何がなにやらといった気分になり、ルーナにもされるがままになっていた。

「さあ、お嬢様、出来上がりましたよ。本当はあの真珠の首飾りをお付けしてさしあげたいのですけれど……」

「いいのよ、ルーナ。本当にありがとう。とても助かったわ。私一人ではどうにもできなかったから」

「私こそ、またお嬢様の夜会のお支度ができるなんて！　夢みたいです」

「そうね、私もなんだか、夢の中にいるみたいよ」

シェリアは途方に暮れたように自分の姿を見つめる。

鏡のなかの自分は優雅に着飾っている。この衣装はファラムがどこかから調達してきた借り物だ。昨年までならこれが当たり前の姿だったのに、今となると全く現実味がない。

だが、シェリア・クラセントは今夜、再び夜会に行くのだ。

もう二度と行くことなどなかったはずの煌《きら》びやかな場へ。

「あの、お嬢様……」

「どうしたの、ルーナ」

「お加減が良くないですか？　私の支度がお気に召さなかったでしょうか……」

「いっ、いいえ！　とんでもないわ。ルーナの支度はいつも本当に素敵よ。髪型も今の流行《はや》りを取り入れてくれているのよね。嬉しいわ。ただ、あんまりにも久しぶりだから戸惑ってしまっているの」

　彼女は慌てて精いっぱい笑顔を作った。

　ルーナは「大丈夫です。ご要望どおりの立派な貴婦人そのものですわ。それにお嬢様、この前お会いした時よりずっと、お綺麗《きれい》になられましたね」と笑った。

「え？」

「あの方ですよ。ラグノス・ユハート様。ヴェルタ国の騎士団長と伺いました。とても素敵な騎士様ではないですか」

　ルーナの目がきらきらと輝く。

「る、ルーナったら、やめて、あの方は」

「いいのですよ隠さなくても。すぐにわかりましたもの。私なんかに立派な馬車をよこしてくださったのですよ。とても、いい方だと思いますわ」

彼女は赤くなりながらも、俯《うつむ》いてしまう。

「そう、そうね……ラグノス様は立派な方よ」

でも、彼は騎士団長なだけではない、ラグノスは少し決まり悪そうに自分はヴェルタ国王の息子だと告白した。ユハートという姓は彼の母のものだという。

驚いて口も利けないシェリアに、ラグノスは淡々と説明する。

「王子と言っても大したことはない。俺は八番目で、継承順は最下位に近い。王妃にひどく嫌われていて、こうやって遠い異国に飛ばされてきた、ただの駐屯地のまとめ役だ」

(あの時のラグノスさま、とても苦しそうなお顔だったわ……。でも、何番目だろうと、ラグノス様は王族で、私はただの)

ただの街娘だ。そんな者が王子に恋などしていいのだろうか。

ラムゼリアには平民と王族の間に厳然たる壁がある。決して乗り越えてはいけない、巨大で分厚い壁。

シェリアが鏡を前に無言になっていると、「準備はできたか？」とラグノスが入ってくる。着飾ったシェリアを見て目を細めた。

「上出来だ。ルーナは優秀だな」

「まあ、ありがとうございます」

ルーナは嬉しそうに微笑《ほほえ》みドレスの裾を摘《つま》んで腰を落とす。勘の鋭い彼女は、ラグノスの方もシエリアお嬢様に熱い視線を送っていることにとっくに気づいていた。

「それでは、私は少し失礼いたします。また、最後の仕上げに参りますわね。お嬢様」

彼女は気を利かせ早々に辞去してしまい支度部屋にはシェリアとラグノスだけになった。

夜会用の礼装に身を包んだ獣騎士の姿に、シェリアは目を瞠《みは》った。

黒の上衣には豪華な刺繍《ししゅう》が施され、肩章は赤と金糸で勇猛な牙を見せる狼《おおかみ》の意匠を象《かたど》っている。漆黒の絹地が燃え立つような赤茶の尻尾をより堂々と映えさせていた。ラグノスはまさに王族の気品と風格を備え、シェリアの前に立っていたのだ。

シェリアは無意識に片膝を深く曲げ腰を落とし恭《うやうや》しく頭を下げた。ラムゼリアで王族に謁見《えっけん》する際に使われる淑女の礼だ。今までの無礼の数々が山のように浮かんでくる。彼女は身を縮こまらせた。

「シェリア」

「はい、王子殿下」

「やめてくれ。貴女《あなた》の前で称号なんて何の意味もない」

「……」

「ラグノス、と」

王子は懇願するようにシェリアを見た。彼女は思わずまつ毛を伏せる。

(そんなこと、いいのかしら)

シェリアは躊躇《ためら》った。でも、ラグノスの垂れた耳としょんぼり下がった尻尾が目に入ってしまったらもうだめだ。おずおずと呼びかける。

「ラグノス、さま……」

獣騎士はシェリアの肩にそっと額を乗せて、ほっとしたように呟《つぶや》いた。

「うん。それがいい」

二人はそうやって、しばらく動かなかった。

「……ダメだな。これ以上近くにいたら、俺の身が持たない」

「それは……、どういう意味でしょうか？」

「触れたくてたまらなくなる、という意味だが」

真面目に答えるラグノスに、シェリアは真っ赤になる。

「い、いまっ、今から私たちは、コルツァー伯爵のお屋敷へ行くのでしょう？」

「そうだな。やっとこのくだらない王子という身分が役に立つのだから、浮かれてはいられないな」

ラグノスは軽やかな笑い声を上げて深緑の招待状を振ってみせる。だがその笑顔にはどこか翳《かげ》りがあった。

(ラグノス様……王妃様に嫌われていると仰《おっしゃ》っていた。故国で何があったのかしら……でも、お尋ねするのは気が引けてしまう)

出会った時から彼は時おり自嘲気味な言動を見せていた。いつか、自分はその理由を知ることができるだろうか。なんだかもどかしい気持ちになり、シェリアは思わず呼びかけた。

「ラグノス様……、わ、私になんでも、その、話してください！　いつでも、どんなことでも……、もし、直接お力になれずとも、おそばにいますから」

　シェリアは精いっぱいの気持ちを込めて、ラグノスの手を握った。たこのあるごつごつとした大きな手。紛れもなく剣士の手だ。何度もシェリアの背中をさすってくれた。思えばこの手は初めからシェリアを頼もしく包んでくれていたのだ。酔っ払った得体の知れない女を突き放しもせず、優しく介抱してくれた。

　それに気づいた時、憧れやふわふわした恋心よりもっと深い、確かな愛《いと》しさがシェリアのなかで芽を出した。

（この方がどんなお立場であろうとお慕いする気持ちは変わらないわ。ううん、ラグノス様のことを知っていくたびにどんどん好きになってしまう）

　彼女の真剣な眼差《まなざ》しにラグノスは瞳をふっと和《やわ》らげた。

「ありがとう」

　彼はシェリアの頬へそっと唇を寄せた。そして手にしていた革張りの箱から何かを取り出し、鏡のなかのシェリアに向かってそれを掲げてみせた。大きな片耳用の飾りのようだ。

「シェリア、今日の夜会の参加理由なんだが、なぜ自分まで出席するのかと尋ねただろう？」

「ええ。私はもう、そのような場に出る身分ではありません。なのにこんな華やかな支度をして頂いてほんとうに、訳がわかりません……」

　シェリアは再び自分の豪華なドレスを見下ろす。

「我々は、シェリアにこれをつけてもらおうと考えている」

ラグノスはシェリアに耳飾りを見せた。片耳用の大ぶりのそれは、鏡のなかで光を受け、虹色にきらきらと揺れている。どこか見覚えのある輝き方にシェリアはじっと目を凝らす。

「これは、もしかして飛竜《ひりゅう》の鱗《うろこ》でしょうか」

「そう、ルッカの鱗だ。急遽《きゅうきょ》耳飾りに加工した」

「ルッカの……鱗。とても綺麗ですわ。でも、これは……」

鱗が剥がれてしまったルッカの傷跡はとても痛々しかった。それを思うとこの装飾品を身につけるのは気が引けてしまう。ラグノスは気《き》遣《づか》わしげに頷《うなず》いた。

「シェリア。気持ちはよくわかる。だがこれは、聖獣の悪用に関わっている者を暴くために必要だと判断した。夜会でこれをつけていれば、必ず関係のある者が引き寄せられるはずだから」

ルッカが仕立て屋の倉庫で見つかっていることから、獣騎士団は後ろ盾であるコルツァー伯爵の夜会に乗り込むことに決めたのだった。

「聖獣の密輸は国を越えた悪事だ。ハザルド一人で請け負っているとは考えにくい。獣人のこともあまり知らぬようだしな。仕立て師のメイヤーか、店の出資者であるコルツァーあたりが怪しいと思われる」

「では、私の役目はこの耳飾りを参加者の皆様に見せるということでしょうか」

ラグノスはゆっくりと頷く。

「付けているだけでかなり目立つはずだ。何か尋ねられたら知り合いから入手した、とだけ答えれば十分だ」

「ええ。わかりましたわ」

「出席するのは我々二人だ。ヴェルタ人が大勢いては警戒されるおそれがある。そこで、念のためこれを」

彼はそう言うと、シェリアに小さな黒い包みを渡した。

「仮面を用意した。気休めかもしれないが、少しは貴女の素性を隠すのに役立つだろう」

今、ラムゼリア王都の夜会では若年の男女が仮面をつけて出席するのが流行っているそうで、それを利用しない手はないということだった。

ラグノスは輝く鱗をそっと彼女の耳たぶに挟んだ。

七色に輝く鱗は、シェリアの白い首すじに光を投げかける。確かにそれはどんな者も魅了してしまうような力を持っていた。

「よく似合ってる。……ぜひ次は、俺の選んだ耳飾りを贈らせてくれ」

男性が女性に耳飾りを贈るというのはラムゼリア国ではあまり馴染《なじ》みのないことであったが、シェリアは弾《はじ》けるような笑顔になる。

「ほんとうに？　選んで頂けるなんて嬉しいです……とても、楽しみですわ」

素直に喜んでいるシェリアを見て、ラグノスはなぜか戸惑ったように鼻の頭をかいて呟いた。

「……まぁ、知らないだろうとは思っていたがそこまで純粋に喜ばれると少し心配になるな」

シェリアは不思議そうに首を傾《かし》げている。

「また今度、教えることにする」

彼は悪戯《いたずら》っぽい目でシェリアを見た。

そうして二人はコルツァーの別邸へと向かう馬車に乗り込んだのだった。

＊＊＊

（こんなに広いなんて……。それに、宮廷の宴《うたげ》よりも華やかかもしれない）

シェリアはコルツァー伯爵の別邸にある大広間の入り口に立っていた。招待客はみな広い玄関ホールを抜けると大きな回廊に通され、等間隔に並ぶ煌びやかな美術品を堪能させられたのちに見事な大広間へと辿《たど》り着く。

（これが伯爵家の新別邸……クラセント男爵家とは比べ物にならないわ）

そこは今までシェリアが見てきたどんな屋敷よりも豪華だった。磨き上げられた大理石の床に、はるか頭上の巨大なシャンデリアの煌めきが光る雨のように降り注ぐ。どっしりとした柱の一本一本に見事な女神像の彫刻が施され、白亜の広間はさながら国の幻想譚《たん》に出てくる神殿のようだ。ありとあらゆる花が全ての部屋に飾られ、芳《かぐわ》しい香りを振りまいている。

招待客は女性も男性も揃《そろ》って着飾り、ドレスの形や髪型、襟元の装飾、全てを競い合っていた。客の半数ほど、主に女性が凝った仮面を付けており、皆思い思いの色仮面を羽根やビーズで美しく見せていた。宝飾品に囲まれ輝く貴婦人たちを久しぶりに見たシェリアは圧倒されそうになってしまう。隣に立つラグノスが、励ますように囁《ささや》いた。

「シェリア、大丈夫だ。貴女も立派な貴婦人だから」

「は、はい」

シェリアは黒い蝶《ちょう》を模した仮面をもう一度ぴったりとはめる。ガラスに映った自分はまるで違う人間のように見えて、なぜか気持ちがざわざわとする。

（私じゃないみたい。仮面ってすごいのね……。いろんなことができそうな、変な気持ちになるわ）

彼女はこくりと唾を飲み込んだ。巷《ちまた》で仮面が流行るのがわかる気がする。今の自分は借金で社交界から転がり落ちた元令嬢などではない。どこか見知らぬ土地からやってきた謎めいた女性なのだ。

そう思うようにすると、背筋が自然と伸びた。

（ルッカのためにも、悪巧みをする人たちを見つけなくちゃ）

彼女は愛らしい小さな生き物の姿を思い浮かべた。ルッカはファラムと共にいる。きっと今ごろラグノスのチュニックにくるまってシェリアたちの帰りを待っているのだろう。

「では、行こうか」

ラグノスが優雅に腕を差し出した。格の高い華やかな装いでも、引き締まった剣士の力強い筋肉は隠せない。なによりも彼女を力づけてくれる獣騎士の存在に励まされ、シェリアは広間へと足を進めた。

「あのご婦人は？　どこからいらしたの」

「仮面で素性を隠しているが、どこの奥方か」

「耳飾り……みて、あんなに輝いて……虹色よ。はじめて見たわ」

「隣の方、獣人族ではなくて？　……なんて、精悍《せいかん》なお姿なのかしら。あのように見目麗しい殿方は初めてですわ。尻尾の毛並み、まるでビロードのよう」

黒い蝶で頬のあたりまで覆われているシェリアにも、人々の視線が痛いほど伝わってくる。ルーナは、普段の化粧よりもずっと蠱惑的《こわくてき》に見えるようにシェリアの唇に分厚く紅《べに》を引いていた。

「お嬢様はもともと紅がいらぬほどふっくらと可愛《かわい》らしい唇をなさってますけど、今夜ばかりは妖艶に見えるようにしておりますからね」

蜂蜜を使った紅をのせてらてらと光るシェリアの唇は、遊び慣れた貴婦人を思わせる。全て、ルッカの耳飾りを目立たせるための演出だ。

二人は場慣れした足取りで、広間の中をぐるりと回る。そこかしこに軽い挨拶をしながら、シェリアは顔を上げ、虹の耳飾りが周囲からよく見えるようにしずしずと歩いた。

「素晴らしい輝きね。あれは……何かの羽根？　見たことないわ」

「男性の方、あの紋章はヴェルタ国だろう。伯爵の招待を断ってばかりだったらしいが、ついに姿を見せたのだな」

二百名を降《くだ》らない客たちは、あちこちで様々な噂話《うわさばなし》に花を咲かせていた。ピアニストの奏でる古風で優雅な曲調の陰で、獣人族の騎士の気品溢《あふ》れる振る舞いと、見事な装飾品を身につけた仮面の婦人の素性についても密《ひそ》やかな囁きを交わすのだった。

ラグノスはそんな彼らに涼やかな笑顔で頷く。日頃、事あるごとにこの国への不満を示していた彼の役者っぷりにシェリアは仮面の下で目を丸くした。

「なにか？」

「いっいいえ！　素敵な笑顔です」

「……嫌味に聞こえるな。シェリア」

「ご、ごめ……」

「こら、頭を下げない。貴女は今最高に謎めいた美女なのだから」

小声で耳元に囁かれる。シェリアは、またぴんと背筋を伸ばした。

「それでいい。……あそこでふんぞりかえってるのがコルツァーか？」

「ええ。あの方ですわ」

奥の壇上で、数人の取り巻きと共に談笑している老人がいた。上質の衣に毛皮のマントを羽織《はお》っている。獣を何頭使ったのかわからぬほど豪奢《ごうしゃ》なマントはかなり重そうだが、伯爵はそれを自慢げに皆に見せていた。

二人がゆっくりとそこへ向かうと人の波が自然と分かれ道ができる。やがてラグノスとシェリアはこの館の主、コルツァー伯爵の前に立った。

「伯爵。この度はお招き、ありがとうございます。別邸の完成、おめでとうございます」

「おお！　これはこれは」

コルツァー伯爵は初めラグノスが何者かはわからなかったようだが、青年の獣耳とふさふさとした尻尾、そして狼の肩章に素早く目を走らせるとはしゃいだ声を上げた。

「ヴェルタ国の……。ラグノス殿下ではありませんか。やぁ、驚きました。まさか、こんな老いぼれの招待を受けてくださるとは」

老人は居住いを正し胸に手を当て恭しく礼をした。

「実務に追われ、長い間大変失礼いたしました。このようなめでたい宴です。是非ともお祝いを述べなければと思いまして参上いたしました」

「いや、実に光栄です。これで今宵《こよい》の宴にも箔《はく》がつく。なにしろかの勇猛な騎士の王国、ヴェルタの王子殿下がおいでなのだから」

コルツァーは鷹揚《おうよう》に笑って周囲を見渡した。客人たちは畏《おそ》れと好奇心の混じった曖昧《あいまい》な表情で頷きあっている。

「いえ、貴国では我らはまだまだ無名に等しいですので。それに私は騎士団長としての職位についております。ご来場の皆様と比べれば大した者ではございません」

ラグノスは静かに長いまつ毛を伏せた。その様子に周りがざわりとするほど、彼の所作は人を惹《ひ》きつけるものだった。

「おやおや、ご謙遜《けんそん》を。これからいくらでも活躍の機会がありましょう。王妃様が殿下をこのラムゼリアへ推薦されたと聞いておりますよ」

王妃、という言葉にラグノスの手がピクリと動く。シェリアは思わず隣の彼の方を向いた。その時、耳飾りがコルツァーの視界に飛び込む。濁《にご》った瞳が大きく見開かれた。

「……ラグノス殿。こちらの美しいご婦人は？」

低い声で尋ねる。ラグノスも落ち着き払った声音《こわね》で答えた。

「こちらは、とある遠方の領主の娘君です。私の知り合いですが、素性はご勘弁を」

彼は仮面を指し示した。

「さ、さようか。ご婦人、なんともお美しいですな。ぜひとも一曲踊って頂けないでしょうか」

コルツァーは皺《しわ》の寄った手をシェリアに差し出す。それが合図のように、音楽がゆったりとした曲調に変わった。こういった場で主催者の誘いを断ることはできない。

シェリアはその手を受け取り、二人はゆっくりと広間へ向かい、歩調を緩めぬまま優雅にステップを踏み始めた。

コルツァーは老いていても流石《さすが》に踊りは上手《うま》く、シェリアをしっかりとリードする。そして、音楽の合間に彼女に話しかけてきた。

「その耳飾り、とても素晴らしいが……貴女の輝きには敵《かな》わないようだ」

歯の浮くような褒め言葉で、コルツァーはシェリアに笑いかけるが、こちらは小首を傾げて微笑みを返すだけだ。

「私には孫がいるのですが、貴女の美しさを是非とも見習わせたい。その宝飾品だけでも真似《まね》をして、少しでも近づけたいものだ」

「まあ、ありがとうございます。でも、こちらは知り合いから頂戴しましたの」

「そうなのですか。いや、見事だ。こんなに素晴らしいものは近年稀《まれ》ではないかな。美術品としても価値が高そうですね」

コルツァーは彼女をじっと見つめる。まるで仮面の下の素顔を探っているように。

「ご婦人、貴女のことも、是非とも詳しく知りたい。あちらで少しお話しできませんか？」

「……大変ありがたいお言葉ですけれど……、私、そういうことはなにもわかりませんの。それに、他所《よそ》の方と二人きりでお話しするのは父に禁じられておりまして」

彼女はゆったりと笑みを返す。

「なんと、それは残念。この老いぼれの頼みでも無理ですかな？」

老人は強引にぐいっと顔を近づけて来た。

（ど、どうしよう……お顔が近い。私だとわかってしまわないかしら）

心臓は早鐘《はやがね》のように打っていて今にも逃げ出したいくらいだ。でもそんなことをすれば台無しになってしまう。シェリアはあくまで魅惑的な、何も知らない女のふりをし続けようとした。

そこでちょうど一曲が終わった。ここからは誰でも自由に踊れるようになる。わらわらと数十人が腕を組み中央へ出てきた。

伯爵がもう一度シェリアを引き寄せようとしたところに、力強い手が伸びて彼女を遠くまで引き離した。そして、その腕がシェリアの腰に回る。どこからともなく現れたラグノスはシェリアを伯爵の視界から隠すように向きを変えてくれた。

「危なかった。これ以上触られたら、あいつの腕を斬り落とすところだ」

「ラ、ラグノスさま……」

冗談か本気かわからないような発言にまごつくシェリアを促《うなが》して、二人は音楽に合わせながら踊る人々に紛れ広間の出口へ向かう。そこは、中庭に出られるようなバルコニーになっていた。

ずっと人いきれの中にいたので、そよそよと顔にあたる夜風が冷たくとても気持ちいい。シェリアは思いっきり外の空気を吸い込んだ。

「ド、ドキドキしました！　ラグノス様、私また大嘘《おおうそ》をついてしまいましたわ」

彼女は顔を紅潮《こうちょう》させてラグノスを見上げる。

「とても上手かった。あれなら、伯爵を煙《けむ》に巻けたと思う。今ごろ、あれを誰から手に入れたのか頭を捻《ひね》っているんじゃないか？」

さあ、どう出るかな。とラグノスは楽しそうに腕を組んだ。

「ラグノス様、楽しそうです……」

「そうか？　ま、獲物が餌《えさ》に食いつくのを見るのは愉快だからな」

「やっぱり、少し意地悪なところがあると思いますわ。ラグノス様って」

王子はからからと笑い声を上げた。

「まあ、そう言わないでくれ、シェリア。だが、あの伯爵は食わせ者かもしれないな」

あの耳飾りをヴェルタの飛竜の鱗だと知っていたとしても、伯爵は露ほどもそんな素振りは見せなかったし、ヴェルタの王子であるラグノスを目の前にしても顔色ひとつ変えなかったのだ。

「本当に何も知らないのかもしれないが、それならそれで良い。次は仕立て師のメイヤーを調べればいいことだからな。とにかく、これでしばらくの間様子を見よう。虹の鱗の出現で何者かが動き出すのは間違いない」

ラグノスは仮面をつけたシェリアの頬に愛しげに触れると、

「喉《のど》が渇いたんじゃないか？　一緒に飲み物を取りに行こう」

と腕を差しだした。

「あ、わ、私は、化粧室へ」

「では、バルコニーに持っていく」


婦人用の化粧室はシェリアの下宿部屋ほどの広さがあった。豪華すぎて落ち着かないが用を足す訳ではない。彼女は真っ先に鏡台へと向かった。一度仮面を外したかったのだ。

周りに誰もいないことを確かめて、そっと仮面のリボンを解《ほど》く。極度の緊張のせいで引き攣《つ》っている自分の顔をまじまじと見つめた。

（夜会で、こんなに神経を使ったことはないわ……、ものすごく肩が張っている。仕立てのお仕事の方が楽なくらいだもの）

華やかな衣装、煌びやかな空間、そして優雅な音楽。今宵も人々は以前と変わらず、ひとときの夢に興じていた。

だが、はっきりわかった。もう、ここは自分の場所ではないと。誰も、なにも見ていないのだ。同じ階級かそれ以上の地位の人間としか交わろうとしない紳士たち。そして、扇の下に嫉妬と羨望を隠して笑顔を作る貴婦人。

シェリアは鏡の中の自分とまっすぐに見つめあう。

（私には、少なくとも誰かを好きになる自由はあるのだわ）

たとえ結ばれなくとも。

そして、彼女はもう一度仮面をつけた。迷わぬように慎重に回廊を戻りバルコニーへ着いても、まだラグノスは戻っていなかった。シェリアは手すりに近づき中庭の様子を眺めた。

月明かりが花々をひんやりと照らしている。

その時、腕をきつく後ろに引っ張られた。勢いでよろけてしまう。

「ラグノス様？」

彼にしては手荒い扱いにシェリアは仮面越しに顔を上げる。そしてひゅっと息を呑《の》んだ。

そこにいたのは元婚約者のオーリン・ジルベストだったのだ。彼はシェリアの仮面を乱暴に剝ぎ取った。

「ほうら、やっぱりだ。シェリア・クラセント」

彼はひどく歪《ゆが》んだ顔を見せる。

「君さあ。何してるんだこんなところで。ここはコルツァー伯爵の別邸だぞ？　招待されていないだろう、そんな身分もないくせにいったい何の用なんだよ」

彼はジリジリとシェリアに顔を近づける。あの時と同じくまた酒臭い息を吐いていた。シェリアは身を捩《よじ》って離れようとしたがオーリンは摑《つか》んだ腕にさらに力を込めた。

「は、なしてください！」

「ここで大声出してみろ、シェリア・クラセントが身分を偽って忍び込んだと叫んでやるからな。衛兵がすぐに飛んでくるぞ。牢《ろう》にぶち込んでやろうか、この、クソ女……」

彼はギラギラとした瞳でシェリアを見る。

「ああ、それとも」

また瞳が熱く濁り始めた。

「あの時の詫《わ》びを今ここで、してもらおうか」

オーリンはシェリアを引きずるようにしてバルコニーの扉を閉めた。真新しい木材を使った分厚い扉はかっちりと閉められあちらとこちらを分けてしまう。

もう、軽やかな音楽さえも聴こえない。

「や、やめ……」

彼女は手を振り解こうとするが、元婚約者はにやにやと笑うだけだ。

「もう、あの時のように不意打ちはできないよ、シェリア」

手首をぎりぎりと締め上げられる。シェリアは痛みに呻《うめ》き声を漏らした。

「声を出すな」

オーリンはバルコニーの支柱へシェリアの身体を押しつけ、上から下まで舐《な》め回すように見る。

「なんだその唇は。男を誘っているのか？　それに、その盛り上がった胸。君、どれだけコルセットを締め付けているんだ。そんなんじゃなかっただろ」

にやにやと薄笑いを浮かべながら腰に差した短剣を片手で引き抜いた。冷たい刃先をシェリアの頬にぴたりと当てる。

「怯《おび》えてるね。そんな顔で見られると、余計ゾクゾクするよ……」

嫌悪感と恐怖に、唇がカクカク震える。だが、彼女は歯を食いしばった。これ以上唇が近づいたら、股間《こかん》を蹴り上げてやる。そうして、ラグノスの元へ走るのだ。

彼女が震える足に力を込めたその時。

「ヴぐっ」

鈍《にぶ》い音が響く。オーリンは横向きにすっ飛んでいき、人形のように一回転して倒れこんだ。

(私はまだ蹴ってないのに……)

あっけに取られる彼女の手を取ったのは、ラグノスだ。

獣騎士に鮮やかな蹴りを食らわされたオーリンは動かない。気を失ってしまったらしい。

「ラ……っ」

シェリアはラグノスの名を呼ぼうとして息を呑んだ。

獣の耳が燃えるように逆立っている。

尻尾は普段の倍以上に膨《ふく》れ上がり、こちらは猛《たけ》る炎のようだ。瞳はまさに獣のごとくぎらつき、動かないオーリンをひたと見据えている。

(ラグノス、さま?)

ラグノスはぐいっと振り返ると、シェリアの手を引き黙って歩きだした。華やかな宴に興じる人びとをよそに回廊を進み玄関ホールを抜け、馬車の待つ表門へと向かった。そして、待たせていたヴェルタの馬車に乗り込む。

彼はひと言、「出してくれ」と御者《ぎょしゃ》に告げる。闇のなか、馬車は滑るように走り出しコルツァー伯爵の別邸を後にした。

　座席についてからもラグノスは彼女の手を握ったまま離さない。シェリアはどうしていいかわからなくなってしまった。

「ラ、ラグノスさま……。ありがとうございます。あの、助けて頂いて」

戸惑いながら、そう伝えた。

「……っ」

ラグノスは言葉にならない様子で彼女に覆いかぶさり、背もたれに両手をついた。掠《かす》れた声が搾り出される。

「なにを、なにをされた……？」

「な、なにも……、なにもされていませんわ」

「嘘だ、これを見ろ。こんなに、赤くなって……」

彼女の手首を掲げてみせる。薄暗いランタンにシェリアの手首がぼうっと浮かび上がる。白い肌にくっきりと指の形が残っていた。

「こ、これは……摑まれただけ……」

「ほら、触れられているじゃないか、あの男に」

ラグノスの瞳が暗く、黒くゆらめく。

唇が近づいたかと思うと光る牙が覗《のぞ》いた。それはシェリアの手首にかぷり、と噛《か》みつく。

「……つい、いた」

反射的に言葉が出てしまう。だが。

（いたく、ない……）

甘噛みというのだろうか、ラグノスは牙でかすかに彼女の肌に触れ、そして手首にちゅ、ちゅ、と口づける。牙が手首の内側をつつき舌が肌を撫《な》でる。

やがて彼の舌は手のひらをくすぐるようになぞり、シェリアは指の先まで舐め上げられた。

「……ぁ、や」

指の先が痺《しび》れるようだ。そこだけ、血が熱くなって燃えているみたい。くらくらとしてくる。

「……ほかには？」

「え」

ほかに、あいつはどこに触れた。

ラグノスは金の瞳でシェリアを覗き込む。そこには獰猛《どうもう》な光が宿っていて、彼女は熱に浮かされたように口を開いた。

「頬に、ナイフを……」

ここ？

彼の瞳はめらりと燃え上がる。

指の背でそっと頬に触れる。

それともこっち？

暗く甘い囁きが近づいてくる。恋しい人の瞳がこんなに近い、のに、少しだけこわい。

「ら、ラグノスさま、」

「仮面は」

「と、取られてしまって……、ご、ごめんなさい」

オーリンに捕まった時の恐怖が蘇《よみがえ》る。唇が震えてしまう。もし、あの時ラグノス様が来てくれなかったら自分はどうなっていたのか……そう思うと涙が盛り上がりそうになる。

ラグノスが目を見開いた。

「……シェリア」

シェリアはふるふると首を横に振る。

不意に、彼の瞳から獰猛さが消え失《う》せた。言葉に詰まったように歯を食いしばるとシェリアを胸に抱きしめる。

「悪い、怖がらせた。恐ろしい思いをしたばかりだというのに。嫉妬に惑わされるなど俺は……」

「い、いいえ、いいえ」

シェリアは首を横に振り続ける。

「だ、だいっ、大丈夫……っ、わたし、あの方を蹴ってやろうとしていましたから」

ラグノスは切なそうに眉根を寄せるとさらに彼女を強くつよく抱きしめた。

「貴女は、あなたは、なんて……っ」

かわいいんだ。

ラグノスは馬車の座台に彼女を強引に押し倒すと、雨のように口づけを降らせた。

緩《ゆる》やかに揺れる馬車をものともせず、獣騎士はしっかりと彼女の手を握り、あらゆるところに口づけを落としてゆく。額に、頬に。そして鼻筋に。

「ま、まって、ラグノスさ」

「いやだ」

唇が塞《ふさ》がれる。

この前の砂糖菓子のような淡い口づけとは違う。甘くて、深くて、激しい。媚薬《びやく》のような甘く濡《ぬ》れた視線に蕩《とろ》けそうになってしまう。

彼は馬車の呼び鈴を引っ張り何事か告げる。すると馬車はすぐに方向を変えた。ほんの数分走ると、馬は止まり扉が開けられた。

ラグノスはシェリアのことを外套《がいとう》ですっぽりと包むと、そのまま膝の裏に手を入れ抱き上げる。そして、ひょい、と飛ぶように降りて、目の前の建物へ入っていった。包まれた彼女の視界に、見慣れた下宿の鉄門がちらりと入った。

ラグノスはシェリアを抱いたまま、勢いよく門を抜け、下宿部屋へ向かった。そして、迷いのない足取りで階段を上がっていく。今回初めてラグノスはこの扉を丁寧に手で開けた。

外套に包まれた彼女は、何が起こっているのかわからないうちに、自分の部屋へたどり着いていた。

中は薄暗く様子がわからない。あれからここには戻ってきていなかった。シェリアは暗がりで目を凝らして、こわごわと我が家を見回す。

ラグノスは彼女を抱いたまま、片手で器用に燭台《しょくだい》に火を灯《とも》した。

「騎士団が」

彼は小さな燭台をテーブルに置く。

「一応綺麗に後始末した。ガラス窓も付け替えて、いつでもシェリアが戻れるように。念のため皆正体を隠してな」

彼はそう囁きながら、彼女の外套を外してやった。

「み、皆さんが……？」

「男手で悪いが、なるべく元通りにしたつもりだ。ああ、寝室は俺がやった」

「ラ、ラグノスさまがっ？」

なんと、王子自らがメイドのようなことをしたという。

「だって、貴女の寝室だぞ？　誰にも触らせたくない」

驚いている彼女に、ラグノスはさらりと返す。相変わらず彼女のことを抱いたままだ。彼はひと時もシェリアを離すつもりはないようだ。そうして、寝室の扉を開けて、中へはいる。

暖炉の上にそっと燭台を置いてから、シェリアをやっと寝台へ下ろす。

彼女はふかふかになった寝具や、綺麗に片付けられた部屋を見回して、目を白黒させた。

「き、綺麗……。自分の部屋じゃないみたい」

思わず呟くと、暗がりでもラグノスの尻尾がぱたぱたと嬉しそうに揺れたのがわかった。さっきまで怒りで燃えるように逆立っていたのが嘘のように穏やかだ。彼は腰かけているシェリアに目線を合わせるようにして床に片膝をついた。

「好きだ。シェリア……貴女の何もかもが愛おしくてたまらない」

彼はシェリアの手の甲へ唇をよせ、そして囁く。

「貴女は？」

「私も、貴方《あなた》といると、楽しくて、幸せで、心のなかが苦しくて、貴方のことしか考えられなくなってしまうの……ラグノス様、大好き」

二人は瞳を合わせ微笑み合う。ラグノスはシェリアを胸に抱き込み、シェリアはラグノスの鍛え抜かれた背中に腕をまわしてぎゅっと抱きしめた。二人はそうしてしばらくずっと互いを抱きしめ続ける。それは、まるであたたかな水の中に二人でしずみこんでゆくようだ。

（こんなに、こんなに幸せなんて……）

彼女は獣騎士の腕のなかでゆっくりと目を閉じた。

ラグノスはそっと、寝台の灯《あか》りを消した。

＊＊＊

シェリアは夢うつつに、心地の良いラグノスの手の温《ぬく》もりを感じていた。

髪を、優しく撫でられている。何度もなんども、するりと髪をすくっては、はらりと落とされる。

「シェリアの髪、綺麗だ。ヴェルタの森に流れる小川みたいにさらさらしている」

そっと目を開ける。金の瞳にぱちりと目が合った。

「ラグノスさま……」

「おはよう。といってもまだ夜明け前だが」

青暗い闇の中で、微笑みながらシェリアに毛布をかけ直してくれた。

シェリアは満ち足りた気分で微笑み返そうとして、いっぺんに記憶の全てが頭の中を駆け巡り、耳がかあっと熱くなる。隣のラグノスの顔を見ることができなくなってしまい、頭からすっぽり布をかぶった。

「なんだ……急に」

ラグノスが驚いたように尋ねる。

「な、なんでも……っ。申し訳ありません、んわたし、」

もごもごと呟きながらさらに深く毛布のなかに潜り込む。

ラグノスはふふ、と微笑んでそっと布を外すとシェリアの赤くなった頬に軽く唇を寄せた。

「貴女が眠っている間に水を汲《く》んできた。喉が渇いただろう」

「いつの間に……」

「あまりにもすやすや寝ているので起こすのはかわいそうだったんだ。それに、暗くてもここのことはもう熟知している。貴女よりもな」

彼は自慢げにぴくぴくと獣耳を動かした。そして、気遣わしげに「その、身体は、大丈夫か」と尋ねる。

シェリアは安心させるように一つ頷いてからラグノスの胸に頬を埋《うず》めた。彼はシェリアの髪を愛しそうに撫で、背中に腕を回してくれる。

「よかった……」

（また、心臓がどきどきしちゃう……でも）

こんな幸せななかにも、ほのかな不安の棘《とげ》が刺さっている。彼は異国の王子様なのだ。ヴェルタ国の内情は全くわからないが、派遣された騎士団長はいつの日か必ず国に帰るだろう。シェリアは唇をキュッと噛み締めた。

（だめだわ、こんなことを思っては……抱きしめてくださるだけで、こんなにうれしいのに）

シェリアは自分の不安を振り払うように、口を開いた。

「あの、ヴェルタ国とは、どのような所ですか？」

「どうした、いきなり」

「い、いいえ、ルッカや、ラグノス様が育った国はどのような所かしらと思って」

ラグノスは一瞬口を噤《つぐ》む。そして、遠くを見る目つきになった。

「……我が祖国、ヴェルタは美しい国だ。緑溢れ、森の樹々に太陽の光が降り注ぐ。雨は恵みとなって地へ染み渡る。聖獣たちは生命溢れる地で穏やかに見守られている」

彼の言葉は魔法のようにシェリアの胸に入ってくる。目の前に美しい緑の森が映し出されるようだった。

シェリアはため息をつく。

「素敵です……素晴らしい所なのですね」

「シェリアは、母上は？」

「母は、私が幼い頃に亡くなっております。ですから、ほとんど覚えていないのです」

屋敷に何枚も飾ってあった、赤子を抱く小柄な婦人の肖像画。それがシェリアの母だった。その絵を見ながら、お前たち母娘《おやこ》はとても良く似ている、と父が嬉しげに話してくれたものだ。

「それは、すまない。辛《つら》いことを聞いてしまったな」

「いえ！　お父様やルーナに大切にしてもらいましたから、寂しくはありませんでした」

シェリアも、ずっと引っかかっていた彼の言葉について躊躇いつつも尋ねてみた。

「あの、ラグノス様は、その……八番目と」

「うん？　ああ、俺のことか。そう、八番目。王位継承権は末席で本当に称号だけの地位なんだ。俺は王宮で暮らしたことはない。幼い頃にファラムの父に預けられたんだ」

自嘲気味に笑う顔つきがどこか痛々しい。シェリアは思わず彼の手を握った。

「ご、ごめんなさい。も、もう大丈夫……」

「いや、シェリアには聞いてほしい。いつも濁していたからな」

彼は静かに話し始める。

「俺の母はヴェルタの踊り子だった。美しく、可憐《かれん》に、時に力強い踊りで人々を魅了したという。旅の一座で各地を回っていたんだが、ある時、国王と出会ってしまった。ヴェルタの王は数年ごとに、軍隊を引き連れて国内を遠征するのが慣《なら》わしでね。そこで出会い、母を王宮へ連れて戻った。そこで生まれたのが俺だ」

王妃はとても気性が激しく嫉妬深い人で、夫が他の夫人の元へ通うのを嫌がった。だが自分の子がいなかったため、長年我慢していたという。国王は遠征を終えたら王妃と共に過ごすと約束した。だが戻った王の隣には、ラグノスの母となる女性がいたのだ。王妃は大いに怒り、生まれたラグノスと母を他の妃《きさき》や子どもたちよりひどく嫌った。

ラグノスは母と離され、近衛《このえ》騎士団長だったファラムの父に預けられた。父王と会うことはほとんどできなかったが、幼い少年はまじめに勉強しひたすら剣の訓練をした。強くなれば父に認められ、そして母に会えると信じていた。

「だが、大人になっても任されるのは遠方の守りばかり。あげく、こうやって遠い国の新設の小さな騎士団の長《おさ》を命じられたというわけだ」

夜明けの、沈む寸前の月が低く空にかかる。ラグノスは、自分の身の上を他人の話であるかのように淡々と語った。

「お、おかあさまは」

「母は亡くなっていた。宮殿では踊ることが禁止され、踊れない日が続くと母は花が萎《しぼ》むように病にかかり、逝ってしまったそうだ」

「そんな……」

シェリアははっとして、口を覆う。

（なんて、お辛いこと……私、本当に間抜けだわ）

軽々しい興味で尋ねていいことではなかった。シェリアは俯く。ラグノスは彼女の頭を撫でた。

「すまない。自分の境遇にはとっくに折り合いをつけているつもりだが、やはりこれではただの愚痴だな。全く、会った時から貴女には情けない姿ばかり見せている気がする」

彼は苦笑いしてシェリアの手を取った。シェリアは涙を堪《こら》えて、首を横に振る。

「そんな、そんなことありませんわ！　私こそ、一番恥ずかしくてみっともない所をお見せしていますから、ラグノス様は情けなくなんてないです」

少しでも笑ってほしくて、精いっぱい元気な声を出す。

「それに、それにです！　ルッカを助けて、悪い人たちを捕まえればきっと、国王陛下……、お父上もお喜びになるはずですわ」

シェリアはぎゅっと彼の手を握る。彼はやわらかな目で、シェリアの肩に頭をぽんと預ける。

「うん、そうだな……ありがとう」

朝焼けが赤く空を染める。二人はしばらく、黙って手を取り合っていた。

＊＊＊

「どこに行ってたんだラグノス！」

二人が駐屯地に戻るや否やファラム副騎士団長は血相《けっそう》を変えて飛んできた。一目で何かを察したらしく、ぐっと言葉を飲み込みそして、彼らを執務室へ連れて行った。

「それで？　外泊したことについてはとりあえずおいておきましょう。夜会はどうでしたか？　我々は外でずっと貴方がたを待っていたんですよ！」

　ファラムの目が冷たい。

　シェリアは恥ずかしさで死にそうになった。

「計画は上々だ。夜会の招待客たちは皆虹の鱗の耳飾りを目にした。この後は動きがあるまでしばらく様子を見る」

　その後、二人で休んできたんだ。ラグノスはシェリアの肩を抱いてしれっと答える。

　ファラムは切れ長の目を見開き、そして大きなため息をついた。

――今までどんな女性にも靡《なび》かなかったくせに、まったく――

　そう小さく呟いたのだが、同時にけたたましい鳴き声が響き渡り、彼の言葉はかき消された。

「キュキュキュキュー!!　キュキュキュキュ」

　甲高い鳴き声の主はルッカだった。飛竜の子は扉の前でアミルの腕から飛び降りると翼を揺すりちょこちょこと床を走ってシェリアの元に飛び込む。ぷりぷり怒っているようにいつまでも「キュキュキュ」と青緑の目を三角にしながら鳴き続けた。

「ルッカ、ただいま。ごめんね。遅くなってしまったわ」

　シェリアは慌ててルッカを抱き上げ鼻をくっつける。

　しばらく拗《す》ねたようにつんとしていたルッカはついに我慢できなくなったのかシェリアにぴたり

とくっついた。

「ちょっとは懐《なつ》いてくれたと思ったんですけどね。ずっとソワソワしていましたよ」

ルッカのチュニックを片手に持っているアミルの丸い獣耳が寂しそうに垂れている。

「も、申し訳ありません……。あの、ルッカはヴェルタの聖獣だというのに」

もう二度と離れないとでも言うようにくっついているルッカを見て、ファラムも首を横に振る。

「どちらにせよもうしばらくはクラセント嬢にはここで過ごしてもらう。その間でアミルに彼を懐かせよう」

シェリアは目を瞬《しばたた》かせた。

「あの、でも私、そろそろ下宿に戻りませんと……」

部屋が荒らされたあの日から昨夜《ゆうべ》の夜会までの数日、シェリアは駐屯地に滞在し仕立て屋『フォルガーナ』との送迎をラグノスにしてもらっていた。

はじめは疑いをかけられたが既に身の潔白は証明されている。ルッカと離れるのは本当に寂しいが、いつまでも留《とど》まるわけにはいかない。

「今は特に、貴女にはここで大人しくしていてほしいのです」

ファラムの言葉に、シェリアは困った顔をした。昨日に続き今日も仕事を休むことになっている。

彼女は働かなければならない身なのだ。

「シェリア、我々は貴女をいわば囮《おとり》として利用させてもらった。だから安全は確保したい。不便をかけて申し訳ないんだが」

「で、でもそれは私からお願いしたことです」

「そうだとしても、我らは貴女の安全を守ることに責任があります。騎士団としてはもうしばらく滞在して頂きたい」

　ファラムはしばらく考えた後、こう続けた。

「どうしても仕事に出るというなら、騎士団の馬車での送り迎えつきということで許可しましょう」

　騎士団の送迎付きの針子などいるだろうか。余計目立つ気がする。

「お、お気持ちはありがたいのですが……」

「ファラム、俺が今まで通り彼女の送り迎えをするのは」

　ファラムはじとりとした目で騎士団長を睨《にら》んで首を横に振った。

「聖獣の件だけではなく、貴方には山のように仕事があるのですよ」

「だがファラム、俺は」

「いけません」

　ラグノスは残念そうにため息をついて、シェリアの手を握った。

「では、街馬車を使ってくれ。物々しい送迎ではかえって目立つ」

「承知しました。早速手配いたしましょう」

「で、でも……」

「本当は俺が側《そば》にいたいんだが、悪い、シェリア」

「ラグノス様……皆様も、あ、ありがとうございます……お手数をおかけしてしまって」

「夜会では仮面をつけていた人が多かったのでしょう？　そこまでしなくても大丈夫じゃないんですか？」

アミルが無邪気な声を出した。

「念のためだ、アミル」

シェリアははっと思い出した。

「あ、でも、私、顔を……」

「誰かに見られたのか？　クラセント嬢」

ファラムがとたんに厳しい顔になる。だがラグノスが手を振って遮った。

「いや、シェリアが昔の知り合いと遭遇しただけだ。それにあの男、腕の一本や二本折れていると思う。しばらく動けないさ」

ラグノスはからりと笑う。

「なんと……」何があったのかをなんとなく察したらしいファラムは再び大きなため息をつく。

「騎士団長閣下。さあ、お仕事が山積みです。すぐに取り掛かりましょう。アミル、彼女を部屋へ」

ファラムはシェリアを急《せ》きたてた。

「いや、俺がついて」

「ラグノス様」

ファラムに怖い顔で睨まれてしまいラグノスは渋々従う。去り際にシェリアに「またあとで」と囁いて、彼は部屋を後にした。

＊＊＊

翌日、シェリアは馬車に乗せてもらい『フォルガーナ』に出勤した。休んだことを改めて詫びようとハザルドの部屋に向かったが、あいにく留守だった。

「まあ、シェリア。あなた大丈夫？　具合が悪かったそうね？」

針子の部屋へ向かうとユアが心配顔をした。

「申し訳ありません。皆さんにご迷惑をお掛けしました。その分お仕事頑張りますわ。また、よろしくお願いします」

「な、なによ。そんな畏《かしこ》まらなくたっていいのよ、ねえみんな」

周りの針子たちも口々に、大丈夫？　身体は大切よ、と声をかけてくれる。

シェリアはなんとも気まずい気持ちになった。

（騙《だま》しているみたいで、申し訳ないわ……）

本当のことを言うわけにはいかないが、気がひけてしまう。彼女はそそくさと準備を始めた。

「ね、シェリア。あれからあの獣人族の騎士さんとずっと一緒だったの？」

ユアが声を潜《ひそ》めて囁く。

「私、あんたがそのまま連れてかれて……だからお休みしてたのかと心配したわ。もちろんあの騎士はそんなんじゃないって信じてたけど、やっぱり男は男ですもの」

「まあ、そんな……！　ご心配をおかけしてしまったのですね。大丈夫で……」

シェリアも小さな声で答えようとしたが、ユアに急に手を引っ張られた。そして隣の仮縫い部屋へと押し込まれる。

「ゆ、ユアさん？」

ユアはシェリアの胸元を指差した。

「あなた、それ！」

「え？」

「もう、なんて無防備さんなの？」

ユアはシェリアの手を取り、仮縫い部屋にある大鏡の前に彼女を立たせた。そして、ドレスの胸元を大胆に下ろす。

「ちょ……、ユアさん！　何なさるの」

彼女は慌てて胸元を隠したが、彼女は無言で鏡の中のシェリアの肌を見ている。そこには、いくつもいくつも赤紫の痣《あざ》が散っていた。

「これ、は」

（これ、なにかしら……）

だが、あの夜ラグノスがこのあたりに何度も口づけていたのを思い出す。愛しそうに、「俺の、シェリア」と呟きながら。シェリアは耳まで赤くなってしまった。

「あなた、前に私に言ったわよね。怪我してますって」

ユアは勝ち誇ったように鏡の中のシェリアを見る。

「……はい」

「怪我じゃないの、わかったかしら？　お嬢さん」

「……、……はい」

くすくすと笑いながらユアは手早く襟元を覆ってくれた。

「あの人？」

「ええ……とても素敵な方ですわ」

シェリアはユアが見たこともないような柔らかな笑顔になる。ユアは長く息を吐いた。

「ま、いいんじゃない？　あなたがそんな笑顔になれるならきっといい人なのね」

シェリアは頬を染めながら、でも幸せな気持ちで頷いた。

第六章　元男爵令嬢、飛ぶ

それから数日は穏やかに過ぎた。日中は仕立て屋で仕事をして、騎士団駐屯地で夜を過ごす。ラグノスは別の仕事が忙しいらしくほとんど会えない。だが夜は必ず挨拶しに来てくれた。そして、彼女はここでも繕《つくろ》い仕事を請け負っていた。

「痛っ、」

「大丈夫ですか？　アミルさん」

「うん、これくらいはもう慣れました。でも僕……この一枚を仕上げるのに後何十回指を刺すんだろ」

「針の持ち方を変えてみましょうか？」

「キュッキュッ！　キュキュ」

シェリアはアミルに繕いを教えていた。彼は本来ラグノス付きの従者だが、今はシェリアの側《そば》についている。そしてファラムの命によりアミルがルッカの世話をすることになった。

「ルッカ、お前も手伝いたいのか？」

「キュッキュ！」

「ち、違うのかな」

小さくてふわふわのアミルの尻尾に噛《か》みつくようにしてルッカは唸《うな》る。まるでそこはボクの場所だと言わんばかりにシェリアの隣に座るアミルを睨《にら》んでいた。

「はぁ、なかなか懐《なつ》いてくれないな。貴女《あなた》が仕事に行く間はおとなしいんですけどね。帰ってくるとわかるようです。本当に賢い子だね、ルッカは」

アミルは肩を竦《すく》める。

次の定期船で国に返すと決まったものの、シェリアと会えないと気づけば賢い聖獣がどのような反応をするかわからない。船から逃げ出すことにでもなったら大変だ。

「すみません……早くアミルさんと仲良くなってほしいのですけど」

「ま、次の船までまだ日にちはありますから大丈夫。なんとかなるでしょう」

「あ、の……アミルさん」

「はい、なんですか？」

アミルは人懐こい顔を向ける。彼はヴェルタ貴族の末息子だという。良家のお坊ちゃんらしく素直で明るい性格をしていた。

「あの、ラグノス様、騎士団長様は……色々な土地に赴任されていると伺いました。この先、ラムゼリアを離れたりなさるのでしょうか……？」

彼から笑みが消え、困ったような顔になった。

「ええと、それは僕からはなんとも。今まではヴェルタ国内の各地に赴任されていました……国外は初めてです、としか」

「そ、そうですか……そうですよね」

いくらアミルが素直な若者でも、異国の人間に国の軍事情報を話してくれるわけはないのだ。シェリアは立ち入った質問をしたことを恥じた。

「でもえっと、いや、でもっ。ラグノス様ははじめは帰りたそうだったけど今はきっと、違うと思いますっ」

アミルはあたふたと答える。あまりに寂しそうな顔のシェリアを見兼ねてしまったのだ。

「いえ、変なことを聞いてしまってごめんなさい」

「いやいや……好きな人とはずっと一緒にいたいですもんね」

「え、そ、そんな、つもりは」

アミルは笑って遮《さえぎ》る。

「ふふ。あのね、隠してもダメですよ。お相手のラグノス様が隠すつもり全くないんですから」

シェリアは恥ずかしさに俯《うつむ》いた。騎士団長は駐屯地内では必ずシェリアの手を握っているのだ。

「ラグノス様はラムゼリアに赴任されてから本当に色々な雑務に追われてご苦労も多かったんです。この国の人たちはあまり好意的ではありませんしね……あっすみません。で、でも今はにこにこしているので僕も嬉《うれ》しいんですよ」

「にこにこ、ですか？」

「ええ、アレでも十分、ご主人様はにこにこです」

「キュキュ」

アミルは不器用なりに針を動かしていく。シェリアもなんだか心が温かくなって、しばらくの間二人と一匹は和気《わき》藹々《あいあい》と作業を進めた。

「あの、すみません、ここに……」

軽いノックの音と共に、長衣の若者がおずおずと顔を覗《のぞ》かせた。そして素《す》っ頓狂《とんきょう》な声を上げる。

「お、おんな……。な、な、なぜここに、異国の女性がいるのですか！」

若者は血相《けっそう》を変えて部屋へぱたぱたと乗り込んできた。アミルが弾《はじ》かれたように立ち上がって、シェリアを守るように前へ出た。

「な、なんですか。いきなり飛び込んできて。彼女はきちんとした理由があり、客人としてここで過ごしているんです。伝達があったはずですよ」

若者はまじまじとシェリアを見ていた。彼が身につけている長衣は駐屯地で見る騎士団の隊服とは違い水色の柔らかな布地だ。猫のようなほっそりとした尻尾が腰のあたりから垂れている。彼は甲高い声で腕を振り回した。

「伝達など知りません！　が、いかなる理由であれ異国の女人はヴェルタの騎士団の建物に入ってはならぬはず。大神官様からのご啓示をご存じないのですか！」

「はぁ？　大神官？　そんなのヴェルタ国内の話でしょう……」

アミルは彼の装《よそお》いを見て鼻を鳴らした。

「君は神官見習いですね。ここはヴェルタではありません。この駐屯地は騎士団長の管理下にあります。ここではこちらのやり方に従ってもらわないと」

「な、なんと……僕が見習いだからって馬鹿にしてるのか」

「馬鹿にしてないけど、気を悪くしてます。失礼ですよ」

アミルはきっと目を吊《つ》り上げている。

「キュキュ！」

そこへルッカがぴょこりとツノを覗かせた。うるさいな、と言った感じで虹の鱗《うろこ》の尻尾でバタバタと床を叩《たた》く。神官見習いの若者ははっとしてルッカを見た。

「……っせ、聖獣!!」

若者は耳をピンと立たせ尻尾を震わせた。ルッカはシェリアの側で機嫌良く遊んでいたのだ。彼は聖獣に向かい両手を組み、慌てて頭を下げる。混乱した様子でぶつぶつと呟《つぶや》いた。

「こ、このようなところに……」

「彼女はこの聖獣を保護してくれたのですよ。だから、ここに滞在して頂いているのです」

信じられないという顔で、若者はルッカとシェリアを交互に見る。シェリアはなんだか居《い》た堪《たま》れなくなってしまい前に出た。

「お騒がせして申し訳ありません。少しの間、騎士団の皆様にお世話になっております」

丁寧に礼をする彼女に若者は不審の目を向けていたが、やがて、彼も渋々頭を下げた。

「私は先日の船でここに来てすぐ他の地へ行っておりまして……貴女様のことは知りませんでした」

彼はいつのまにかおどおどとした態度に戻っていた。

「神官見習いのヘイルといいます。大変失礼しました。ごめんなさいごめんなさいごめんなさい」

見習いは後ずさりしながら、そそくさと出ていってしまった。

「あ、ちょっと」

アミルは扉の外まで追いかけたが、もうその姿は見えなくなっていた。

「あの人、何か探してたみたいだけど」

アミルは拍子抜けしたように首を傾《かし》げた。

「神官見習いと仰《おっしゃ》ってましたね」

「ええ。先日から神官の一団が滞在してるんです。見習いや準神官職とかなんとか、複雑怪奇な職位の人がたくさんで。なんでもラムゼリア国内にヴェルタ人向けの神殿の建設が決まったそうです。本国では神職と騎士団は全く管轄が違うからほとんど接点がないけれど、でもこの国ではそうもいかなくて……。これでまた、ラグノス様とファラム様がお忙しくなってしまうんですよね」

彼はやれやれというふうに肩を竦めた。


その夜。

シェリアが夜着の支度をしていると、扉を叩く小さな音がする。

「俺だ。ラグノスだ」

彼女は慌ててガウンを羽織り、手燭台《てしょくだい》を片手に扉を開けた。

「こんな時間にすまない。ここ数日顔を見ることができなかったから」

そこには外から帰ってきたばかりのラグノスがいた。激務だったのか、目の周りに疲れが色濃く滲《にじ》んでいる。

彼はシェリアを見ると嬉しそうに微笑《ほほえ》んだ。

(……ラグノス様)

真っ先に自分の元へ向かってくれたらしいことに、胸がきゅんきゅんとする。

「ラグノス様。お帰りなさいませ。お疲れでしょう。中へどうぞ」

扉を閉めたとたん、シェリアはラグノスのがっしりとした胸のなかに抱き込まれた。

「会いたかった」

「わ、私もです……嬉しい」

ひんやりとした夜気を纏《まと》ってはいるけれど彼の太陽みたいな匂いは相変わらずで、シェリアを安心させてくれる。ぎゅっと目を閉じて彼の香りを吸い込んだ。

最近、ラグノスとはあまりじっくり話せていない。彼が忙しいのもあるがやはり、騎士団の敷地内では慎み深くあるべきだというファラムの言葉が大きかった。

「お二人のことをとやかくいうつもりは毛頭ありませんが、くれぐれも公私混同せぬように」

尤《もっと》もな意見にシェリアは素直に従い、ラグノスとは最低限の挨拶しか交わしていない。遠くから見つめ合うだけでも彼女は十分幸せだった。

それに、明日は久しぶりに二人で過ごせる。

明日は半年に一度の「奉仕の日」で、王都ラムリアで様々な慈善事業が開催されるのだ。ヴェルタ騎士団もこの国の慣習に倣《なら》い、駐屯地の食堂を開放して貧しい人々に食事を振る舞うことにしている。

この催しはファラムが全指揮を執ることになっておりラグノスには時間があった。その時間を二人で過ごそうというわけである。

「明日、たくさんお話しできますね……嬉しいです」

シェリアは微笑む。だが、ラグノスは顔を曇らせた。

「その、明日なんだが。神官たちを王都の神殿の数カ所に案内することになった。彼らは俺に同行してほしいとのことなんだ」

「ま、あ……そう、なのですね」

神官たちは、神殿建設のため奉仕の日に合わせて色々な場を見学して回りたいらしい。

(残念……。ラグノス様と少しでも一緒にいられると思ったけど)

「シェリアも一緒にと思ったんだが、神官たちはどうしても同行を許してくれなくてな」

「そ、それは当然ですわ。お国の神職のことですもの」

がっかりした顔を見せないよう、笑顔をつくる。

「私は大丈夫です。繕い物もまだまだありますし、お気になさらずに」

ラグノスの肩がびくんと震えたのがわかった。

「ほんとうに？　もっと、わがままを言っていいんだぞ」

「いえ、お仕事は大切ですもの……それに、明日は食堂だって忙しくなるでしょう？　私、洗い物くらいならできますから、ぜひお手伝いを」

「シェリア、俺を見て」

彼女はおずおずと彼の目を見た。金の瞳はいつものように鋭く煌《きら》めいている。その奥に甘い渇きが揺れていて、シェリアは思わず目を逸《そ》らしかけた。

「ちゃんと、見てくれ」

顎の先に指が添えられてそっと持ち上げられる。唇が近づいた。

ファラムの言葉が頭にちらつく。その戸惑いが伝わったのか、ラグノスは動きを止める。

（こ、こんなところでは……ここは、騎士団の）

「もっともっと、シェリアと一緒にいたい。ずっと触れていたい。こんなこと思ってるの、俺だけか？」

彼女は一生懸命に首を横に振る。

「そんなこと。そんなことない、です……っ」

思わず、シェリアは背伸びをして自分からラグノスへ口づけた。彼の形の良い尻尾が震える。

（ラグノスさまっ……好き……大好き）

「シェリア……」

ラグノスがさらに深い口づけを求めようとした時、どこかで守衛の足音が聞こえた。コツコツと廊下を歩く音が近づいて来る。

『ただでさえ、異国の女人がいるのは異例なんです。騎士団長決定とはいえ、慎みを持って行動して頂かないと』

二人の頭に副騎士団長の声が響いた。ラグノスは名残惜《なごりお》しそうに唇を離した。

「すまない……明日は必ず一緒に過ごせると思っていたから、余計に愛《いと》しくなってしまった」

しゅんとしたように尻尾がたらりと下がる。

「わ、私こそ、ごめんなさい、我慢できなく、なってしまったの。ごめんなさいっ……はしたないことを……」

ラグノスは眉を下げ、シェリアの頭を撫《な》でる。

「かわいいな。我慢できないシェリアは、かわいい、とても」

（は、恥ずかしい……、この方の前だと私はほんとうに、変になってしまう）

「……私はっ、いつまでもお待ちしていますから。あの、お疲れなのでしょう？　お早くお休みください。今度またたっぷりラムリアの街をご案内させてくださいね」

二人はやむなく身体《からだ》を離したのだった。

そして翌日、よく晴れた空の下でラムゼリアの大イベント・奉仕の日が始まった。

朝から荷馬車が何台も騎士団の裏門に止まり、食材を運び入れている。この奉仕の日ばかりは駐屯地もラムゼリアの人々で賑《にぎ》わう。

「僕たちが参加したのはまだここ二、三回ですけど、大人気なんですよ。なにしろ『狐《きつね》と酒樽《さかだる》』の料理人が出張してくれますからね」

「まあ、あのお店ですか。それは間違いなく美味《おい》しいお食事ばかりでしょうね」

シェリアは顔を綻《ほころ》ばせる。アミルも今日は手伝いに駆り出されていて建物内を駆け回っていた。

「ラグノス様はもう一人の従者をお連れですから、僕はファラム副騎士団長を手伝っているんです」

この奉仕の日にはシェリアが知る貴族たちもこぞって様々な活動を行っていた。自らの自慢の庭園を開放したり、着古したドレスを寄付したり。彼らは慈善の場でさえもどこまで自分たちが社会的に貢献しているかを競っていた。なかでもやはり、食事を振る舞うのが一番手間で、そして人気があった。

(うちも、盛大にお食事を準備したわね)

バタバタとする食堂の様子にかつての光景を思い出し、シェリアは心のなかで苦笑いした。

実は奉仕の日のためにさえクラセント家は金を借りていたのだった。慈善事業は無償なだけにもっとも金が出ていく行事だった。

(あの頃はただ座ってお客様にご挨拶するだけだったから、こんなに準備が大変だなんてわからなかったわ……なにかお手伝いしたい)

ラグノスたちは早朝から神殿見学に出かけてしまった。

その寂しさを紛《まぎ》らわせるように彼女はぐるりと準備中の食堂を見回す。

「あの……」

不意に、後ろから声をかけられた。

「はい？　あ……」

振り向くと水色の長衣の若者が立っている。青白い顔で見るからにおどおどとしていた。

昨日の神官見習い、ヘイルと名乗った男性だった。細く長い尻尾を小刻みに震わせ彼はシェリアに頭を下げた。

「あの、昨日は大変失礼いたしました。無礼をお許しください」

「いえ、お気になさらないでくださいませ。ヘイルさん、でしたね。シェリア・クラセントです。どうぞよろしく」

シェリアは丁寧に挨拶した。彼はあたふたと一歩下がった。

「せ、聖獣の守り手の方にそのようにお声をかけて頂いて光栄です」

彼は昨日と打って変わって恭《うやうや》しい態度だ。

「そんな、守り手だなんて畏《おそ》れ多いですわ。私はただの針子ですから」

「いえ、皆から聞きました。聖獣がとても懐いていらっしゃるなんて……ヴェルタ人にとって大変尊いことなのですよ」

ヘイルは神聖なものを見るような顔つきで、シェリアとルッカを見つめる。そして、「今日も、こちらでお過ごしなのですか？」と尋ねた。

「ええ。奉仕の日では私の勤め先もお休みになりますの」

彼女は隣にいたアミルを見た。

「アミルさん、私もなにかお手伝いさせてください。せっかくの奉仕の日ですもの」

「いえいえ、貴女はお部屋にいてください」

「でも、皆さんとても大変そうですわ。洗い物くらいならできますし、ルッカもそばにいられますから」

「でも……」

「聖獣の守り手さまにお手伝い頂けるなんて、ありがたいことですよ！」

ヘイルは興奮気味に頷《うなず》く。シェリアを神職者と同等に思っているような顔つきだ。

だが、アミルは首を横に振る。

「やはり、よくないと思います。今日は大勢人が出入りしますからね」

「あ、そ、そうですよね……ごめんなさい」

（私は遊びで滞在しているのではないんだわ。皆さんが穏やかだからつい甘えてしまって）

つくづく自分の考えの至らなさに呆《あき》れてしまう。

「代わりにといってはなんですが、皆が帰った後の片付けをお手伝いしてもらうのはどうですか？僕もそばにいられますから」

アミルは励ますように声をかける。

「は、はい！　ありがとうございます、がんばります！」

「従者アミル様、申し訳ありません。差しでがましいことを……。ごめんなさい、ごめんなさいごめんなさい」

ヘイルは叱られた子どものように、ひたすら頭を下げた。

「ちょ、やめてください。そんなんじゃないですから、ほら行きましょう。僕たちの方は仕事が山積みですよ」

アミルは神官見習いの若者を急《せ》き立てるようにして、向こうへ行ってしまった。ヘイルが何度も振り返ってこちらに頭を下げるのを見送って、シェリアはため息をつきルッカに声をかけた。

「さ、私たちはお部屋に戻りましょう。繕いの続きをして、一緒に毛糸玉で遊びましょ、ね？　ルッカ」

「キュッキュッ」

「そうよ、私とあなたはしっかりとお部屋にいることが、お仕事よ」

「キュ」

シェリアはルッカを抱き寄せて、部屋へと戻った。

昼を過ぎても騎士団の食堂は盛況だった。

このぶんでは三時を告げる鐘が鳴っても忙しいかもしれない。シェリアは針を持つ手を止めた。ルッカが腹を空《す》かせたような仕草を始めたのだ。

「そうだ、ミルク……。持ってくるのを忘れてしまっていたわ。ごめんなさいルッカ、もうちょっと待ってね」

「キュウウ」

情けない声で鳴く飛竜《ひりゅう》の子にシェリアは立ち上がる。厨房《ちゅうぼう》に降りてもいいものだろうか。迷っていると、扉が遠慮がちに叩かれた。

「クラセント様、少しよろしいですか？　ヘイルです」

おずおずとした声が聞こえた。シェリアは扉越しに答えた。

「ヘイルさん？　どうされましたか？」

「あの、そろそろ空腹ではないかと。お二人ともなにも召し上がってらっしゃらないのではと思いまして。お食事と、ミルクを持ってきました」

「キュキュ！」

ルッカが翼をバタつかせ駆けてくる。ミルクの匂いに興奮しているみたいだった。

「ありがとうございます！　助かりました」

シェリアは扉を開ける。ヘイルは長方形の大きな盆を両手に持っている。

「どうぞ。従者アミル様から預かってまいりました」

彼は恭しく盆を掲《かか》げた。

「ありがとう、ございます……」

神職だからなのか、どうも彼の仕草は大げさな感じがする。

だが、シェリアはありがたく受け取ることにした。お腹もすごく空いていたし、何よりルッカは食後に薬草茶も飲ませないといけないからだ。これはシェリアの大切な役目だった。

「よろしかったらご一緒にどうですか。お茶を淹《い》れますから」

彼も忙しく立ち働いていたようで、疲れた顔をしている。シェリアはお湯の用意をしてヘイルを部屋に招いた。

「と、とんでもない。結構です！」

彼は激しく首を横に振る。だが、それと同時に長衣の隙間からパンが転がり落ちた。そして、ぐううとお腹のなる音。

「……も、申し訳ありません。失礼を。私はあちらで食べますから」

彼も遅い昼らしい。シェリアは微笑んで、扉をさらに開けた。

「お茶がなければ、喉につかえてしまいますわ。どうぞ」

ヘイルはしばらく躊躇《ためら》っていたがようやく部屋に足を踏み入れた。そして、椅子に腰を下ろしカチコチになって背を伸ばす。

「さ、どうぞ。お疲れでしょう」

「あ、ありがとうございます。ほんとうに、目の回る忙しさで……。奉仕の日というのは本国にはないので驚きました。あんなにたくさんの人、どこから来られるのでしょうか」

彼はため息まじりにこぼす。

「この日は特別なのです。街がお祭りのようになっていると思います。色々な所で催《もよお》しがありますから」

「そうですか……。神官様たちもこの様子をご覧になったら、自国でも開催したいと思われるかもしれません」

気弱そうな若者は、座りながら目を瞬《しばたた》かせた。

二人で食事をとりルッカが薬草茶を飲み終えた頃、飛竜は不意に翼をバタつかせた。鼻を空中に向け、なにかを嗅ぐ仕草をするとソワソワとシェリアのドレスの裾を咥《くわ》えて引っ張る。隣でヘイルも鼻をひくつかせた。

「ん……なんだか煙くさいですね」

「そ、そうですか？　私はなにも……」

シェリアが首を傾げた時、けたたましい鐘の音が長く長く鳴り響いた。ヘイルが尻尾をピンと伸ばして椅子から飛び上がり、扉を開けた。

「やっぱり、何かおかしいです！」

そこへアミルがこちらに駆けてきた。

「シェリアさん、大変です。料理中に火が上がってしまって……！　今みんなを外へ避難させています。あなた方も外へ出て」

厨房から煙が上がっているらしい。アミルは皆に伝えて回っているという。シェリアは慌ててルッカを抱きしめた。

「わ、私が彼女を、外へ！」

ヘイルが顔を真っ青にしながら前へ出た。アミルは焦った様子で頷く。

「ヴェルタの者だけではなく、ラムゼリア人もたくさんいるんだ。怪我人《けがにん》が出たらラグノス様に申し訳が立たない。ファラム様は厨房へ向かわれた。彼らのことは頼みましたよ、ヘイル」

「わ、わかりました、お任せください」

「南階段は無事ですから！」

アミルは叫んで、別の部屋を叩いて回る。

「さあ、クラセント様、行きましょう」

「は、はい！」

シェリアは強く頷いてルッカと共にヘイルのあとに続いた。

アミルの言うとおり、南階段の方には煙もなく大勢の人が騒がしく下へ向かっている。その中に混じって階段を降りた。シェリアは羽織ったマントでルッカを覆っていたが、皆避難に夢中で彼らには注意を払わない。やがて階下へ着くと、ヘイルが声をかけてきた。

「あちらの方が空いていますね。どうぞ」

促されて、シェリアは人気《ひとけ》のない扉へ向かった。裏門近くの扉だったが、少しだけここは煙の匂いがする。ルッカが不安そうに鼻をひくつかせた。

「こちらで大丈夫でしょうか？」

「もちろん、もうそこが出口ですから。外へ出さえすれば後はどうなっても平気ですよ」

「そ、そうかしら、建物が崩れたり……」

「これはただのボヤですよ。私たちはとにかく外に出ないと！」

彼に背中を押されるようにして、シェリアは重い扉の外へ出た。外の空気は新鮮で煙も火も感じない。

シェリアはホッとして、ルッカをぎゅっと抱きしめた。

「よかった、ね、ルッカ。皆さんも大丈夫」かしら、と続ける前に、どん、と背中を前に押されてしまった。

「え？」

倒れ込んだシェリアの前に大きく開いた馬車の扉が現れた。押し込まれるようにして、座席に放り込まれる。ばたんと扉が閉まった。

「な、なに？」

「ごめんなさいごめんなさい……」

彼女の隣で、ヘイルがにこにこと歌うように謝っていた。

＊＊＊

「ごめんなさいごめんなさい……ってね」

謝りながら笑う細身の神官見習い。

客車の座席に倒れこんだシェリアはその異様さにぞっとした。足が震えて起き上がることができない。

「やあ、すまない。少し乱暴になってしまったね」

頭上から別の声がした。聞き覚えのある、威圧感たっぷりの老人の声。

「お先に失礼していますよ、レディ」

杖《つえ》を持ち、こちらを見ていたのはコルツァー伯爵その人だった。

「あ。あ……、なん、で」

彼は笑って、ヘイルに頷いてみせた。

若者は素早く長衣を脱ぎ捨てぴったりとした黒衣になると御者台《ぎょしゃだい》へ飛び乗り馬の手綱《たづな》をとった。

がたんとひと揺れしてから、馬車は滑らかに走りだした。

(……お、落ち着くのよ、シェリア)

シェリアはルッカを背中へと隠しながら伯爵を睨む。

「これは、どういうことですか？」

「どうもこうもない。飛竜という生き物はですな、一度懐いてしまうと、その人物からなかなか離れない。無理矢理引き離すと暴走してしまってその身を傷つけることもある。だから、なるべく穏便にことを進めるために、私自らお嬢さんのもとに直接出向いたというわけですよ。傷ついた聖獣の価値はガクンと落ちてしまうので」

「ひ、飛竜など……存じませんわ」

「ふ……。妖艶な婦人の次は、無垢《むく》な乙女のふりですかな？」

伯爵は、最上級仕立ての上衣についたほこりを指先でつまむと、そっと指を振る。

そして、まるで優雅なお茶会にシェリアを招待したかのように鷹揚《おうよう》に手を広げた。

「だがまぁ、驚きましたよ。まさかこのような形で再びお会いするとは。シェリア・クラセント嬢。

貴女は色々なお顔をお持ちなのですね」

　老人はシェリアの顔をしっかりと覚えていた。

「あの頃よりだいぶ質素になられたようだが……。先日の貴女は本当に、いやはや、美しかったですよ」

「お、お世辞は結構ですわ。今あの建物は火事になっているのですよ！　こんな時にそれどころではありません。火を消すお手伝いをしなければ」

　だが、彼は人差し指をぴっと出す。

「大丈夫ですよ、あれはボヤですから。煙は多いですがね。火事だなんて、私もそこまで大事にするつもりはありませんから。あれはよく訓練された男です」

「仰っている意味が、わかりませんわ……」

「おや、わからないのですか？　これは困った」

　彼は喉を鳴らしてくつくつと笑う。

　嫌な予感がざわざわと身体中を駆けめぐる。

　まさか、全部、彼が？

　ヘイルが陽気に、「はっ」と大きな声で馬に鞭《むち》を振っているのが聞こえた。つい先程までのおどおどした様子など微塵《みじん》もない。

　シェリアは震える手をぎゅっと握って、コルツァー伯爵を見据える。

「……私に、なんの御用ですか」

「もちろん、その飛竜を返して頂こうと思いましてね。ほら、貴女の背中に隠れてるそれですよ。それは、私の積荷です。東のとある国で予約済みの商品《もの》なんですよ」

「ルッカは……この飛竜は、故郷へ、ヴェルタへ帰ることになっています」

「なにを言うかと思えば。クラセント嬢。せっかく苦労してヴェルタから持ってきた商品《もの》を返すなど馬鹿馬鹿しい。この事業にいくらかかっていると思っておられるのか」

彼はシェリアの背中のあたりを顎で指した。

「こ、この子は……飛竜は、ヴェルタで大切に保護されている生き物ですわ。あなたのものではありません」

「お嬢さん……貴女はあの頃も世間知らずだったが……、市井《しせい》に落ちてもまだそんなのほほんとしていられるとは。ある意味幸せ者だ」

彼はシェリアを憐《あわ》れむように見た。

「聖獣はその美しい鱗やツノ以上に、その存在に価値がある。ヴェルタから出ないからだ。そして、希少なものを人間は欲しがります。だから、私はヴェルタで聖獣を手に入れて、欲しいという人に売るという商売を始めたんですよ。欲しがる輩《やから》は世界中にいますからね。もちろん、ラムゼリアではそんなことはしませんよ」

彼は、ヴェルタで密猟者から聖獣を買い、それを他国へ売りつけていたのだ。自国では清廉《せいれん》な伯爵で通しながら、外ではのうのうと悪事を働いているのだ。

「最近はあの王子たちがコソコソ嗅ぎ回っていたようだがね」

伯爵は嫌な声で笑う。

「な、んてことを……！」

怒りが込み上げる。シェリアは扉を開けようとした。ルッカを逃がさなければ。だが老人は杖を彼女の肩にぐりんとめり込ませた。

「い、いた……っ」

「なんてこと？　なんてことをしてるのはどっちだね。私の積荷をくすねてこそこそと。このコソ泥が」

「ど、泥棒はあなたでしょう！　積荷だなんて……彼らは生きているのよ！」

彼は醜《みにく》く顔を歪《ゆが》ませ声を荒らげた。

「小娘。私に説教する気かね？　私の地位を知っているのか？」

プルプルと老いた頬肉が揺れる。

「抵抗はおやめなさい。それに、なにもただで返してくれと言ってるわけではない。取引です」

彼はすっと息を吐くと、冷静に微笑む。

「買い取りますよ。クラセント嬢、あなたの言い値で。確かあなたのお父様、クラセント家の真珠の首飾り。あれも手放しましたねえ？　あんなに大切なものを」

「は、伯爵が……あなたが！　なんの猶予《ゆうよ》もなく私たちの全てを持っていってしまったからでしょう！」

「ふん、仕事と住まいを与えてやった上、使用人の引き取り先まで手配してやったのに、その言い草かね」

伯爵はギリギリと杖に力を掛けた。痛みで涙目になりながらも、老人を睨み続ける。

「お前の祖父はほんとうにどうしようもない男だった。私が見せる美術品をなんでも高値で買い取って。見る目がないくせに、プライドが高いから値切ることができなかったんだよ。そうして爵位を返すことになって。憐れな男だ」

「まさか、あなた……祖父を騙《だま》していたの？」

恐ろしい考えが頭をよぎる。

もしや、この男がクラセント家を滅ぼしたのではないか？

「人聞きの悪い。少し高く買い取ってもらっていただけだ。クラセント男爵は勝手に自滅したんだよ、お馬鹿なお嬢さん。ま、残された令嬢のことを気の毒がって助けようとした者には引っ込んでもらったが」

シェリアは奥歯を噛み締めた。

ラグノスたちの想像通り、やはり彼女は故意に孤立させられたのだ。彼は無慈悲な顔で笑うともう一度シェリアの肩を杖でぐりぐりと突く。

「お嬢さんにはその聖獣と別れの儀式をしてもらう。なに、もうお別れだと言い聞かせるだけだ。あれが納得するよう、心からの言葉でね。たったそれだけで、あんたは家宝を取り戻せるし、私は完璧な形の聖獣を手に入れる。そろそろただの針子にも嫌気が差してきた頃だろう。ヴェルタの騎士団なんぞに協力するよりよっぽど金になるぞ」

シェリアは、背中に隠したルッカに手を伸ばしながら叫んだ。

「そんなことしない。ぜったい！　いやです！」

「……なら仕方ない。ご令嬢には消えて頂こう」

伯爵は老人とは思えない素早さでシェリアのことを押し倒すと、ルッカをチュニックごと奪い馬車の扉を開けた。

「値は下がるだろうが仕方あるまい。今夜の船に乗せねばならん。時間がないのだ」

馬車はいつのまにかラムリアの街を離れ、木々の間を走っていた。シェリアたちの馬車の隣にはもう一台、馬車が横につけていた。伯爵は扉を開け、「ヘイル！」と叫ぶ。

御者台からヘイルがやって来て、あっという間に並走する馬車へ伯爵を移してしまった。

伯爵はよろよろしながらもあちらの馬車へどうにかおさまった。その腕にはしっかりとルッカを抱えている。

ヘイルの鮮やかな動きはとても先ほどまでのおどおどした若者には見えない。

「あ、あなた……聖職者でしょう？」

「さあ、どうだかね。悪いな。このまま進めば崖だ。あんたは火事騒ぎで聖獣を守るために逃げ出し、慣れない馬車を操って事故に遭ったということになるだろうね」

そしてヘイルは、外からがっちりと馬車の鍵を閉めて隣の馬車へと飛び移った。

「ま、待って！　ルッカ！」

なぜか内鍵が開かず扉はびくともしない。

御者を失った馬車は止まることなくがたごとと進み続けている。

（ど、どうしよう……このままじゃ）

ヘイルは先には崖がある、と言っていた。本当にそうなら彼女は馬車ごと崖下へ真っ逆さまだ。小窓から僅《わず》かに、伯爵たちの乗った馬車が見えた。だが次第にあちらは速度を緩《ゆる》めていく。このまま大回りして道を戻る気だろう。

そうなってはもうルッカを取り戻すことはできない。シェリアはまた扉をガタガタと揺らした。

「開いて！　あいてよ！　お願い！」

涙目になりながら、シェリアは扉を叩きつける。ふと、ラグノスがシェリアの部屋の扉を蹴破った時のことが頭に浮かんだ。

彼女は奥歯を噛み締め軸足に力を入れて、馬車の揺れが安定した一瞬で思いっきり鍵の近くを蹴り上げた。

がたりと扉が歪む。鍵が外れたのだ。足先が痺《しび》れてじんじんする。シェリアはもう一度、今度はもっと勢いよく足を振り上げた。頑丈な木扉はがらんごろんと大きな音をたて地面に転がっていく。一緒に、シェリアの慎み深さもどこかへ飛んでいった。

（と、飛べるわよ、きっと！）

ものすごい速さで後ろへ流れていく。シェリアが身構えた時、馬が異変に驚いたのかさらに速度があがった。

「ちょ、ちょっと待って！　もう少しゆっくり！　これじゃ降りられないわ！」

眼前を森の木が何本も何本も過ぎていく。一体どれほどの速さなのか。乗馬の経験はあってもこんな事態はもちろん初めてだ。

（早く馬車を追いかけて、ルッカを取り戻さなくちゃ）

シェリアは今さらながらヘイルを部屋に入れたことを後悔した。ヘイルはアミルが彼女を部屋から出さないことに業《ごう》を煮やして、ボヤ騒ぎを引き起こしたに違いない。

（皆さんに迷惑を……。ぜったい絶対！　ルッカは取り戻すんだから）

吹きつける風に砂埃《すなぼこり》や土が混じって頬が痛い。シェリアはもう一度、歯を食いしばった。

「い、行くわよ！」

走り続ける馬車から、泥のぬかるむ地面へと飛び降りようとしたその時。

「シェリア！」

鋭い声がした。

大好きな、愛しい声。

「……ら、ラグノス様？」

彼女はあたりを必死で見回した。まさか、彼がここにいるはずはないのに。

「シェリア！　こっちだ、下を見ろ」

もう一度、今度ははっきり聞こえる。彼女は仰天した。暴走する馬車の横で大きな狼《おおかみ》が並走しているのが目に飛び込んできたのだ。

狼は口を大きく開けた。

「俺の背に飛び乗れ！　受け止めるから」

え？　え？

間違いない。燃えるような赤茶の毛を纏った狼はラグノスの声で、ラグノスの話し方で、金の瞳を煌めかせシェリアに呼びかけているのだ。

「ら、ラグノスさま？　ほんとに？」

（ど、どういうこと？）

シェリアはぽかんと口を開けた。

「そんな顔は後でいいから、飛べ！　もうすぐ崖だぞ」

「え？　あっ……って、も」

「早く！　俺を、信じろ」

シェリアはラグノスの瞳を見た。いつもと同じまっすぐな、金の瞳。

シェリアはひゅ、と息を吸い込みスカートを捲《まく》り上げると壊れた馬車から思い切り、飛んだ。

どさっと鈍《にぶ》い音がして強《したた》かに腰を打つ。

それでも彼女はなんとか狼の背中に飛び移れた。ふさふさした背中にしがみつく。あたたかな、太陽の匂い。

（ラグノスさま……、ほんとに、ラグノスさまだわ）

彼女の目の前で、馬車は大きく揺れると再びもの凄《すご》い勢いで走っていく。そして、ふ、と見えなくなってしまった。崖に落ちたのだ。

シェリアはぎゅっと目を閉じて狼の背中に顔を埋《うず》めた。狼——ラグノス——は速度を緩めることなく来た道を戻る。

「怪我していないか？　しっかり摑《つか》まれよ」

「待って待ってラグノスさま！　どうして、そんなお姿に？」

狼はくわっと牙を見せる。

「俺にも全くわからない……頭のなかで警笛がずっと鳴っていて、気づいたらこんな姿になって走り出していた。とにかく、ルッカを助けに行く」

狼は牙を剝《む》き出しにして唸った。それを聞き、シェリアは舌を噛みそうになりながらも必死で伝える。

「わ、私も、私も一緒に」

「もとよりそのつもりだ」

狼はニヤリと笑ったようだ。

「は、はい！」

（なにがなんだかわからないけど、ラグノス様についていかなくては）

大きな赤茶毛の狼の姿になったラグノスはシェリアを乗せ、再び走り出す。

遠ざかっていたあちらの馬車からルッカの切り裂くような叫び声が聞こえてくる。

「キュー！　キュー！」

二人が馬車に近づいていくと、外からわかるほどの大騒ぎになっていた。ルッカが翼を広げ伯爵とヘイルをバタバタと打ち据え、尻尾を振り回しているのだ。

　壊れた扉がぶらんぶらんと揺れて中の様子が丸見えである。

「ルッカ！　ルッカ……こっちよ！」

　ルッカは青緑の目を燃え立たせ、何も聞こえていないように叫び続けている。

（なんだか、様子が変だわ……）

　シェリアは不安になった。馬車のなかで、だんだんとルッカの身体は大きく大きく膨れ上がっていくように見えるのだ。

「ああ！　クソ、暴走が始まった。伯爵、あんたのせいですよ。無理矢理引き離すから」

　ヘイルが雇い主に噛み付く。

「仕方ないじゃないか。あの小娘が……っ」

「これじゃ生捕《いけど》りできない。殺すしかないでしょ。価値は半分以下になるが仕方ない、いいですね」

「だったらお前の報酬も半分だぞ！」

　ヘイルと伯爵は睨み合っている。

「な、なんなのかしら、あのやり取りは」

「仲間割れだろう。そんなことしてる場合じゃないと思うが」

　ルッカはその間もどんどん顔が、ツノが、翼が大きくなっている。

　ラグノスの焦ったような声が聞こえた。

「シェリアのところに帰りたくて必死なんだ。飛竜はゆっくり成長していくものなのに……今は周りが見えてない。あんなことをしたら反動がものすごいぞ」

二人は走る馬車にさらに近づいた。

「しっかり摑まってろ。ルッカをこちらに呼び戻すんだ」

「は、はい！」

シェリアを乗せたラグノスは、ルッカの視界に入るように近づいた。

「ルッカ……ルッカっ！　私よ、シェリアよ！」

既に仔馬ほどの大きさになっているルッカには、シェリアの声は聞こえていない。ただひたすらに暴れ、巨大化も止まらない。ルッカの翼は天井を突き破り、客車から半分以上出てしまっていた。

「ラグノス様！　もう少し側に寄ってください」

狼はさらに、馬車へと近づく。シェリアはその背に両足で立ち上がった。激しい風が身体に当たる。

「お、おい！　危ない」

彼女は心の底からもう一度、大切な飛竜に呼びかけた。

「ルッカ。大好きよ。一緒に帰りましょう、ね！」

（ルッカ、私に気づいて、お願い……っ）

燃えたぎる青緑の目に、シェリアの姿が映った。

「……きゅ、」

シェリアはラグノスの背の上で両手を大きく広げた。

「こっち！　おいで、ルッカ！」

飛竜は翼を羽ばたかせ、そして、馬車から飛び移ろうとした。

「あ……っ　ルッカ、気をつけて」

だが、怪我をしていた片翼がうまく広がらない。悶《もだ》えながらもう一度外へ出ようとしたその時。

ぱしゅ、と赤い液体があがる。

「え」

風に乗って、その液体がシェリアの身体にかかる。血だ。ルッカの翼から血が噴き出ている。

「ヘイル。あれを殺すのは私だ。よって、お前の報酬はなしだ」

血のついた剣を片手に、伯爵が荒い息をついて客車から顔を覗かせた。

「いや、いやっルッカ！」

シェリアは叫んだ。飛竜は雄叫《おたけ》びを上げる。そして、力を振り絞り、伯爵を尻尾に絡めとると、外へ投げ出し馬車から飛び立った。だが、傷ついた身体は地面に力なく投げ出されてしまう。

残ったヘイルは悔しそうに顔を歪めると壊れた馬車に乗り込み、御者と共に森の奥へと走り去っていった。

＊＊＊

ラグノスはシェリアをルッカの元に運んでから全速力でヘイルの馬車を追いかけていった。轍《わだち》が消え、立ち止まって空気の匂いを嗅ごうとして、さっきまで鋭かった嗅覚が急速に鈍くなっていくことに気づいた。やがて狼としての意識と人間のそれが重なり混じり合う奇妙な感覚を覚えた。

不意に、霧が晴れるように、ラグノスはもとの獣人の姿に戻っていた。呆然《ぼうぜん》として自分の手足を見つめる。

いったいなにが、この身体に起きたのか。

「シェリア」

はっとして顔を上げると、彼はシェリアの元へ走り出した。

彼方《かなた》へと走り去った馬車。投げ出されて呻《うめ》いている伯爵。そして、力なく倒れた大きな飛竜の身体から、血が流れている。

地面を赤く染める聖獣の血を止めようとして、シェリアはルッカの傷口を押さえていた。白いチュニックが赤黒く染まっていく。

流れる涙を拭《ぬぐ》うこともせず、シェリアは大好きな飛竜の名前を呼び続けていた。

「大丈夫よ、ルッカ。すぐ治るわ。薬草茶をたくさん飲みましょ。ヴェルタに帰ればお薬もたくさんあるから、ね」

「シェリア……」

「ラグノスっ……さまっ、ルッカ、ルッカが……」

シェリアの横に膝を突き、ルッカの身体にそっと触れた。

ルッカのどくどくと異常に早い心拍音が少しずつ、少しずつ弱まっていく。

「自分の血を暴走させて身体を大きくしてしまったんだ。怪我もひどい。このままだと……」

ラグノスは難しい表情になる。

「だめ、そんなの、だめです！」

シェリアは怒ったように言い返すと、ルッカの鼻を両手で包んだ。

「ね、元に戻って。ルッカ。そうしたらきっと、傷もすぐ治せるわ。今は大きくならなくていいのよ、ね。ゆっくりでいいの」

「キュキュ……」

ルッカはぱさりぱさりと尻尾で力なく地面を撫でると、シェリアの頬をちろりと舐《な》めた。

いつのまにか、彼女は頬を切っていたのだ。

「く、くすぐったいわ、ルッカ。さっき怪我しちゃったのかしら」

自分も苦しいのに、ルッカはシェリアの傷の心配をしている。シェリアは泣きながら微笑んだ。

「ルッカは本当に優しくていい子ね、大好きよ」

彼は嬉しそうに一声鳴くと、ゆっくり目を閉じた。

「……ルッカ？」

聖獣の鼓動が静かに消えていこうとしている。

「ま、まって……いかないで、ルッカ」

ラグノスが、シェリアの肩をしっかりと抱く。

「う、うそ……」

もう動かなくなったルッカの大きな身体に、シェリアは必死でしがみついた。

だめ、だめよ、そんなの……。ぽたぽたと落ちる涙が、ルッカの美しい鱗に沁《し》みてゆく。

「いや……起きて、ルッカ……」

シェリアは声を詰まらせ、ルッカの大きくなった身体に抱きついた。

風がやみ、流れる雲も動きを止めた。生きとし生けるものが全て、時さえも息をひそめた。

と、虹の鱗がきらりと光った。

微《かす》かな光はやがて全身を包み、ルッカの身体が少しずつ小さくなっていく。

「これは……」

ラグノスが驚いた声を出した。

二人が見守るなかでみるみる縮み、とうとうルッカは元の大きさに戻った。

シェリアは聖獣をおそるおそる抱き上げ、心臓に耳を寄せた。聴こえる、確かな鼓動。

「ルッカ」

シェリアはそっと囁《ささや》いた。

「キュ」

「……っ」

シェリアは顔いっぱいに喜びを浮かべて、ラグノスを見る。

「ラグノスさま！　ルッカが」

「……こんなのは、初めてだ」

彼は放心したように呟いた。暴走し息絶えたはずの聖獣が、命を取り戻したというのか。

ラグノスは震える手でルッカに触れた。そこで、シェリアが息を呑《の》む。

「……え。ラグノスさま？　ほんとに、ラグノスさま、なの？」

ラグノスがいつのまにか人間に戻っている。シェリアは飛び上がった。

「なんだ、今頃気づいたのか？」

「も、戻っています。嘘《うそ》みたい……戻っていますね！」

シェリアは彼の頭を、肩を、尻尾を触って確かめる。

「あちらの方がよかったか？」

「そ、そんな、ことない！　けれど、でも、どちらもラグノスさまだから、どちらも素敵ですわ」

彼女は幸せいっぱいに笑う。

「まったく貴女は……」

ラグノスは照れ臭そうに頭をかいた。

「人間の獣化というとんでもない現象を前に、そんな感想とは」

「色々起こりすぎて、私、もう、訳がわからないのです。でも、でも、貴方を大好きなことだけは、なにも変わりませんでした。どんなお姿でも」

「……っ」

ラグノスはシェリアを抱き込んだ。こんなに愛しくて、苦しい。

「こんな場面で言うべきではないが……愛している、シェリア。ずっと、ずっと一緒にいてくれ」

「わ、わたしも！　この先ずっと、おそばにいます」

風が吹き始めた森の中で交わす深い口づけを、陽光が暖かく照らす。

シェリアを強く抱きしめていたラグノスの力がふっと抜け、シェリアの目の前で、獣騎士は地面にどさりと倒れ込んだ。

＊＊＊

「奇跡などではない」

馬車のなかでファラム副騎士団長は、シェリアの言葉をキッパリと否定した。

森にたどり着いたファラム副騎士団長は、シェリアの腕のなかで眠るルッカと、同じくシェリアに抱かれたラグノスの姿、そして遠くに倒れている伯爵を認め、ただちに兵士たちに指示を出した。

「あの、あの……ラグノス様が」

シェリアは震えながら彼の手を取る。

ファラムは急いで駆けよってきたが、ラグノスの様子を見てほっと息を吐く。

「眠っているだけだ。信じられんことに。獣騎士ともあろうものが、女人の腕に抱かれて」

シェリアは喉を詰まらせた。

「そ、そうですよね……。急に倒れてしまったので私、息が止まるかと……でも、寝息を立てていらっしゃって、もう……っ……何もかもが奇跡のようで」

「ともかく、馬車に乗りなさい。大の男と聖獣を抱えて、貴女の腕がちぎれてしまう前に」

馬車のなかで、シェリアは興奮しながら森の中の乱闘劇を話した。

「ラグノス様が、狼になって走ってこられたんです！　それで、それで、喋《しゃべ》って……私、無我夢中で背中に乗って、そうしたら、ルッカが大きくなって、また小さくなって元気になったんです！　まるで奇跡のようで」

「なにを言ってるかさっぱりわからない。クラセント嬢。少し落ち着きなさい」

彼女は深呼吸して、もう一度順を追って話した。そうしてファラムの口から出たのが、「奇跡などではない」だったのだ。

「ラグノス様の変化については少しおいておきましょう。そういった事例は歴史のなかでごくごく数例ですがこれまでにありました。ルッカ……聖獣の急激な変化は奇跡ではありませんよ。そもそも私は奇跡というものを信じてはいません」

「でもっ、」

「彼は以前に貴女の血に触れたことはありませんか」

「え？」

彼女はファラムを見る。急にそんなことを聞かれて驚いたのだ。

「私の……血？」

（針で指を刺したときにルッカが血を舐めてくれたことがあって、それからついさっき……ルッカの鼓動が止まりかけた時に………）

「おそらく最初の時に聖獣と貴女の間に繋《つな》がりができたのでしょう。貴女から離れまいとして彼は暴走し、力を使い果たしかけたけれど繋がりを頼りにこちらに戻ってきたのではと考えられます」

ほら、全部理由があるでしょう？　となぜか彼は得意気だ。

「……ファラム様。そういうのを奇跡というのではないでしょうか」

「血で繋がったので、今回の現象が起きたまでです。ま、貴女がそう呼びたければ、奇跡でも構いませんよ」

そういうと、ファラムは初めてにっこりと笑った。

＊＊＊

コルツァー伯爵の企《たくら》みは暴かれた。

ヴェルタ国の密猟集団と結託し、聖獣を他国へ売り捌《さば》いていたこと。さらに、今までに行った悪どい取引や詐欺まがいの行為など、彼の罪はラムゼリア国王の知るところとなった。

伯爵は港に近い屋敷に巨大な地下倉庫を作り、聖獣をはじめとする各国で密取引した「商品」を保管していた。ハザルドはその管理を担《にな》う部下の一人だった。

ここに捕らわれていたルッカはハザルドの荷物に紛れ込むなどして、『フォルガーナ』にたどり着いたと思われる。

「そして、地下で貴女が持っていた獣騎士団の衣類の山を見つけたんだ」

そこで、ルッカとシェリアは出会った。

コルツァーは、ヴェルタ国との友好関係を危うくしたとして爵位を剝奪され、残りの人生を辺鄙《へんぴ》な田舎の修道院で軟禁されて過ごすことになった。ハザルドも同様である。

ヘイルについては、ヴェルタ国でだいぶ前にコルツァーに雇われたということまでしかわからなかった。もちろん神官名簿にもヘイルの名はなく、その後行方をくらましてしまい足取りは摑めていない。

「なんだか、よくわからない人でした。僕、すっかり騙されてしまいました。本当に申し訳ありません」

アミルはあれこれと覚悟していたようだったが「ボヤ騒ぎを最小限に抑えた働きは見事だった」と処分を免れた。

「相手が一枚上手だったんだ。まさか神官に紛れ込んで駐屯地に入り込む奴がいるとは想定していなかった。我々全員に責任がある」

ラグノスは悔しそうに唇を嚙み締めた。

「そう、だったんですね……でもヘイルのことは、私が馬鹿だったんです。簡単に部屋に招いたりして」

シェリアが俯いたのを、ラグノスは優しく手を取る。

「ヘイルはおそらく、金でなんでも請け負う闇仕事の輩だろう。どんなことをしてもシェリアを外に出すつもりだったはずだ」

二人は今シェリアの下宿部屋にいた。ルッカはあれから深い眠りについている。

先日ヴェルタ国獣騎士団は正式にシェリア・クラセントに謝意を示し、併せて危険な目に遭わせたことを謝罪した。

シェリアは両国の立場を守った勇敢な行為への礼としてラムゼリア国王より多額の報奨金を得た。はじめは戸惑って辞退しようとしたのだが、「使い道ならたくさんあるだろう。あの首飾りとか」とラグノスに言われて受け取ることにしたのだ。

そして今、クラセント家の宝はシェリアの部屋の質素な鏡台でその存在を大いに主張している。深い白亜のしっとりとした輝きをシェリアは困ったように見つめた。

「こうして見るとなんだか、少し場違いに感じてしまいます」

「いや、これは貴女の勇気の証《あかし》だ」

ラグノスは嬉しそうだ。彼は狼の変化から戻ったあと丸一日眠り続けた。あれから、互いにその話は一切していない。ファラムからもシェリアに、「その話は当分内密に」と伝えていた。

(狼になったこと、覚えていらっしゃるのかしら……でも、聞いてはいけないのね)

「……どうした？　シェリア」

ラグノスの指が伸びる。髪をさらりと掬《すく》われて、彼女は心地よさに目を閉じた。

「いえ、なんでも」

ラグノスの胸に頬を寄せる。今、彼が側にいる。それがシェリアの幸福だ。他にはなにも望まない。望んではいけない。

「シェリア……改めて話がある」

どくん、と心臓が音を立てた。聞きたくない。

彼女は俯いてさらに深くラグノスの胸に顔を埋めた。

「王から帰国の命が下った」

やっぱり。

きっとそうだと思っていた。

(だってそうよ、私、自分で言ったもの。この件がうまくいけば国王陛下であるお父上も喜ばれるって)

彼女はぎゅっと目を閉じ、深呼吸する。薄々わかっていたのだ。王子様は国へ帰ってしまうと。

「おめでとうございます」

「……ありがとう」

(なんて、そっけない言い方をしてしまったのかしら、私ったら。こんなんじゃ、ラグノス様はちっとも嬉しくないわ。もっともっとちゃんと、笑って……)

「き、きっと、陛下直々にお褒めの言葉がありますわ。あちらでは聖獣の密猟組織が捕まったのでしょう?」

「そうだな」

「大変な働きですわ！　ヴェルタの騎士団長としても、お、王子様としても素晴らしい功績で」

「シェリア」

「わっ、私とても、光栄です。ラグノス様とお会いできただけで」

「シェリア、一緒に来てほしい」

「はい、それはもう、素晴らしいことで……っ……え？」

「俺と、ヴェルタに行ってほしい」

彼女はきょとんとした。

「わ、私が……？　ヴェルタへ」

「ルッカは今ずっと眠っている。回復には一日も早くヴェルタの土地へ戻すことが必要だ」

「ええ、その通りだと思います」

「トゥーカ島という、聖獣の生息地がある。特別な土地で、そこならルッカは必ず目覚めるはずだ。だが目覚めたルッカのそばにシェリアがいなければ、再び暴走してしまうかもしれない」

「は……い」

「血を舐めたルッカと、貴女は特別な繋がりができている。だから、ルッカのためにもヴェルタに来てほしいんだ」

「あ、ああ、そ、そう、なのですね、ルッカのために、ですね……」

彼女は黙り込んだ。ラムゼリアを離れ、ヴェルタへ。

ラグノスの生まれ育った獣人族の国。あちらへ行けばきっと少しの間はラグノスと一緒にいられる。だがその後は？　見知らぬ異国で一人、やっていけるのだろうか。

（ルッカのため……そうだとしても私は、少しでもラグノス様のお側にいたい）

彼女が答えようとした時。ラグノスが遮った。

「悪い。ほんとはそうじゃない。そうだけど、違う」

「ラグノスさま？」

「ルッカのためなんて嘘だ。俺のために、俺と一緒に……ヴェルタに来てほしいんだ、シェリア」

ラグノスは獣耳を垂らし、彼女を抱きしめる。

「ラグノス様……」

「ルッカのためって言えば、優しい貴女はきっと頷くだろう。でもそうしたら俺は、きっと一生後悔する」

つまらない下心を見せて、すまない。

「そんな、そんなこと」

ぽろぽろと瞳から涙がこぼれ落ちる。

「そ、そうですわ！　ラグノス様がそうやってルッカのためって仰るなら……私だって、ルッカを言い訳に、ラグノス様のお側にいられるって、思って……っ」

シェリアはラグノスの胸にしがみつく。

「お慕いしています。ずっと、ずっと側にいさせて……お願い」

「シェリア、愛している。貴女なしの俺などあり得ない」

彼は跪《ひざまず》き、恭しくシェリアの手をとる。獣人族の王子はどこか不安げに瞳を震わせた。

「私と結婚してほしい。ふたりで、共に歩んでいきたい」

この先のいかなる人生《みち》も全て、貴女と共に。

「求婚を……受けてくれるだろうか」

愛するラグノスと共に、未来を歩んでいける。

シェリアは微笑んで頷いた。

「ええ、ラグノス様……とても嬉しいです。喜んで、お受けいたします」

二人は言葉で、身体で、何度も愛を確かめ合う。


この上ない幸せな時間を過ごしたあと、互いに抱きしめ合いながら心地の良い疲れに浸った。

やがてラグノスは自らの変身について、ぽつりぽつりと話し始めた。

「獣人が変化するのはおとぎ話に過ぎないと言ったことがあったろう？　ファラムに聞いたろうが実はヴェルタの長い歴史の中で、ごく一握りだが獣に変化したという記録はある。神殿の書物にも稀有《けう》の血の出現として記されているんだ」

シェリアの頭を腕に乗せ、ラグノスは彼女に毛布をかけ直してやる。白い肩にはまた無数の赤紫の痣《あざ》が咲いていた。

「確率的には数百年に一度起こるかどうかという事例だ。その皆が、聖獣の呼びかけに応じて形を変えたという」

「……王族の方だけなのですか？」

「いや、王族も、神職も、平民も関係ない。だからこそ、おとぎ話のような奇跡なんだ」

変化した者は、稀有の血の獣人として保護され崇《あが》められ一生を過ごす。使いきれないほどの富と名誉が与えられるそうだ。

「では、ラグノス様も？　それならば国王陛下も、王妃様もとてもお喜びになられるのでは」

息子がそんな聖なる血を持っていたらきっと、国王も名誉に思うはずだ。シェリアが興奮気味に身体を起こすとラグノスは首を横に振る。

「逆だと思う。父上は困るのではないかな。王妃はさらに俺を疎《うと》ましく思うに違いないから。他所《よそ》の女から生まれた者が稀有の血なんだからな」

「……そうなのでしょうか」

彼は強く頷いた。だがそこには、今まで過去を語った時に見せていた自嘲するような笑いはない。

「ま、そもそもそんな崇め奉《たてまつ》られる人生なんてごめんだ。いろんな土地に赴任させられてよくわかった。俺は騎士団の仕事で忙しくしている方が性に合ってる。破れた隊服を抱えて誰かを探し回ったりとかな」

ラグノスはシェリアの肩にそっと口づける。

「だから、この件は内密に。ファラムと相談して決めた。他国でのことだし目撃者は少ない。なんとでも隠し通せる」

「でも、でも……これからも起こらないとは限らないのでは。ラグノス様がまた変化《へんげ》することだって」

「その時はその時だ。だが、俺はもうないんじゃないかと思ってる。俺に変化するよう働きかけたのはルッカに違いない。あの子はどうにかしてシェリアの危機を知らせたかったんだ。二人は血で繋がっていたから。でも俺が応えて変化したのは、」

ラグノスはシェリアの瞳を捉える。

「貴女だからだ」

金の瞳が、真摯《しんし》に煌めく。

「こんな奇跡はもう、起きないんじゃないか」

「ラグノスさま……」

不意に、何の脈絡もなくファラムの「奇跡ではない」の言葉が思い出され、シェリアは思わずふふっと微笑んでしまった。

「なんだ」

ラグノスが眉を上げた。

「いえ、ファラム様のお言葉を思い出しただけです」

「な……っ」

ラグノスの尻尾がぶわりと広がって揺れた。

「ここで他の男の名を出すなんて、あり得ない」

彼はシェリアの首すじに顔を寄せる。そして、かぷり、と歯を立てた。

「……かわいいですね、ラグノスさま」

シェリアは両手を伸ばし、愛しいひとの頬を包む。そして、柔らかな口づけをそっと贈った。

最終章

元男爵令嬢、幸せに輝く

「どうですか、シェリア・クラセント嬢。ヴェルタは美しい国でしょう」

ファラムが誇らしげに両手を広げている。


十日ほどの船旅の後、ヴェルタ王国に到着した二人を迎えたのはファラム副騎士団長だった。

「貴女《あなた》は我が父の館でお預かりすることになっております。長旅でお疲れでしょうが、もう少し辛抱を」

一行は王族専用の港から馬車へ乗り込み、ファラムの父でありラグノスの育ての親であるセルダンド侯爵家の館へと向かう道中であった。

「ええ、ええ。とても美しいです！」

シェリアは興奮して頷《うなず》いた。海の上では船酔いに悩まされたものの、陸が近づくにつれ景色の美しさにずっと感動し続けていたのだ。

「青い空に連なる緑の山々……それに、見たこともないお花が咲き乱れていて、まるで宮廷画家の描く世界のようですわ」

「当然です。ヴェルタは太陽の祝福を受けた国なのです」

自然が美しいのはもちろんだったが、王都の建物は白を基調としているため、陽《ひ》に当たると光り輝きまぶしいほどであった。

生粋《きっすい》のラムゼリア国人であるシェリア・クラセントにとっては初めて見る風景や建築様式に、馬車の小窓から目を輝かせてひたすら辺りを見つめていた。

自国では、ヴェルタは戦闘好きの戦士ばかりで野蛮であるというような噂《うわさ》ばかりだったが、陽光に輝く白亜の都市は洗練された美しさに溢《あふ》れていた。

（こんなに美しい国だったなんて……噂というのは本当に、当てにならないものだわ）

そもそもラムゼリア国王は同盟を結ぶためとはいえ、自らヴェルタを訪れている。それは十分に訪れるだけの価値のある地であるからなのだ。

「貴女の国の方々には我が国が野蛮などというくだらぬ妄言《もうげん》は今後一切やめて頂きたいですね」

「ええ、本当に。私、お手紙を書きますわ。このような美しい国は初めてだと」

「良い心がけです。クラセント嬢」

ファラムは口をへの字にしているが、美しい金の尻尾がぴょこぴょこ揺れている。

それを見たラグノスが隣で笑いを堪《こら》えていた。

馬車は立派な鉄門を抜け、広大な草地に入る。はるか道の向こうに大きな城館が見えてきた。

「久しぶりだな。セルダンドは元気だろうか」

ラグノスは懐かしそうに馬車の中から景色を眺める。

「シェリア、俺はここで育ったんだ。幼い頃は、毎日ファラムと二人でこの広い敷地を走り回ってかくれんぼをしていたよ」

「かくれんぼ、ですか？　こんなに広いと、見つけるのが大変そうです」

「ええ、一度ラグノス様は木の上で寝てしまって、館の者たち総出で探したのですよ。あの時は我らセルダンド家、皆で死刑を覚悟いたしました。今でもときおり夢に見ます」

「その話はするな、ファラム。あの時ほどお前の父が恐ろしいと思ったことはない」

「確かに。泣きながら怒る父を初めて見ましたね……」

互いに苦笑する二人の青年を見て、シェリアは胸がじんと熱くなった。

（ここはきっと、お二人にとってとても思い出深い大切な場所なのね）

「どうした？　シェリア。また気分が悪くなったのか？」

ラグノスが心配そうにシェリアの顔を覗《のぞ》き込む。

「いいえ、いいえ！　侯爵閣下にご挨拶できるのが嬉《うれ》しいのです。お二人の小さい頃をご存じなのですもの」

シェリアは微笑《ほほえ》んだ。

やがて、馬車は館に到着した。家人だけでなく大勢の使用人がずらりと並び、ラグノス王子とその婚約者を迎える。

その中央に五十がらみの背の高い紳士が立っていた。

「お帰りなさいませ、ラグノス王子」

金耳に金の尻尾。すらりとした美しい立ち姿はファラムと同じだ。彼がラグノスの育ての親であり、元近衛《このえ》騎士団長のセルダンド侯爵である。彼は恭《うやうや》しく腰を屈《かが》めた。

「再び我が館へお帰りくださいまして、誠に光栄の至りでございます。王子殿下」

「ただいま。セルダンド侯爵。出迎えありがとう」

ラグノスもやや堅苦しくそれに応えたが、不意に相好《そうごう》を崩し父親代わりだった紳士と抱き合った。

「会えて嬉しいよ。おじ上。元気そうでよかった」

彼は幼い頃のそのままの呼び方で、育ての父に語りかけた。

「ラムゼリア国での素晴らしい働き、私の耳にも入っておりますよ。ラグノス様……遠い国で、頑張りましたな」

使用人たちも、嬉しそうにその様子を見つめている。彼はこの館でとても愛されて育ったのだと、シェリアはまたしても胸がいっぱいになった。

セルダンド侯爵はおもむろに顔を上げ、シェリアへ向き直った。

「シェリア・クラセント嬢。ようこそヴェルタへ。そして我が館へ。仔細《しさい》は息子から聞いております」

「はじめまして。セルダンド侯爵。シェリアと申します。しばらくの間、こちらにお世話になるとファラム様から伺いました。どうぞよろしくお願いいたします」

感謝を込めて低く腰を落として礼をする。

使用人たちは慎ましく俯《うつむ》いていたが中には獣耳も尻尾もない彼女を目を丸くして見つめてしまい、

慌てて下を向いている者もいた。

（そ、そうだわ……こちらでは、私の方が珍しい人間なのね）

だが侯爵は彼女を見ても驚くようなことはなく、優しげな笑顔を向けた。

「おお、ご丁寧に感謝する。なんとも可憐《かれん》なご令嬢だ。ラグノス様の奥方になられるとは、我がことのように嬉しいですよ。宮殿に比べれば小さい館だが、正式に王子の妃《きさき》となられる日まで、我が家と思い心ゆくまで滞在して頂きたい」

侯爵が恭しく頭を下げると、一同もそれに倣《なら》った。

「キュ、キュ！」

甲高い鳴き声に皆が振り返る。見ると、シェリアの持った籐《とう》の籠からルッカが顔を出していた。

今まで飛竜《ひりゅう》の子は眠っていたのだ。

「おお……これは」

侯爵が目を輝かせた。

「この子が、例の、飛竜の幼な子ですね」

「は、はい……！　ルッカ共々、お世話になります」

「ルッカ……」

侯爵は首を傾《かし》げる。ファラムが横で囁《ささや》いた。

「この聖獣の幼な子の名前ですよ。父上。この子は名前を持っているのです」

「おお、おお……それは」

彼はシェリアに尊敬の眼差《まなざ》しを向けた。ファラムがルッカを見て珍しく穏やかに微笑む。

「ラグノス様。では、トゥーカ島で無事ルッカは目覚めたのですね」

「ああ。やはりあの地は聖獣にとっての楽園だった。そして、シェリアが」

ラグノスが興奮気味に身を乗り出したが、横の夫人がそれを優雅に遮《さえぎ》る。

「皆さん、まずは中へ。お疲れでしょう。王子。未来の花嫁を立ちっぱなしにさせてはいけませんわ」

「おお、そうだね。それでは館へご案内いたします。ゆっくりくつろぎながらお話を伺いましょう」

シェリアは侯爵に促《うなが》されて中へ向かう。彼女を守るように肩を抱く王子、そして籠の中にちょこんと収まる飛竜のことを使用人たちはしばらく驚きの目で見守っていた。


彼らは広い書斎に集まっていた。

見事な書棚には古今東西の書物が美しく収まっており、整理された心地の良い部屋にシェリアは亡き父の書斎をふと思い出した。

「ルッカ、というのか。この飛竜の幼な子は……」

侯爵はルッカの頭に手を乗せそっと挨拶する。

「ようこそ。ルッカ。会えて嬉しいよ。美しい鱗《うろこ》だね」

「キュキュ」

ルッカはくりくりと目を回した。

「侯爵は近衛騎士だった頃、巨大な飛竜の背に乗り空を飛んだこともあるんだ。見事な腕前だったよ」

「まぁ、そうなのですね……背に」

大空に舞う飛竜と騎士。それはさぞ、勇壮な光景だったに違いない。シェリアはその姿を想像してため息をついた。

「昔のことですよ。さて、今回のことですが、国王陛下は大変お喜びです。大規模な聖獣の密猟組織を一網打尽にできたのは、王子の銀狼《ぎんろう》騎士団の活躍に拠《よ》るところですからね」

「父が、喜んでいる？」

ラグノスは目を瞬《しばた》かせた。

「それは……本当だろうか」

「もちろんですよ。お母上のことで心を痛めておりましたから、なかなか表立っては仰《おっしゃ》いませぬが……陛下はずっとラグノス様の騎士団長としてのご活躍を頼もしくお思いですよ」

「そうか……」

ラグノスは一瞬、静かに目を閉じた。

（ラグノス様……）

強くなっていつか父に認めてもらいたい。以前彼はそんなふうにシェリアに語ってくれた。

だが、父王は息子のことを気にかけていたのだ。それが自分のことのように嬉しい。シェリアはラグノスの手をぎゅっと握った。彼は強く握り返してきて、二人は無言で微笑みあった。

「こほん……っ。あー、王子。トゥーカ島でその飛竜……ルッカが目覚めたのですな。では、聖獣守の長《おさ》、オディリアス殿にお会いしたので？」

ラグノスは居《い》住《ず》まいを正した。

「ああ。ルッカの目を覚ますにはあそこしかないと思ったんだ」

ヴェルタへ帰国する前に、彼らはトゥーカ島へ立ち寄った。その美しい聖域でルッカは無事に眠りから覚め、翼の傷も治療してもらったのだ。

オディリアスは国王の信頼も厚い聖獣守の長である。

「オディリアス殿はシェリアとルッカの絆《きずな》の深さに驚いておられた。聖獣守としての長の歴史のなかでも初めての経験だと」

「それは興味深い……ですが王子、傷を負った聖獣はトゥーカで静かに過ごすことが決められているはず。ましてやルッカは幼獣だ。彼《か》の地で母獣も探さねばならないでしょう……なぜ彼はここに」

侯爵は訝《いぶか》しむようにシェリアとルッカを見た。

「そのことなのだが……オディリアス殿はシェリアに、この先ルッカが成獣となるまで側《そば》で見守るようにと告げられた」

「な、なんと、それは……『守り乙女』ということだろうか」

ラグノスは誇らしげに頷く。

「そうだ。そして、ルッカがトゥーカの外で暮らすことをお許しくださった」

「父上……守り乙女とは？」

ファラムが不思議そうに尋ねる。

「古《いにしえ》の称号だ。聖獣と血で繋《つな》がり、魂を通わせた者にだけ与えられる、聖なる呼び名なのだよ」

ラグノスはそこで、シェリアに目で合図した。彼女はルッカの入っていた籠から繊細な銀細工の花冠《はなかんむり》を取り出す。

「こちらを、オディリアス様から頂戴しました……」

侯爵は花冠を目にすると息を飲んだ。そして恭しくシェリアの前に跪《ひざまず》く。

「まさか……このようなものを見る日が来るとは。それは、守り乙女にのみ与えられる花冠です。ヴェルタの歴史上、異国人がこれを戴《いただ》くことはなかった。貴女は素晴らしいことを成し遂げましたな。まさに、ラグノス王子の花嫁としてふさわしい」

ファラムの父は厳かな声でそう言うと、シェリアの手の甲に唇を寄せる。彼女は慌てて首を横に振った。

「わ、私は、ただ、ルッカと過ごしていただけで、彼がとても大切で……このようなことになって本当に驚いているのです」

「誇っていいことです。シェリア嬢。いえ、シェリア様。聖獣と魂で触れ合えるものはヴェルタでもそういない。……貴女は確かに、尊敬に値する女性のようだ。オディリアス殿の目に間違いはないはず。ならば私も心よりの敬意を表します」

シェリアは恐縮しながら頭を下げる。

「わ、私は、ただの爵位を失った仕立て屋の針子ですわ……」

「なんとも素直で控えめなご令嬢ですな。ラグノス様」

「そう、彼女はとても慎み深い。だが、まっすぐでとても勇敢な女性《ひと》だ。我々銀狼騎士団は彼女に大いに助けられた」

ラグノスは愛情たっぷりにシェリアを見つめる。

侯爵は目を見開き、咄嗟《とっさ》にファラムを振り返った。彼の息子は真面目くさった顔で「ラグノス様はずっとこんな感じなのですよ、父上」と耳打ちする。侯爵は満足げに目を細め、「それはよかった」と嘆息した。

「シェリア・クラセント嬢。貴女はこれからラグノス王子の妃となるのですよ。ヴェルタの王族の一員となるのです。我々セルダンドの一族はこの先、貴女様をお守りすることをここに固く誓います」

そう宣言して、セルダンド侯爵はシェリアに優しく笑いかけた。


それからはシェリアにとって目まぐるしい日々が待っていた。

国王への謁見とラグノスとの婚約式が数日のうちに行われ、息つく暇もないまま王宮や神殿など各所へ連れて行かれた。

ラグノスとゆっくり話すこともできず、気づけば婚礼式の前夜を迎えていたのだ。

シェリアは侯爵城館で彼女に与えられた客室で一人座っていた。王族の慣例により、正式に婚約者となったラグノスとは婚礼式当日まで会うことはできないという。

「王族とはいえ俺の継承権は末席だ。あまり堅苦しく考えなくていい。心配するな、すぐ会える」

ラグノスはそう言ってくれたが、やはり不安はある。彼女は見事な装飾の鏡台に腰掛け髪を梳《と》きながら何度めかのため息をついた。

「キュキュ」

ペタペタとおなじみの足音をさせて、ルッカがシェリアの膝の上に登ってきた。尻尾をふりふりさせて、シェリアの腕を撫《な》でる。

「まぁ、ルッカ。元気づけてくれてるの？　ありがとう」

ルッカはキラキラした瞳を気遣《きづか》わしげに瞬かせると「キュ」と小さく鳴いた。

「二人きりになるのは久しぶりね。ルッカ。下宿のあの散らかったお部屋を思い出すわ」

「キュッキュキュ」

「ふふ、本当にあなたの目が覚めて嬉しいわ。大きくなったルッカはすごく勇敢《ゆうかん》で格好良かったけれど、あんな無茶はもうしてはだめよ」

シェリアはルッカのツノを撫でながら、大窓の向こうに浮かぶ月を見上げた。


謁見式に現れたヴェルタ国王はラグノスと同じ色形の耳を持っており、威厳に満ちていた。勇猛な歴戦の戦士を思わせる風貌に、シェリアは畏《おそ》れ多くて顔を上げることができなかった。隣では、細く長い獣耳に猫のような優雅な尻尾を揺らした美しい王妃が寄り添う。

艶《あで》やかなドレスに身を包んだ王妃はシェリアの挨拶に一瞬眉を顰《ひそ》めたが、彼女が守り乙女の花冠を頭に戴いているのを見ると恭しく頭を下げた。

「シェリア・クラセント。ヴェルタは貴女を歓迎する。聖獣のために尽くしてくれたこと、重ねて礼を言う」

国王の言葉が謁見の間に重々しく響く。その場の全員が静かに頭《こうべ》を垂れた。シェリア・クラセントがヴェルタの王族に相応《ふさわ》しい人間であると認められた瞬間であった。


「あの時が今までで一番緊張したかもしれないわ。あなたがいてくれてよかった、ルッカ」

ルッカは長い尻尾の先をくるくると回して応える。

「本当に、色々ありすぎて目が回ってしまいそう。明日はもうお式よ」

簡単な式だといっても親族のない花嫁は心細いものだ。もし、この場にルーナやユアがいてくれたらどれだけ心強いだろうか。叶《かな》わぬ願いに彼女はルッカの鼻に頬を寄せる。

(早くお会いしたい……ラグノスさま。たったの数日なのに、こんなに寂しいなんて)

緊張する心を宥《なだ》めつつ、シェリアは早めに寝台へ入り込んだ。


翌朝、日の出と共に軽やかな鐘の音が部屋のなかに鳴り響いた。

「な、なに……」

耳慣れない音にシェリアがはっと目を覚ますと、ノックと同時に数名の侍女が入ってきた。ずらりと並び優雅に会釈する獣人族の女性たちは皆、緑のドレスに白いエプロンをつけている。

「おはようございます。シェリア様。婚姻のお支度に参りました」

「まずは湯浴みを。お身体《からだ》を清めますのでこちらへ」

「あ……は、い」

侍女たちは礼儀正しく、だがシェリアが答える間もないほど手際よく彼女を部屋から連れ出した。シェリアはセルダンド侯爵家が誇る見事な湯殿で身体の隅々まで清められ、香油を擦り込まれ、仕上げに白粉《おしろい》をはたかれた。

馴染《なじ》みのない香りが身体を包む。海辺の風のように爽やかなのに、やわらかくて優しい香り。

（すごく、いい香り……）

昨晩ほとんど眠れなかったシェリアはその香りを胸いっぱい吸い込んだ。身体が芯から目覚めていくようだ。

「あの、この香油は……」

侍女頭の女性がさっと顔を上げた。

「不都合でもございましたか？」

「いえ、とってもいい香りなので、どのような原料なのかしらと思って」

侍女頭は安心したように顔を綻《ほころ》ばせた。

「ラルームの香油です。ヴェルタでも一部でしか咲かない、とても貴重な花ですの」

「まぁ、そうですのね。とても、素敵な匂いです。すごく爽やかなのになんだか懐かしくて、気持ちが穏やかになります」

「……こちらは、ラグノス王子殿下のお母様がとてもお好きだったお花と伺っております。……私どもの奥様……セルダンド侯爵夫人が殿下のご婚礼のためにご用意なさったのです」

　シェリアは驚いて目を瞬かせた。

「それは……ありがとうございます！　とても嬉しいです……」

（ラグノス様のお母様の……そのようなことまで、夫人が心を砕いてくださったなんて）

　侯爵夫婦をはじめ、この館の人々は皆シェリアに心からの気遣いを示してくれる。彼女は感謝の気持ちでいっぱいになった。

　だが侯爵夫人とは初めに軽く挨拶を交わしただけでその後ほとんど話す機会がなかったのだ。

「す、少しお時間いいでしょうか。ぜひ、奥方様にきちんとお礼を申し上げたいのです」

「それには及びませんわよ。シェリア嬢」

　見ると、侯爵夫人が扉からこちらに入ってくるところだった。シェリアは慌てて腰を屈める。

「そのままで結構ですよ。お支度を続けてくださいな……その香り、気に入って頂けてよかったわ。きっと王子のお母様もお喜びになるわね」

　夫人は穏やかにシェリアに笑いかけた。

「あ、ありがとうございます。本当に、何から何までお世話になってしまっていますのに、きちんとしたお礼もできずに申し訳ありません。奥方様」

「いえ、いいのよ。ラグノス様の婚約者様に滞在して頂けるだけでも光栄ですわ。それに、貴女のことはファラムからたくさん聞いていますからね。お会いできて本当に嬉しいの」

夫人はにっこりと微笑む。

「ファラム様から……？」

ファラムは一体どんなことを伝えたのだろう。初対面で叱責《しっせき》されたことを思い出してシェリアは内心びくりとした。

「息子がね、貴女はとても勇敢で、優しく、他者のために心を尽くそうとする素晴らしい女性だと言っていたわ」

「……え？」

シェリアはつい奥方をまじまじと見つめてしまった。本当に、そんなことをあの厳しい副騎士団長が？

夫人は優雅な所作で笑った。

「あの子は、とても真面目だし厳しいけれど、きちんと人を見ていますよ。安心して」

嬉しくて、シェリアはなんだかくすぐったくなってしまう。

「あ、ありがとうございます……」

「それにね、異国の王族に一人でお嫁に来るなんて、それだけでも貴女は女性として尊敬に値するわ。わたくしも、侍女たちも皆感心しているの。だから、あまり緊張しないでね」

夫人は優しい言葉をかけてくれる。

シェリアは胸が詰まり、泣きそうになってしまった。

「そしてね、もうひとつ。貴女に贈り物があるの。さぁ、お入りになって」

夫人の合図で扉が大きく開き、白いドレスを纏《まと》った女たちが飛び込んできた。

「おめでとう！　クラセントのお嬢さんっ！」

「おめでとうございます……っ！　お、お嬢さまっ……」

「ユ、ユアさん？　それに、ルーナ！」

シェリアは声にならない声をあげた。二人に続いて仕立て屋の針子たちが続々と入ってくる。

「えっ……えっ？　皆さん……え？　ど、どうして……」

「どうして、だなんて！　お嬢様のご婚礼ですよ。花嫁のお支度を私がやらなくてどうしますか！」

ルーナは涙ぐみながらも、満面の笑みで叫んだ。

ユアはシェリアの腕をぎゅっと摑《つか》んだ。

「見て、この素敵なドレス。私たちは今まで作るばっかりでこんな上等なもの着る機会なんてなかったのに。これぜーんぶ、侯爵夫人がご用意してくださったの！」

ユアも針子も皆、弾《はじ》けんばかりの笑顔でシェリアを囲んでいる。

「それだけではありませんよ、お嬢様。私たち、見事なお館に客人として泊めて頂いているのですよ」

「な、ど、どうして……」

驚きでうまく言葉が出てこない。

口をぱくぱくさせるシェリアに、夫人は穏やかに微笑むばかりだ。

「獣騎士団の方からご連絡頂いたのですよ。ラグノス様のご希望でぜひともシェリアお嬢様の結婚

式の介添《かいぞえ》をしてほしいと」

「ラグノス様が……？」

「ご友人の皆様は貴女を追いかける形で出航していました。驚かせたいので当日まで内密に、と王子に念を押されておりましたのよ」

「そ、んな」

　懐かしく頼もしい顔ぶれを見渡し、シェリアは胸がきゅっとなった。大きな安心感が波のように彼女を包む。この国に来てから感じていた心細さが全て流れてゆく。

「う、うれしいです。……本当に、みなさんに会えて、私。本当にありがとう……ありが、と」

　涙が止まらない。ラグノスの配慮に、そして友人たちの愛情にシェリアの心は震えた。

「シェリアお嬢様。……亡き旦那様も奥様もきっと、空の上でお祝いなさっていますよ」

　ルーナの優しい言葉に、シェリアはさらに涙を溢れさせた。

「さあさあ、そんなに泣いてはお支度が進みませんよ！　お嬢様。本番はこれからなのですからね」

「そうよ！　私たちが貴女をとびっきり輝かせてあげる」

　ユアもルーナも涙を拭きながら笑った。

　澄み渡った青空のもと、荘厳《そうごん》な鐘の音がヴェルタ大聖堂に響き渡る。何千人もの民が金色の旗を手に広場へ詰めかける中、ヴェルタ王国第八王子ラグノス殿下と「聖獣の守り乙女」シェリア・クラセントの婚礼式が厳かに執り行われようとしていた。

真っ白に磨き上げられた大理石の柱が陽光に眩《まばゆ》く映える。

頭上高くには色ガラスが嵌《は》め込まれた窓が並び、そこから降りる色とりどりの光はまるで天空から虹が差し込むようだ。ヴェルタ屈指《くっし》の建築物である大聖堂内には王族をはじめずらりと獣人族の要人たちが並ぶ。皆着飾り、花嫁の登場を見守っていた。

深紅の絨毯《じゅうたん》が敷かれた上をシェリアはしずしずと進む。

まばゆい純白の絹地に輝く白糸でヴェルタの伝統的な紋様が刺繍《ししゅう》されたドレスは胸のあたりからふわりと広がり、腰を締め付けない造りになっている。長い裾には数百もの真珠が縫い付けられ柔らかな輝きを放っており、シェリアの首飾り――クラセント家の最後の宝――と見事に引き立て合っていた。肩までおろし丁寧に巻かれた髪にも真珠がちりばめられていて、まるで彼女自身が聖なる輝きを放っているかのようだった。

だが、シェリアの心中は静かどころではなかった。

（簡単な式って……堅苦しく考えなくていいって仰っていたのに……！）

婚礼式には数百人の賓客《ひんきゃく》が招かれている。シェリアは足の震えをなんとか抑えるのに精いっぱいだった。ひと足出すたびに純白のヴェールが真紅の絨毯の上でさらさらと流れる。その後ろを白いドレスに身を包んだルーナやユアたちが誇らしげに花を撒《ま》いて歩いた。ルッカも虹の鱗を輝かせてアミルに大人しく抱かれている。

ヴェールの中、シェリアの視線の先にはヴェルタ国王子、ラグノスが静かに待っていた。

彼は豊かな赤茶の髪をすっきりと撫でつけ、美しい形の額を見せている。新雪のように白い礼装に身を包み、胸元には銀狼のブローチが凛《りん》と光る。王族の品格と騎士の勇壮さを合わせ持つ新郎の姿を目の当たりにして、シェリアは僅かに目を伏せた。

（ラグノス様、じゃないみたい……本当に、王子殿下なのだわ）

彼とのとんでもない出会いや、ルッカを巡る日々が夢だったのではないかと思うほどこの空間は荘厳で、神聖な空気に満ちていた。

シェリアは、破産した男爵の娘にすぎない自分が、なぜこのようなところにいるのかわからなくなった。私は、彼に相応《ふさわ》しくない……。ヴェールを上げられるのが怖い。

「シェリア」

不意に、ラグノスの頼もしい声が聞こえた。

「シェリア。俺を見てくれ」

シェリアはヴェール越しに、おずおずと顔をあげる。

隠れていた貝殻の耳飾りがきらりと光った。

「ここまできてくれて、ありがとう。すごく、綺麗《きれい》だ。クラセントの首飾りも……母上の耳飾りも……、とてもよく似合ってる」

「ラグノス様、私……」

彼女の戸惑いを拭《ぬぐ》うように、ラグノスが手を取る。

「言ったろう。貴女が何者でもいい。貴女であることが俺の幸せだ」

金の瞳は誠実な愛に溢れている。

彼の言葉はどんな時だって、シェリアの戸惑いも迷いも全て包み込み、この上ない幸せへと変えてくれるのだ。

（私の、大好きなラグノス様……）

彼女は今、愛する人の生まれた地で婚礼をあげる。胸には家宝の首飾りが誇らしげに輝き、友人たちに見守られて。少し前までの一人の帰り道、こんなことは想像だにしなかった。

「キュキュキュ」

ルッカが高らかにお祝いの声をあげた。彼女は涙を滲《にじ》ませ、ラグノスに微笑む。

「愛している。心から」

「私も、わたしもです……ラグノス様」

新郎の口づけと共に、祝福の鐘が鳴り響いた。

番外編・一　船酔いの元男爵令嬢と、ルッカの目覚め

こつこつ、カツカツ。ブーツの踵《かかと》が苛立《いらだ》たしげに床を鳴らす。先ほどから赤茶の尻尾が何度も何度もアミルの視界を行ったり来たりしていた。

「……ラグノス様」

尻尾は従者を脅すように激しく揺れる。アミルは水甕《みずがめ》を抱えて、ふう、とため息をついた。

「ラグノス様、そんなに怒らないでください」

「怒ってなどいない」

「そうやってあんまり床を踏み鳴らしていると、底が抜けて船が沈んでしまいますよ」

アミルは主人に冗談めかして言ってみた。ところが。

「そんなに柔《やわ》い船なのか？　これは……幼な子用の木馬のように馬鹿みたいに揺れるだけではなく、そんなにも脆《もろ》かったのか？　ならばヴェルタにつき次第、巨大な木槌《きづち》を調達して文字通り木《こ》っ端《ぱ》微《み》塵《じん》にしてやる」

「えっと……ラグノス様。船に当たらないでください。ヴェルタの造船技術は最先端ですよ。各国でも引っ張りだこなんですから」

「それなら……！　それなら、どうしてシェリアはあんなに船酔いになってるんだ。もう丸二日、何も食べられていないんだぞ！」

ラグノスはぴったり閉じられた扉をびしっと指差した。耳を立て尻尾を逆立て、激昂《げっこう》した猛獣そのものだ。

副騎士団長のファラムがいないのでうまく宥《なだ》めることも難しい。ラグノスは自らのベストのポケットのあたりをぎゅっと握り、そうでもしなければアミルに噛《か》みつかんばかりの勢いだ。

「それは……仕方ないですよ。彼女は船旅が初めてなんです。我々獣人族は海など平気な者がほとんどですが、合わない人には合わないといいますし。……確かに可哀想《かわいそう》ですけど」

アミルは気の毒そうに眉を下げて扉を見つめた。十日間の船旅のうちの半分以上を彼女は寝台で過ごしている。

それにしても、厄介《やっかい》なのはこの騎士団長だ。

婚約者であるシェリア・クラセント嬢のことになると途端に見境《みさかい》がなくなる。船酔いでぐったり休んでいる彼女にずっと添い寝をすると言い張って、ついにはシェリア嬢自らに船室を追い出されてしまっていた。

彼女は弱々しくアミルを呼び「気分が悪くなるたびに、ラグノス様にお世話して頂いて……、私、申し訳ないので、どうか……お願いします」と涙目でそっと耳打ちした。王子殿下にそんなことばかりさせられない、と言う彼女の気持ちももっともなことだ。

だが、シェリアはルッカのことは離さない。ラムゼリアでの騒動があってから眠り続けたままのルッカだけはそばに置いていることも、余計に騎士団長の癪《しゃく》に障《さわ》っているらしい。

「俺はダメで、なぜルッカはいいんだ」

「ルッカは寝たままですし、心配なのですよ」

「解《げ》せぬ」

アミルは肩を竦《すく》めた。ここで、「お二方は血で繋《つな》がったのですよ」なんて言ったら余計怒り出しそうだ。

「ともかく明日にはトゥーカ島へ着きますので、そこで少しでも陸の空気を吸わせてあげましょう。きっと元気になりますよ」

励ますように言っても、ラグノスは不機嫌に頷《うなず》くのみだ。聖獣にまで妬《や》くなど、我が主人は思いの外、嫉妬深い性格だったようだ。

アミルは新しい発見にもう一度、盛大にため息をついた。


(ああ、まだ天井が回っているわ……)

途切れ途切れの睡眠からようやく目を覚ましたシェリアは、相変わらず陽気に揺れている天井にため息をつく。自国を離れていったいどれくらい経《た》ったのだろう。

(三日？　五日かしら……、時間の感覚がなくなってしまっているわ)

ヴェルタ国へと向かう帆船に乗ったその日から、彼女はひどい船酔いになり船室から出られなくなってしまった。

立っていていても、床が揺れて常に吐き気と戦わなければならなくなり、非常に辛《つら》い。

(船遊びなら大好きです、なんて胸を張ったくせに……私ったら)

大海原の旅は想像とは全く違ったのだ。あっという間に萎《しお》れた花のように元気のなくなったシェリアを心配して、ラグノスは片時も彼女から離れなかった。その野性的な風貌《ふうぼう》とは裏腹に彼はシェリアの世話を甲斐甲斐《かいがい》しく焼いてくれる。

それは本当に嬉《うれ》しいのだが、なんにせよ彼は一国の王子である。しかも今回は功績を認められての栄誉ある帰国の旅だ。

ヴェルタから迎えに来た船の船長以下、数十名の乗組員にそのような王子殿下の姿を見せていいわけがない。

アミルに頼んであまり船室に来ないようにしてもらっているのだが、それはそれでとても心苦しい。

(早く、元気にならなくちゃ……)

彼女は寝台の横にある籠に目を向けた。

ラグノスの隊服でくるまれているルッカは、あれからひと月眠り続けている。深い深い眠りで、息をしているのかさえわからなくなってしまい、シェリアは何度も彼の腹にそっと耳を寄せてみるのだ。すると、とくんとくんとかすかな鼓動《こどう》が聞こえる。彼女はその度に胸を撫《な》で下ろした。

これから向かうトゥーカ島は聖獣の生息地の一つだという。

「トゥーカは聖獣守の長であるオディリアス殿が治めておられる。彼にルッカを見てもらえばきっと目が覚めるさ」

　ラグノスはシェリアにそう教えてくれた。聖獣守は名の通り、ヴェルタの聖獣たちを守り育てる重要な機関である。傷ついた聖獣の治療も行っているのだ。

「早く目を覚ましてね……ルッカ」

　彼女はルッカの虹色の翼を撫でながら、弱々しく微笑《ほほえ》んだ。と、船室のドアが細めに開いた。

（ラグノス様だわ……きっと）

　シェリアは慌てて毛布を鼻先まで上げ、寝たふりをした。そうすれば、彼も長居しなくて済む。これ以上迷惑をかけたくなかった。

「シェリア……。粥《かゆ》をもらってきたが……寝ているのか」

　粥を持って来るなど、本来はこれも王子殿下のなさることではない。シェリアは気を遣ってさらにぎゅっと目を閉じた。だが彼は、台に食事を置くと、寝台へと近づいてきた。

　そして、髪にそっと触れる。

「……すまない。来るなと言われていたが、やはり心配でな」

「……」

「寝ているならば、邪魔にもならないだろう」

　そう呟《つぶや》いて彼は床に膝をつき、寝台に両肘《ひじ》をついてシェリアの寝顔を眺めた。

（え……ど、どうしよう……、ラグノス様、絶対こちらを見ていらっしゃるわ）

　布越しにも、息がかかるほどに近くにいるのがわかる。ますます目が開けられなくなってしまった。

「……貴女《あなた》とする初めての旅だ。楽しいものにしたかったのだが、悪いことをしてしまった」

彼はすまなそうに呟く。

（そ、そんなこと……ラグノス様のせいではないのに）

「明日の朝にはトゥーカに停泊する。そこでたくさん陸の空気に触れてくれ」

ラグノスはため息をついた。

「……笑顔が見られないのがこんなに辛いとはな」

彼はもう一度シェリアの頭に優しく触れると、音を立てないように立ち上がった。その声音《こわね》が寂しそうで、息が詰まりそうになる。たまらなくなって、シェリアは彼のチュニックの裾《すそ》を掴《つか》んだ。

「……ラ、ラグノスさま」

彼はゆっくり振り返ると、眉を下げた。

「すまない。起こしてしまったか。もう出て行くから、ゆっくり休んでくれ」

ラグノスの飾らない言葉はいつも、シェリアの心をぎゅんぎゅん締めつける。

「だ、め、行かないで……」

自分から来るなと言っておいてこれはあまりにもわがままなのだけれど。

「追い出さないのか？」

シェリアは小さく頷く。彼は破顔して彼女の額に口づけを落とした。

「よかった。愛想を尽かされたかと心配していた」

「そんなこと、ぜんぜん……」

シェリアは恥ずかしそうに微笑む。

だが本当はすごく不安だ。自分は今、見知らぬ国へ向かっている。海を渡りラグノスの父親であるヴェルタ国王に謁見するのだ。

婚約者とはいえ一介の仕立て屋の針子でしかない自分は一体どのように迎えられるのだろう。

（あまり考えないようにしているけれど、やっぱり落ち着かないわ。でも、ラグノス様にはこれ以上心配をかけたくない）

「トゥーカは美しい島だ。初めて見るヴェルタの土地があそこで嬉しい。見せたい所もたくさんあるし、それに……」

ラグノスはそこで言葉を切りまた、ベストのあたりに手をやった。

「渡したいものがあるから」

彼は真面目な顔でもう一度、シェリアに頬を擦り寄せた。

「さあ、もう一度休むといい。おやすみ、シェリア」

「ええ……お休みなさいませ」

＊＊＊

そして翌朝、晴れ渡った空の下、ヴェルタの船はトゥーカ島の港へ錨《いかり》を下ろした。真っ青な空に白い雲が気持ちよさそうに浮かんでいる。シェリアは、思いっきり外の空気を吸い込んだ。

（気持ちいい……）

久しぶりに大地に足をつけると、本当に安心する。まだ少し揺れている感じがするがこれはだんだんとなくなるのだという。

「寒いだろう。風が少し冷たい」

ラグノスはシェリアの肩に分厚いショールをかけようとした。既に二枚も上着を重ねられているシェリアは笑って首を横に振った。

「いえ、これでもう十分ですわ。ラグノス様」

「風邪をひいては大変だ。念のため」

ラグノスはふわりとショールを彼女にかけ「では行こう」とシェリアの膝下に腕を回した。

「えっ……ちょ、ラ、ラグノス様」

ひょいと彼女を横抱きにすると、ラグノスは大股でゆっくり歩きだす。

「ま、待って大丈夫です、から」

「さっき転んだだろう。念のため馬車まで抱いていく」

「こ、転んでいません。ちょっと、つまずいただけ……」

甲板に出た時に、少しふらついたのをしっかりと見られていたようだ。相当過保護になっている騎士団長に、アミルは半ば呆《あき》れ顔で助け舟を出した。

「ラグノス様ってば。シェリア嬢が困っています。ちゃんと見てください、彼女の顔色」

ラグノスは横抱きにしたシェリアをしげしげと覗《のぞ》き込むと、表情が柔らかくなる。シェリアの頬に赤みが差していたのだ。ここ数日青白い顔ばかり見ていた彼にとってそれはこの上なく喜ばしい兆候《ちょうこう》だった。

「気分は？」

青い空を背景に赤茶の髪が優しい影を作る。彼の腕の中、シェリアは心からの微笑みを返した。

「とても、いいです……！」

トゥーカ島はヴェルタ本土を望む巨大な島だ。

森林地帯に美しい湖。はるか昔、王国の成り立ち以前からの壮大な自然をそのまま残すこの島は聖獣のためにあった。国の宝である彼らはここで聖獣守たちに大切に守られながら穏やかに生きているのだ。その聖獣守の長、オディリアスはラグノスたち一行を恭しく出迎えた。

「ラグノス王子……！　この度はトゥーカにお立ち寄り頂き、大変光栄でございます。まことにご立派になられましたな」

オディリアスは、シェリアが今までに見たどの聖職者より白く豊かな髭《ひげ》を蓄《たくわ》えていた。威厳たっぷりの中にも落ち着いた優しさを湛《たた》えた老翁《ろうおう》に、彼女はひと目で好感を持った。

（とても穏やかな方……身体から優しさが溢《あふ》れているようなお姿だわ）

「オディリアス殿。お久しぶりです。貴方《あなた》が聖獣守の長になられてから数十年、なかなか会う機会がないとセルダンドが寂しがっておりました」

「またそんな。あのお二人はわしの目から遠く離れて安心しておることじゃろ。日頃から容赦のないゲンコツに辟易《へきえき》しとったからの」

そのやり取りからオディリアスが相当な高位の立場なのだとわかった。シェリアの隣でアミルがそっと囁《ささや》く。

「セルダンド侯爵閣下はファラム様のお父上のことです。国王陛下とセルダンド親子はオディリアス様の教え子でもあるのです」

オディリアスはふぉふぉふぉと鷹揚《おうよう》に笑うと、シェリアに目を向ける。

「ではこちらが、シェリア・クラセント嬢ですな」

「は、初めまして。オディリアス様」

シェリアは宮廷風の会釈をしたが、緊張のあまりぎくしゃくとした動きになってしまった。

「そのように硬くならないでください。貴女はたいそう勇敢な女人だ。我らの宝をその身を挺《てい》して守ってくださったと聞いておる」

オディリアスはシェリアの腕の中で眠るルッカを見つめ、微笑む。

「本当に、ありがとう。ヴェルタの聖獣守を代表してお礼を申し上げる」

彼女は慌てて頭を下げた。

「と、とんでもございません。私の方がルッカ……いえ、この飛竜の子にたくさん助けてもらいました」

森での馬車の乱闘のことを思い出すと、今でも恐ろしい。ルッカは彼女のために無理な変化をしたのだ。

「ルッカ、というのかね。その子は」

オディリアスが尋ねる。

「も、申し訳ありません、二人でいた時に名前をつけてしまいました」

肩を縮めたシェリアに、老翁は穏やかに首を横に振った。

「とんでもない。他でもない貴女がつけた名前だ。我々も彼をルッカと呼ばせて頂こう」

「オディリアス殿。ルッカはこの地で目覚めるだろうか」

ラグノスの問いかけに、長は静かに頷く。

「もちろんですぞ。早速トゥーカリアの泉へ。森深い場所じゃ。わしがご案内いたそう」

「はい……。どうか、よろしくお願いいたします」

彼女は眠るルッカを抱きしめ深く頭を下げた。その肩をラグノスがしっかりと抱き寄せる。

「大丈夫だ。きっとうまくいく」

おつきの聖獣守を従え、一行は森の深くへと向かう。オディリアスは老人ながら矍鑠《かくしゃく》とした足取りで彼らを先導した。

深い緑、薄いみどり、そして青みがかったみどり、あらゆる種類の緑色の木々があたりに満ちている。森の美しさにシェリアは圧倒されていた。

（こんな、素晴らしい場所が地上にあったなんて……）

頭上では、鳥の歌声が心地よく響く。うっとりしていると、シェリアは木々の間にツノのある獣の姿を見た。

「あ、あれは……っラグノス様、見て」

「あれは一角獣だ。大丈夫。人を襲ったりしない大人しい生き物だ」

その後もたくさんの不思議な生物がシェリアの前を、横を通り過ぎていく。この島に溢れる神秘に驚いているうちに、やがて目の前に大きな泉が現れた。冴えざえとした光が湖面を照らしている。

「トゥーカリアの泉じゃ。ここはヴェルタの聖域で、聖獣守以外は滅多に入れぬ。たとえ王族でもな」

オディリアスはシェリアに向き直った。

「さて、トゥーカリアの清水にルッカをしばし浸してあげなさい。今宵《こよい》は満月。一晩もすればその子は目覚めるじゃろうて」

水は清《きよ》く透明で、底まではっきりと見ることができる。今は午後の陽光を浴びて金色に光っていた。

（ここで、ルッカの目が覚めるのね。待ち遠しいわ）

「ルッカが目覚めた暁《あかつき》には、シェリア嬢……貴女は異国人ではじめて飛竜と魂を通わせた者として尊敬を集めるであろう」

オディリアスはにっこりと微笑んだ。

その夜、シェリアとラグノスは二人でルッカの目覚めを待つことにした。ルッカは聖獣守が作る特別な籠に入れられて泉のなかで眠っていた。

泉のほとりでラグノスが枯れ木を集め器用に火を熾《おこ》すと、あっという間にオレンジ色の炎が闇に浮かび上がった。

「寒くないか？」

彼は手慣れた様子で炎の大きさを調整しながらシェリアを気遣った。

酔った人間の介抱といい、部屋の整頓といい、王族という立場を忘れてしまうほど彼は何事も上《う》手《ま》くこなしてしまう。

「ラグノス様は、本当になんでもできるのですね」

「俺は色々な土地へ騎士団を率いて遠征に行くからな。火熾しは得意だ」

「いえ、火だけではなくて、全てにおいてです」

「俺だって苦手なことはある……でもなるべく色々できるようになろうと努力はしてきた。能無しが団を率いていれば下の者が迷惑するし、最悪の場合、命の危険に晒《さら》してしまう。それだけは何としても避けたいからな」

真剣な表情のラグノスにシェリアのなかでまた一つ、彼への愛しさが増した。彼女はラグノスの肩に頭をもたせかけ、二人は共に夜空に浮かぶ丸い月を見上げた。

どこかで虫の音が響く。ルッカはまだ泉の中で静かな寝息を立てていた。

「ルッカ……大丈夫でしょうか？　お水は冷たくないかしら」

「飛竜は水中でも自在に動ける。冷たくても彼らの鱗《うろこ》なら平気だ」

「でも、目が覚めて水の中だったらびっくりしてしまうんじゃ」

ひとつ気になると、いくつも心配になってくる。

「オディリアス殿は真の賢者だ。信じて大丈夫だよ、シェリア。俺たちは待つだけだ」

「……はい。そう、ですよね」

焚《た》き火の炎がちろちろと揺れる。

「ラグノス様……ここは、澄んだ気に満ちていますね」

「ああ、噂《うわさ》どおり美しい土地だ」

彼女はため息をついた。ラムゼリアはもう海の彼方《かなた》なのだ。

沈黙のなかで、不意にラグノスが思い詰めた顔で口を開いた。

「シェリア……このまま、この島で過ごしてもいいんだ。貴女が望むならここで共に暮らそう」

シェリアは目を丸くした。

「まぁ……！　なぜそんなこと……ラグノス様」

彼には帰国の王命が下っているのだ。急にそんなことを言い出すなんて一体どうしたというのだろう。

「本当は不安なのだろう？　見知らぬ国へ見知らぬ者の中へと向かう、この旅が。もしかしたらあのひどい船酔いも、貴女の気鬱《きうつ》からきたのかもしれない」

「そ、そんなこと……っ、不安なんて、ありませんわ。ヴェルタに行くと決めたのは私ですもの。貴方のために、ルッカのために……私のために」

ラグノスはだが、じっとシェリアを見つめている。彼女は軽く息を吐いた。

「何も気にならないといえば嘘《うそ》になります……私は、何者でもありませんから」

「やはり、貴女は嘘が下手だ」

ラグノスはシェリアの肩を強く抱きしめた。

「何者でなくとも良い。王女でも、針子でも、たとえ悪魔でも。なんだっていい。シェリアがいいんだ。貴女なら、なんでもいいんだ、俺は」

貴女が貴女であってくれれば、俺は幸せだ。

「ラ、グノスさま……嬉しいです。私も、いっしょ」

彼は不意に立ち上がり、自分の衣服をまさぐると、シェリアの手のひらに小さなものをのせた。

「これは……？」

ゆらめく火の中で煌《きら》めいているのは貝殻でできた耳飾りだった。

乳白色の巻き貝に精巧な彫刻が施《ほどこ》してある。

「これは、俺の母のものだ」

「綺麗《きれい》な彫刻……、それにとても、可愛らしい形ですね」

彼は柔らかな笑顔で頷く。

「母はこの耳飾りを祖母から受け継いだ。祖母は、祖父から婚約式で贈られたんだそうだ」

シェリアはそっと耳を近づけてみた。美しい貝殻から波の優しいさざめきが流れてくるようだ。

「受け継がれてきた、大切なものなのですね……」

「これを貴女に受け取ってほしい」

シェリアは驚いてラグノスを見た。

「そんな……！　いけませんわ、ラグノス様の宝物でしょう？」

ラグノスの母は踊りを禁止されて失意のうちに亡くなったという。ほとんど母親に会えなかったラグノスにとっては、これは母を思い出す縁《よすが》だろう。だが、ラグノスは頑なに首を横に振る。

「貴女に、持っていてほしいんだ。――我らの国では、男が耳飾りを贈り女性につける行為は永遠の愛を誓うという意味なんだ」

「……え？」

シェリアはおろおろとラグノスを見つめる。

あの時、伯爵の夜会への支度のことを思い出したのだ。ラグノスはシェリアに、虹の鱗の耳飾りをつけてくれた。

「……あ、あの時……は？」

彼は片目をつぶってみせた。

「もちろん、俺は愛を伝えていたんだ。貴女は気づいていなかったが」

ラグノスはもう一度シェリアの手を握る。

「だから、改めてこれを。大切なものだからこそ貴女に贈りたい」

彼の瞳に嘘はひとつもなくて、ただ純粋な愛情が果てのない海のように広がっている。

シェリアは涙を浮かべ、小さく頷いた。

「では、……お願いします」

騎士団長はシェリアの耳たぶにそっとキスを落としてから、耳飾りをつける。その指はかすかに震えていた。

「……似合っている、とても」

「ありがとうございます……ラグノス様」

――愛している。ヴェルタでも、どこにいても、貴女を守る――

彼はそう固く誓った。明けの明星のように耳飾りが優しく煌めく。

「キュ」

のぼる朝日と共に、懐かしい鳴き声が聞こえた。

番外編・二　花祭りにて

ある日の昼下がり。

仕立て屋『フォルガーナ』の工房から賑《にぎ》やかな声が聞こえてきた。

あの騒動後、雇われ店主のハザルドは解雇され、元凶であるコルツァー伯爵が実質所有していたこの店も閉鎖されることになっていた。

だが、仕立て師のメイヤーにも針子たちにも非はないと判断されて、店の経営は別の者が引き継ぐことになったのである。

ユアたちは変わらず元気に働いていた。

「シェリア、ちょっとじっとしてて。リボンの形を決めなくちゃ」

「待ってよエミリー。その色合ってる？　あっちの方が良くない？」

店に近づくにつれ、賑やかな声が一段と大きくなる。

今日は仕立て屋は休みのはずなのだが針子たちは全員集まりシェリアを取り囲んでいた。

「あの、ユアさん……そんなにして頂かなくても」

「あらダメよ。今日は花祭りなのよ。誰も彼もお花をくっつけて朝まで踊るんだから、少しでも目立たなくちゃ迷子になってしまうわ」

　花祭りは年に一度開かれる王都ラムリアの祭りである。

　街の繁栄を願い、広場から街道まであらゆるところに花が溢《あふ》れ屋台が並び、人で埋め尽くされる。宴の最高潮には港で何千発もの花火が上がるのだ。奉仕の日と並び王都の庶民が楽しみにしているこの大きな催しに、シェリアはラグノスに誘われているのである。

「でも……」

「いいのいいの、私たちに任せて。恋人との逢引《あいび》きなのよ！　とびきり可愛《かわい》くしてあげる。ねえみんな。そのために私はあんたをここに呼んだんだから」

　娘たちはにこにこと頷《うなず》く。皆、久しぶりにシェリアに会えて嬉《うれ》しくてたまらないのだ。

　先日、シェリアから今回の顛末《てんまつ》を聞いた時の彼女たちの興奮ぶりは凄《すさ》まじかった。

「あんた、走ってる馬車から飛び降りたの？　すごいじゃない！　しかも、聖獣ですって……この世には不思議な生き物がいるのねえ」

「あのハザルド、悪事の片棒担いでたのね。やっぱり、やな奴だったもの、せいせいしたわ」

「ふふ、あの騎士は私の見立てた通り、いい男だったわね」

　ユアは自慢げに鼻を高くした。そうしてひとしきり盛り上がった後、シェリアが仕立て屋を去ることになったと知ると、皆とても残念がった。

「せっかく仲良くなれたのに、本当に残念。きっと手紙を書いてよ！」

「幸せになってね。私たちのこと忘れないで」

皆、涙ながらにシェリアの婚約を喜んでくれた。

そして今日ラグノスと花祭りに出かけると知ったユアが、皆に招集をかけたのである。

「さあできた。どう？」

ユアは大きな鏡の前にシェリアを立たせる。

薄い黄緑の可憐《かれん》なドレスに黄色や淡いピンク、オレンジといった暖色系の花やリボンを縫い止めた装《よそお》いは、シェリアの髪と瞳の色によく似合っている。

華やかさの中にも上品な雰囲気で、花祭りにぴったりであった。

「とても、かわいいです！　お花がいっぱいで……こんな可愛らしいドレス、初めてですわ」

「当然よ！　私たちが心を込めて準備したんだから。まるで妖精みたいだわ」

針子たちも満足げだ。ふとユアが呟《つぶや》いた。

「でも確かに可愛すぎるかも……これじゃあ目立ちすぎかもしれないわ」

ユアはシェリアの周りをぐるぐる回りだし、腕を組んで眉根を寄せた。

「あ、あの……とても、素敵です」

「そりゃそうよ。でもね」

ユアは急に真面目な顔でシェリアに近づく。

「あのね、シェリアいいこと？　今日のお祭りはね、一年の中で一番みんなが楽しみにしてるものなの」

「はい……存じておりますわ」

「年寄りから子どもまで、それはそれはめちゃくちゃ盛り上がるの。だからね、迷子がいっぱい出ることでも有名なのよ」

「ま、迷子ですか」

「人混みではぐれちゃって、次の日まで親や友だちに会えない子だっているんだから。ねえあんた、知らない人についていってはダメよ」

「も、もちろんですわ……」

流石《さすが》にこの歳《とし》で迷子にはならないはずだと、シェリアは曖昧に答えた。だが、ユアはシェリアをじっと見ている。

「でも、知らない人に道案内してってって頼まれたらどうする？　絶対一緒に探そうとするでしょ？」

シェリアは少し考えて頷いた。

「困っていらっしゃったら、それはもちろん一緒に」

「ほうらね。だーめだめ！　そうやって女を引っ掛けようとするのもいるんだから、ね！」

「は、はい……」

「それからお酒も飲んだらダメ！　あんたは何するかわかんないわ。なんだかほんとに心配になってきた。お祭りを楽しんでほしいけれど……やっぱり、私たちみんなで後ろからついていこうかしら」

「え？」

「だって心配なんだもの」

「だ、大丈夫ですわ……気をつけますもの」

ユアはかなり真剣だ。

シェリアが焦っていると、入り口で咳払《せきばら》いが聞こえた。

「ユア嬢、その心配には及ばない」

「あら、騎士様。もういらっしゃったの」

「失礼、ベルを鳴らしたのだが、かなり賑やかだったので無礼を承知で入らせて頂いたよ」

ラグノスが入ってきた。今日は白いチュニックに黒のズボンという爽やかな装いだ。

胸に一輪、花祭りに敬意を表し薔薇《ばら》を差しているのが嫌味なほど似合っている。

針子たちはほうっと見惚《みと》れてしまった。

彼は隣に十くらいの少年を連れてきていた。姦《かしま》しい娘ばかりを前にして少し怯《おび》えているようだ。

「こ、こんにちは」

少年はぺこりと頭を下げた。シェリアが顔を綻《ほころ》ばせる。

「ヨウル。こんにちは。よく来てくれたわ」

「シェリアさん、こんにちは。あの、本当にありがとうございます……！　僕のことを推薦してくれて、ほんとに」

「私も貴方《あなた》がここで働いてくれたら嬉しいもの。ユアさん、皆さん。こちらは今度見習いとして働くことになっているヨウルです。今日は皆さんにご挨拶にと思いましたの」

「新しい見習いが来ることは聞いてたわ。あんた知り合いだったの？」

「そうです。ヨウルはとても弟思いで善良な少年です。私からも、どうかよろしくお願いいたします」

「お、お願いします！　僕、なんでもやります」

シェリアが頭を下げた横で、ヨウルは緊張で顔を赤くしながらもしっかりと挨拶した。

「いい子じゃない。あの嫌なハザルドがいなくなってここはいつでも大忙しよ。シェリアの紹介なら信用できるわ。ヨウルっていうのね。あとで工房を案内してあげるわ」

　ユアは気さくに笑いかけた。

（これなら、ヨウルもうまくやっていけそう。本当によかった）

　シェリアはほっと胸を撫《な》で下ろす。以前彼と出会ってからずっと気になっていたのだ。

　ラグノスはその光景を穏やかに見つめている。

「さて、ユア嬢。何やら俺の婚約者のことで心配をかけてしまっているようだが……」

「そうですわ、騎士様。花祭りは本当に大きなお祭りなの。彼女と逸《はぐ》れたら大変でしょ？　悪いのに連れていかれたら困るわ」

「お気遣い感謝する。だが心配は無用だ。彼女からひとときも目を離すつもりはないのでね」

　ラグノスはシェリアの肩をぐっと引き寄せた。

「それでは皆さんありがとう。シェリア嬢を着飾って頂いて。では失礼する」

　彼は優雅に挨拶をすると、シェリアを促《うなが》して出ていった。

「みなさん、ありがとうございます！　それでは行ってまいります。またお伺いしますわ」

ユアは少し唇を尖《とが》らせていたがシェリアが嬉しそうにしているのを見ると自然と笑顔になり、最後は皆で恋人たちに手を振り見送ったのだった。


「シェリアは人気者なんだな。少々妬《や》けてしまう」

「そんな……でも、嬉しいです。皆さん大切なお友達になりました」

「ヨウルも立派な仕立て師になるといいな」

「はい。弟想いの良い子です。きっとなれますわ」

シェリアの笑顔を眩《まぶ》しそうに見つめ、ラグノスは彼女の手を取る。

「さあ、行こうか」


その日一日中、二人はラムゼリアの花祭りを心から楽しんだ。

見たこともないような大道芸に、食べ歩き。貴族であった頃はこのような祭りに参加出来なかったシェリアは街の活気に心躍らせた。

ラグノスは宣言通り、どんな人混みでもシェリアの手を離すことはなく、彼女の身を気遣いつつ恋人が喜んでいる様子を楽しんだ。

「今までは何者かに尾《つ》けられたり、部屋が荒らされたり、考えてみれば二人でゆっくり過ごす時間がなかった気がする」

夜の帷《とばり》が降りても明るく賑やかな街で、二人は桟橋《さんばし》にたどり着いた。

港近くの不思議と人の少ない場所だ。

「本当ですね。いつもなにか事件が起きていましたね」

シェリアは行き交う船の灯りを眺めながら、この半年に思いを馳《は》せた。

世間知らずの令嬢だったことも、仕事を終えひとり足早に家路を急いだ毎日も、ずいぶん前のことに思える。

婚約破棄をされた彼女は本当に愛する人と出会えたのだ。そうして、もうすぐ彼のもとに嫁《とつ》ぐ。

（なんだか、何もかもが夢のようだわ）

その時、黒い水面が不意に真昼の輝きに覆われた。花火が打ち上げられたのだ。

「ラグノス様、ほら！　花火……」

声を弾ませて隣のラグノスを見る。彼の蜂蜜色の瞳は火の芸術を映してキラキラと煌《きら》めいていた。

思わず見惚れてしまい、シェリアは頬を赤く染めた。すると、不意にたくましい腕に抱き込まれる。

「ら、ラグノス様……っこのような場所で……は、はしたないと思われます」

慌てて腕から逃《のが》れようとしたが、がっちりと肩を抱かれて動けない。シェリアはますます赤くなってしまった。

「大丈夫。誰も見ていない。みんな花火に夢中だ」

耳元で楽しそうに囁《ささや》かれる。夜空に色鮮やかな花火が上がるたび観客は拍手と歓声を上げていて、確かに誰も周りなど見ていない。太陽のような彼の香りにくらくらしながら、シェリアは精いっぱいの抵抗を試みた。

「ラグノス様もご覧になってください。あんなに綺麗に、夜空に大輪の花が咲いているのですよ」

「そうだな。確かに美しい。だが俺は花火を嬉しそうに観ている、貴女《あなた》を見ていたいんだ」

どんな芸術よりも、笑って楽しそうにしている貴女が美しいから。

「ラグノス様……」

シェリアは抵抗をやめ、小さく微笑むとラグノスの腕の中にぴったりと収まった。

「シェリア、こっちを向いて」

耳元で低く囁かれ、彼女は俯きながら振り向いた。同時に、唇が塞がれる。優しく、激しく、何度も何度もふたりの唇が重なった。

(い、息が……できな)

永遠に続く甘くとろけるような苦しさから逃れるように唇を離そうとすると。

「だめだ。離さない。ずっと」

蜂蜜色の瞳がシェリアを捉《とら》える。

空から無数に流れ落ちる光の花びらの中で、二人の姿はいつまでも甘く柔らかく重なり続けた。

あとがき

この度《たび》は『没落令嬢《ぼつらくれいじょう》が異国《いこく》の獣騎士様《じゅうきしさま》に弱《よわ》みを握《にぎ》られまして!? 〜待《ま》っていたのはモフモフと溺愛《できあい》でした〜』をお手に取って頂きありがとうございます。作者のみずたまです。

本書は2023eロマンスロイヤル大賞にてピーチ賞を頂きました、「獣騎士さまに弱みを握られまして」を改稿しエピソードを新たに加えたものになります。

生まれて数十年、私は賞というものに一切縁のない人生でしたので、ご連絡を頂いた時には文字通り手がぶるぶると震えました。選考に携わってくださった皆様に心から感謝申し上げます。また、ムーンライトノベルズの読者様、ありがとうございます。連載を読んで頂いたことが投稿時の大きな心の支えとなりました!

私が小説を書くのは、かっこいい男性を書きたい!というやや不純?な動機からです。なので本書のヒーローである獣騎士ラグノスには好きな要素を全て詰め込んでおります! そんな理想のヒーローのイラストを冨月《とみづき》先生が見事に描いてくださいました。ラフを頂いた時は膝から崩れ落ちそうになりました。本当にほんとうにありがとうございます。一生の宝物です!

話を戻しますと、そのような動機が下地にあるので、私は「ヒロイン」を表現することにあまり自信がありませんでした。ですが、担当様がシェリアのひたむきさや素直さを褒めてくださり、とてもとても嬉《うれ》しかったです。書き進めるうちに、私もシェリアを心から応援する気持ちになっていきました。

小さな頃からファンタジー小説が大好きでした。物語は、どんな時にも私たちを別の世界へと連れて行ってくれます。大人になり、まさか自分がお話を書くようになるとは想像もしていませんでしたが、これからも、好きを詰め込んだお話を書いていけたらなと思っています。

書籍化作業にあたり、支えてくださった担当様をはじめ、皆様に大変感謝しております。本当にありがとうございました。

シェリアとラグノス、そしてルッカとともに、ひととき、楽しくきゅんきゅんとする時間を過ごしてもらえたら、作者としてこの上ない幸せです。

２０２４年　みずたま

eロマンス ロイヤル

本書は「ムーンライトノベルズ」(https://mnlt.syosetu.com/top/top/)に
掲載していたものを加筆・改稿したものです。
この作品はフィクションです。実在の人物・団体・事件などにはいっさい関係ありません。

●ファンレターの宛先
〒102-8177　東京都千代田区富士見 2-13-3　eロマンスロイヤル編集部

没《ぼつ》落《らく》令《れい》嬢《じょう》が異《い》国《こく》の獣《じゅう》騎《き》士《し》様《さま》に弱《よわ》みを握《にぎ》られまして!?
～待《ま》っていたのはモフモフと溺《でき》愛《あい》でした～

著／みずたま
イラスト／冨月《とみづき》一《いち》乃《の》

2024年1月31日　初刷発行

発行者　山下直久
発行　株式会社KADOKAWA
〒102-8177　東京都千代田区富士見2-13-3
(ナビダイヤル) 0570-002-301
デザイン　AFTERGLOW
印刷・製本　TOPPAN株式会社

●お問い合わせ
https://www.kadokawa.co.jp/ (「お問い合わせ」へお進みください)
※内容によっては、お答えできない場合があります。
※サポートは日本国内のみとさせていただきます。
※Japanese text only

ISBN978-4-04-737827-8　C0093　©Mizutama 2024　Printed in Japan
定価はカバーに表示してあります。

eロマンス ロイヤル 好評発売中

メイド令嬢が見た美貌伯爵の秘密とは!?

ステルス令嬢の恋愛事情
ご主人様の秘密を知ってしまったら溺愛されまして!?

来栖もよもよ　イラスト／一ノ瀬かおる　四六判

掃除と料理が大好きで地味～な男爵令嬢パトリシアは、幼馴染みの男性が「地味だし、あいつと結婚とかない」と話しているのを聞き、仕事に生きようと決心。生活力を活かし、メイドとして伯爵家で働き始める。ご主人様のレオンは煌びやかな容姿だけど非常に気難しいらしい。しかし彼女はその目立たなさを認められ「不可侵」なはずのレオンの生活周りを任される。そんなある日静かな書斎でレオンの秘密を目撃！　それがきっかけで二人の距離は急速に縮まって!?